박종식

전북순창출생
문예사조 시 부문 신인상
한국문학예술 소설『일곱이례날』로 신인상수상
시집 :『삶의 동그라미』
소설집 :『녹차꽃은 떨어지고』(2018. 도서출판 바밀리온)
소설집 :『부서진 시간의 조각들』(2018. 도서출판 바밀리온)
장편소설 :『잃어버린 세월』上·下 전2권
현 : 한국문협. 한국소설가협회 회원

표지작품
김재권
파리조형예술학교조형표현전공졸업.프랑스국립파리제8대학조형예술학교졸
업(조형예술학초급박사학위 및 조형예술학박사)

일러스트
김한창
파리그랑빌러화랑 개인전.쌀롱종빵뜨, 프랑스쌩제르멩데쁘르 국제청년미술
계 금상수상. 예원예술대학교 미술디자인학과객원교수역임

잃어버린 세월

·

上권

잃어버린 세월

上권

박종식 장편소설

도서출판 바밀리온

20세기 한반도의 역사는 질곡과 고난으로 점철된 역정歷程이었다. 외세의 침략과 속박 그리고 전쟁, 그 여파로 이어지는 독재와 산업발전, 이런 헤아리기조차 어려운 많은 시련을 이 땅에 사는 민초들은 고스란히 멍에로 짊어지고 살아왔다. 특히 20세기 전반기에 태어난 사람들은 이 역경을 하나도 빠짐없이 겪어야 했던 불행한 백성이다.

한 때 우리들의 관용화慣用化되어 사용하던 '묻지 마 갑자생'이라는 말이 있었다. 1924년 갑자년을 지칭하지만, 확장하여 1920년대에 출생한 사람들을 일컫은 말이다. 오늘을 사는 우리들의 조부모, 부모세대다. 그들은 태평양전쟁과 한국전쟁에 직간접적으로 남녀불문 참전을 해야 했다.

태평양전쟁시기 일제에 의해 자행된 위안부에 대한 만행은 인간이기를 포기한 극악무도한 범죄행위였음을 역사가 말해주고 있다. 이 희생자가 다름 아닌 묻지마 갑자생 여성이란 점이다. 그러면 한국전쟁시기에는 무사했을까? 아니다. 오직 그 수치가 드러나지 않았을 뿐이지 음으로 양으로 따진다면 결코 적다고 할 수 없다. 이러한 능욕과 수난을 제일 많이 가장 혹독하게 받은 세대가 갑자생 여성이라는 것이다.

또한 우리 사회의 남아선호사상이 우세했던 시절, 여성은 태어나면서부터 차별을 받아왔다. 성장하여 결혼하면 혹독한 시집살이가 기다리고 있었다. 소경 삼년, 벙어리 삼년, 귀머거리 삼년으로 10년을 보지도 듣지도 말하지도 못하고 살아야 했다. 이 또한 우리의 할머니, 어머니들이시다.

21세기로 넘어오면서 남녀평등이 어느 정도 실현되었다. 여권女權이 괄목할 만큼 신장되면서 여성의 목소리가 커져감에도 불구하고 소외되고 주눅 들어 뒷방으로 밀려나 숨을 죽이고 사는 세대가 있다. 묻지 마 갑자 생이다.

　젊어서는 복종과 무한 희생의 삶을 살면서 부모세대가 되면 자식에게 보상을 받겠지 하는 막연한 기대감으로 견디며 살아왔다. 그런데 막상 부모세대가 되어서는 세상이 뒤바뀌어 오히려 자식에게 시집살이를 해야 한다. 아니면 뒷방으로 쫓겨나 집에 있으나 산에 있으나 같은 삶을 살고 있다. 또한 요양원이라는 허울 좋은 시설에 영어囹圄의 몸이 되어 고려장을 기다리고 있다.

　물론, 산업사회에서 도시화 핵가족화가 급속도로 진행되고 고령화사회가 도래하면서 불가피한 면이 있다고 하지만 이 시대의 원로 어르신들이 죽음에 이르기까지 짊어진 멍에를 벗지 못하고 격어야 하는 불행을 21세기 현대인들은 어떻게 생각하는가? 작가는 한 여인, 갑자생 원순이 기구한 운명으로 외나무다리를 건너며 두려움과 외로움에 떨고 있는 현실을 어떻게 극복할 수 있을까 하는 명제를 독자 여러분에게 물어보는 바이다. 고난의 역사를 엮어온 한 여인의 처절한 생을 말하지 않고는 배길 수 없는 고뇌가 있었음을 술회하는 바이다.

2020.

운 송 박 종 식

‖ 페이지 ‖

1

수인囚人의 삶

은행잎 떨어지는 소리, 감잎 구르는 소리, 뒤란의 대밭에서 바람에 흔들리며 서걱이는 소리 등, 겨울로 치닫는 소리들이 무엇에 쫓기는 것 같은 원순의 초조한 가슴에 채찍질을 하고 있었다. 너무 오래 살아온 업보다.

창호지로 바른 세살창문이 바래고 얼룩져 누르스름하게 변해 있었다. 더구나 문구멍이 나면 그 구멍만 발라 막느라 길바닥에 밟힌 껌 조각처럼 덕지덕지 했다. 그래서 방안 어둡기가 새벽 먼동 때보다 더 어두웠다. 이런 굴속 같은 방에서 날자가는 것도 모르고 해가 떴는지 달이 지는지 분간을 못한 채 하루하루를 보낸다. 강물에 떠내려가는 낙엽처럼 그대로 시간에 맡겨 놓고 죽는 날만 기다리고 있는 실정이다. 하루 동안 원순의 방에 들어오는 사람은 며느리 설 혜숙이 끼니때 개다리 상에 밥 한술 간단히 차려가지고 오는 것이 고작이다.

원순의 삶은 산에 있으나 집에 있으나 다르지 않다. 백수(白壽)를 바라보면서 정신의 끈을 잡았다 놓았다 하지만, 십여 년 전만 해도 마을에서 영특하기로 둘째가라면 서운하게 생각했다. 뉘 집 제사 날, 누구네 둘째아들 생일까지 다 꿰고 있었다.

그러던 그녀가 아흔 살이 넘으면서 오래 된 전등이 깜박이는 것처럼 오락가락 하고 있다.

팔다리는 밭을 대로 밭아 송기막대였다. 그러니 나다니지 못하고 종일 깜깜한 방에서 지내고 있을 수밖에 없다. 겨울로 들어가는 계절의 끝자락 찬바람은 하루가 다르게 더 시려온다. 나무들은 미처 떨구지 못한 잎들을 앞 다투어 털어내고 동안거에 들어갈 준비에 밤낮으로 서대고 있다.

원순은 까닭모를 눈물 한줄기가 주르륵 뺨을 스치며 흘러내린다. 친정어머니가 95세에 돌아가셨는데 원순은 이미 그 나이를 넘어섰다.

친정어머니는 허리가 굽어 거동이 무척 불편 하였는데, 원순도 똑같은 상태다. 모녀간이라고 하지만 신체적 닮음도 그렇고 마지막 거동도 못하고 방안에서 숨만 쉬고 있는 것도 똑같다. 이렇게 친정어머니처럼 불행의 전철을 밟으면서 죽음의 문턱에서 남의 비아냥거림을 받으며 살아야 하는 처지가 너무도 안쓰럽다.

어쩌면 세상 잘못만난 탓에 고난의 멍에를 죽는 날까지 벗지 못하고 살아야 하는 것이 그녀의 운명이라고 하기는 너무도 잔인한 일이다.

피할 수 없는 전쟁의 희생양으로 약한 여인이 감당하기에는 불가항력이었다. 그러한 고행이 마지막 죽음에 이르기까지 이어지고 있으니 사주팔자나 탓해야 하는가?

20대에 청상이 되어 자식 둘을 자기 생명으로 알고 살아오면서 한양 조씨 주부공파11대 종부로서 가풍을 이어오며 여인의 목숨과도 같은 절개를 지켜왔다. 주위의 칭송과 격려로 효열 상을 받는 등, 여인으로서 부덕의 표상이었던 것이 그녀가 아닌가? 그러나 시대가 변하고 나이 들어 죽음을 바라보면서 거동조차 어렵게 되어 종부宗婦로서 역할을 못하면서 그녀의 권위는 이미 찢어진 휴지조각이 되어있었다.

더욱 가족의 냉대가 그녀의 정신까지 멍들게 했다. 특히 며느리가 얕보고 무시하면서 시어머니를 얻어먹은 거지보다 못하게 대해도 탓 한마디 못하면서 말할 수 없는 비애에 빠져드는 것조차 사치스런 일이다. 죽은 목숨으로 어떤 감정도 가져서는 안 된다.

"모래가 도선산 시제 아니냐? 올 제수는 누 집에서 채린다냐?"
 20여 년 전만 해도 도선산 시제는 종부인 원순이 총책임을 지고 주도했다. 전국 각지에 사는 일가들이 50-60명씩 찾아와 북적거렸다. 원순은 힘이 들었지만 종부로서 자부심을 갖고 치러 냈다. 시제를 마치고 나서야 한해의 대사가 끝났다.
 "인자, 엄니가 그런거 간섭 안혀도 돼요. 어찌 그런 것은 잊어불지도 않혀고 다 간섭을 헌디야. 인자 다 잊어부러."

 차마 '죽어'하는 소리가 아니지, 며느리 설 혜숙의 말투는 물려는 개처럼 으르렁대며 퉁명스럽게 쏴 붙인다. 번데기 오그라들 듯 움츠리며 늙은이 냄새가 지린내처럼 짙게 밴 이불깃을 잡아끌어 덮는 원순은 말문이 꽉 막혀버린다. 속으로만 '비러묵을 년! 내 말이 그렇게도 듣기 싫으냐? 죽지 못혀서 살고 있넌디, 어쩌다 말 한 미디 허먼 열 말 백말로 퍼부으며 오늘이라도 죽으먼 좋을 요량으로 말을 못 허게 허니 너도 인지 늙어 바라. 벌 받을 것이다.' 원순은 비통한 마음을 혼잣말로 응얼거리며 속울음을 울었다. 저녁 밥상을 내갈 때 일어난 일이다.

 이튿 날, 음력 10월 보름, 11대조 시향時享 날이다. 옛날 같지 않아 조상에 대한 숭조정신이 해이되면서 시제에 겨우 30여명의 자손들만 참석하는, 너무 초라한 집안행사로 전락되었다. 더욱 실망스러운 것은 40-50대 장년층이 거의 참석하지 않아 앞으로는 시제 자체를 지내지 못할 지경에 이를 것 같아, 더욱 걱정스러운 일이다.

고작해야 70-80대노인들 뿐이다. 그래도 촌수 높은 어른들이지만 종부를 대함에는 변하지 않아, 원순을 종부로서 예의를 갖추어 정중하게 대접해준다.

그래서 선산에 찾아온 일가들은 먼저 원순을 찾아봄에 따라 손님이 많은 것이 당연지사였다. 그러나 며느리 혜숙은 일가들 찾아오는 것을 못마땅하게 생각했다.

시어머니 모시는 것도 죽지 못해 하는 일인데 시어머니 찾아뵙는 일가들에게 차 한 잔이라도 대접해야 하는 것을 귀찮아하는 것이다. 그런 눈치를 알아챈 일가들이 찾아오는 것도 현저히 적어졌다. 그렇지만 한 두 사람 오는 것조차 싫은 내색이 역력하니 시어머니가 죽은 뒤에는 누구 하나 문전에 얼씬도 안할 것이다. 그것으로 끝나면 좋으련만 손님들이 가고 나면 그 불만은 고스란히 시어머니가 들어야 할 몫이다.

며느리 설 혜숙은 어려서 어머니가 죽고, 홀아버지 밑에서 막내로 자랐다. 성격이 괴팍해서 마을 동갑네들과도 어울리지 못했다. 집안이나 개인적으로 외톨이로 살아온 터라, 남을 배려하는 마음이 애초부터 없었다. 초등학교도 졸업하지 못한 채 올케 밑에서 응석만 부리며 멋대로 살아왔다. 여자로서 집안일하나도 제대로 배우지 못하고 시집이라고 왔던 것이다. 성장기에 정상적으로 가정교육이나 학교교육을 받지 못한 그녀가 부모공경을 잘 하리라는 기대는 마른나무에서 물을 짜내는 것이나 같았다. 또한 손님이 오는 것을 퍽이나 불편해 하는데 일가들 찾아오는 것을 반가워할 리 없었다.

갓 시집와서는 하는 수 없이 시어머니 시키는 대로 살았지만 시어머니가 늙어 집안 살림을 도맡아 하면서부터는 집안에 무서운 사람이 없었다. 그래서 어릴 적 망나니 같은 본성이 되살아난 것이다. 불행하게도 손자들조차 제 어미 닮아 공부는 꼴지를 달리면서 학교를 싸움하러 다닌다 해도 할 말이 없다. 어려서부터 말썽을 부리지 않는 날이 없을 정도로 성격들이 괴팍했다. 원순이 살림하고 살 때는 동네서 인심 좋은 집으로 소문나 있었고, 시부모 잘 모시고 얌전하여 군수로부터 효부 상을 받기도 했다. 그런 집안에 며느리하나 잘 못 들어온 바람에 종가 집 역할을 제대로 하지 못하는 것은 물론 인심을 얻지 못하고 고립을 자초하게 되니 원순의 가슴속에서는 불화로가 활활 타고 있어 하루하루 사는 것이 지옥이었다.

원순의 나이 16세로서 아직 사춘기도 지나지 않는 앳된 소녀로, 결혼하기에는 너무도 어렸다. 친정살림살이가 어렵기도 했지만, 왜정말기 일본군위안부로 어린 소녀들까지 모집해 가는 비인도적 처사가 자행되고 있는 터라 이것을 피하기 위해서는 조혼하는 수밖에 없었다. 친정마을은 야트막한 산이 서북쪽을 병풍처럼 둘러쌓고 있는 온화한 마을이었다. 안동김씨 일촌으로 선조 중에 큰 벼슬을 한 사람은 없었으나 그 지방에서는 양반행세하면서 살아온 집안이었다.

자작 논 서마지기와 소작으로 너마지기 농사를 지어 소작료 주고, 강제공출 하고나면 제 동 대먹기가 어려웠다. 7남매를 둔 아버지는 시골 유학자로 자임하면서 농사일은 강 건너 불구경 하듯 했다. 어머니 혼자 손발이 다 닳도록 농사를 지었으나 춘궁기에는 초근목피로 연명해도 모자라 장리쌀로 빚을 내 보릿고개를 넘으며 살아왔다. 3-4월에 쌀 한 가마 빚내먹고 가을에 한 가마 반을 갚아야 했다. 그러자니 살림은 해가 갈수록 궁핍해지기만 했다. 입을 하나라도 덜어야 하는 처지에 청혼이 들어왔으니 결혼은 쉽게 결정되었다.

신랑은 갓 초등학교를 졸업한 15세 미소년 이었다. 깊고 깊은 산골이지만 한양조씨 종가로서 가풍을 지키고 살아온 집안이었다. 가문 간에 걸맞은 혼처였다. 다만 시조부모까지 살아계셔 층층시하 시집살이는 맡아놓은 고생길이었다.

그래도 마을에서 잘사는 편이어서 먹고사는데 큰 어려움은 없었다. 더구나 혼수비용 등을 신랑 측에서 거의 부담해주었기에 근근이 사는 친정으로서야 다른 조건 따질 게제가 아니었다.

그렇게 결정된 결혼은 혼례를 원순의 집에서 치루고 못하고 처녀의 몸으로 떼매와 시집에서 간략하게 혼례를 치렀다. 사십 리가 넘는 신행길을 이인교二人轎 가마 속에서 처녀의 몸으로 웅크리고 시집이라고 왔다. 가마창 너머로 보이는 풍광은 원순을 더욱 낯설고 마음을 심난하게 했다. 들은 좁아지고 산은 높아졌다. 고개를 넘고 물을 건너 늦은 오후에야 도착한 시댁은 앞뒤가 꽉 막힌 산골 중에 산골이었다.

귀양살이가 이보다 더하랴 싶어 부모 떨어져 나온 서러움보다 앞으로 살아갈 일이 더 막막했다. 그렇게 절망에 가까운 심정으로 온 시집살이가, 몸은 고되지만 마음조차 힘 드는 것은 아니었다.

시어머니가 자상하고 친밀감이 있어 모르는 것은 가르쳐 주고 힘 드는 일은 거들어 주셔서 크게 위안이 되었다. 한편 원순은 어렸지만 친정에서부터 반상의 품격을 지키면서 베푸는 삶을 보고 자란 터라 시집와서도 일가들이나 집에 찾아오는 손님은 정성을 다해 모셨다.

그것이 사람 사는 도리로 여겼던 것이다. 어린나이여서 살림은 도맡아 할 수는 없어도 온후한 성품에 친화력이 몸에 배 있어 시부모는 물론 마을사람들까지 칭찬이 자자했다. 신랑은 어린나이여서 이성을 알지 못하고 자기 색시란 생각보다는 누나로 생각하고 응석을 부리며 원순에게 기대고 사는 것이 싫지는 않았다. 4년이 지난 뒤에야 신랑이 이성에 눈을 뜨기 시작했다. 그 때부터 둘만의 밤은 꿀보다 더 달콤했다. 동지섣달 긴긴 밤도 짧기만 했고 늦잠 자다 시어른들에게 꾸중 듣는 일이 한두 번이 아니었다.

일본의 하와이 진주만 공격으로 발발한 태평양전쟁이 격화되면서 일본은 발악적으로 전쟁동원에 나섰다. 젊은 청년들은 징병으로 잡혀가고, 나이든 남자들은 노무자로 모집해가서 전쟁터 아니면 탄광으로 끌어갔다. 먹을 식량조차 다 빼앗아가는 형편이니 살아갈 수가 없었다. 겨울에는 호박 죽, 봄이 되면 산야를 헤매며 뜯어온 쑥이나 산나물로 겨우겨우 연명하며 살아왔다. 원순은 그 어려운 생활에서도 임신을 하게 되었다. 입덧이 심했으나 음식 가릴 겨를이 없었다.

그러면서 시조부모 시부모 모시는데 한 치의 소홀함도 없었다. 시할머니는 중풍으로 쓰러져 3년째 거동을 못하고 겨우 앉아서 살고 계셨다. 조석으로 보드랍게 누른 밥을 받쳐 올리고 밤낮으로 대소변을 다 받아냈다. 그렇게 한해 두해 종부로서 지위를 쌓아가면서, 건장한 청년이 된 신랑 수만과의 사랑도 뜨거웠다. 수만은 밤에 마실 나가는 것도 접고 원순 옆에 누워서 뫼똥墓墰처럼 불러 오른 원순의 배꼽에 귀를 대고 태동하는 아기와 이야기를 나누었다.

"나가, 너그 애비다. 우리장손 건강허게 자라 튼튼허게 만나자. 니가 우리집안 대들보니라. 뱃속에서부터 장손으로 보람을 갖고 이 세상에 나오그라."

밤 깊은 줄 모르고 배를 쓰다듬으며 태아와 노는데 빠져들어, 원순은 오히려 귀찮을 지경이었다. 그러나 이제 막 떠오는 사랑의 눈을 피하고 싶지 않았다.

앞산에 만년설처럼 하얗게 쌓여있던 눈이 언제 녹으랴 싶었는데, 봄 햇살이 어깨를 따뜻하게 품어 안을 때, 얼었던 눈덩이가 물러지기 시작했다. 비가 몇 차례 내리면서 짚불 사그라지듯 다 녹아내렸다.

바위 밑에나 큰 나무 등걸 밑에 듬성듬성 잔설이 남아있을 뿐이었다.

그런 잔설을 아랑곳 하지 않고 대지는 무거운 겨울옷을 벗어던지기 시작했다. 양지 녘에는 새 생명들이 제법 파릇파릇 돋아나 그 봄나물을 캐는 아가씨들의 수다소리가 개울물 속에 녹아내리고, 농부들의 논밭 가는 소몰이에 대지는 뿌드득뿌드득 기지개를 켜고 있었다. 남편 수만은 봄 파종을 위하여 밭에 밑거름할 퇴비를 쳐내고 있었다.

점심때가 될 무렵 주재소순사가 찾아왔다. 검정 순사복에 금빛 단추가 번쩍번쩍 빛나는 것만 봐도 사람들은 겁을 먹었다 왼 쪽 허리춤에는 은빛 번쩍이는 긴 칼이 보는 이들을 주눅 들게 했다. 순사에 대한 공포심은 사람들의 오금을 못 펴게 했지만, 그나마 일본 사람이 아닌 것이 말이라도 통하여 숨통이 트이는 것 같았다.

"여기가 조수만 집이요?"

거만스런 순사의 태도였다. 원순이 부엌에서 점심밥을 짓고 있을 때였다.

"예."

원순은 죄인처럼 오금이 오그라들어 무어라고 더 말을 하지 못했다.

"집에 없소?"

"예, 밭에 망웃 내고 있어요. 곧 올 것 인디요."

원순은 괜히 가슴이 철렁 내려앉았다. 요새는 바깥출입도 안하고 집에서 일만 했는데, 무슨 잘못이 있는 것일까? 궁금함을 넘어 가슴은 이미 떨고 있었다.

"조수만은 대일본제국 천황폐하로부터 영광의 부름을 받았소. 황국신민으로 천황폐하의 부름을 받는 것은 가문의 영광이요. 집에 오거든 그리 전하시오."

순사는 붉은 두 줄이 쳐진 종이를 건네주면서 손도장을 찍으라고 했다. 영장수령확인을 손도장으로 찍었다. 군대 갈 소집 영장이었다.

점심때가 되어 집에 돌아온 남편에게 소집영장을 건네주었다. 수만이 그 영장을 받아들고 사색이 다 되었다. 곧 숨이 넘어갈 듯 얼굴이 붉으락푸르락 했다.

"무신 큰일이라도 났는기요?"

원순은 수만의 상기된 표정에서 큰일이 난 것 같은 느낌을 받으면서 조심스레 물었다.

"……."

수만은 아무대답도 없이 마루에 털썩 주저앉아 눈 녹은 앞산을 초점 잃은 눈으로 바라보고 있었다.

"왜, 그려요? 무슨 잘못한 짓이라도 있능기요? 어디 나가지도 않고 집에서 일만 혔넌디, 먼 일이다요?"

원순은 아무 말도 하지 않는 수만을 바라보다 부엌으로 들어가 점심을 준비했다. 점심때가 되면서 일 나갔던 식구들이 집으로 돌아왔다. 원순은 먼저 중풍에 거동을 못하고 누워서만 지내는 시할머니의 깔고 있는 요를 들쳐 무명베기저귀를 깔아주는데, 질척하게 젖어 지린내가 역겹게 코를 찔렀다. 무명베수건으로 시할머니 아랫도리를 닦아내고 일어나 앉히니 지린내도 한결 가셨다. 작은 소반에 물김치와 간장 등 간단한 반찬에 쌀죽을 끓여와 떠 넣어 주었다.

"왜, 이리 싱겁냐?"

발음이 흐려 알아들을 듯 말 듯 했다. 입안의 음식물도 제대로 깨물지 못하고 입 밖으로 질질 흘리는 할머니였다. 원순은 간장을 조금 쳐 간간하게 간을 높이고 수건으로 입을 닦아주며 죽을 떠먹여주었다.

그리고 나서 부엌으로 나가 시할아버지 상 따로 차리고, 시아버지와 남편은 겸상으로 차려 올렸다.

시어머니, 손아래 시누이와 원순은 상도 없이 마룻바닥에 무채국과 초가 된 묵은 김치를 물에 씻어 다시 양념으로 무친 것 두 가지 놓고 점심을 먹었다. 수만은 오전에 순사가 주고 간 영장을 내 보였다.

"이것이, 멋이냐?"
"주재소순사가 주고 갔어요."
"머신디 그려?"
온 식구가 놀란 표정으로 물었다.
"모집나왔어요. 오넌 스무 이튼 날까지 읍내 순창보통핵교로 나오라
는 것잉만이라우."
울먹이는 말투가 쉽게 이어지지 않았다. 시아버지는 아무 말도 하지
않고 꾸역꾸역 밥을 억지로 입안으로 쑤셔 넣듯 먹고 있었다. 시어머니
는 밥 먹던 수저를 턱 떨어뜨리듯 내려놓으면서,
"아니, 무신 소리여? 모집나왔다고? 이 일을 어쩐디아. 거그 가면 못
돌아온다는디, 이 노릇을 어쩐다냐?"
억장이 무너지는 듯 울먹거렸다. 원순도 가슴이 철렁 내려앉았다.
원순이 영장을 받을 때만 해도 내용을 들여다보지 않아 무엇인지 잘 몰
랐다. 혹시 무슨 잘못이 있어 조사받으라는 것 아닌가 하고 생각했을
뿐 심각하게 생각하지 않았다.

시할아버지는 70이 넘어 농사일은 못하지만 농사에 대한 조언은 할
수 있고, 시아버지는 아직 50대 초반이어서 집안일이나 농사는 큰 걱
정 없지만 남편이 없다보면 대들보가 무너지는 것 같은 생각이 들었다.
이제 막 이성의 눈을 뜨고 뜨거운 사랑의 달콤한 맛을 느끼고 있는데,
또한 임신 중이라 남편의 도움과 의지가 절대적으로 필요한시기인데
모집이라니, 앞으로 살아갈 날이 칠흑의 광야를 혼자 걸어가는 것만 같
았다. 층층시하에서 집안일을 해내야 하는데 남편도 없는 홀몸으로 어
떻게 해쳐나갈 것인가? 생각하면 눈앞이 캄캄했다.
그러나 뛰는 호랑이도 잡아들일 기세로 날이 시퍼렇게 서있는 식민치

하에서 모집에 응하지 않을 수는 없다. 생각하면 할수록 걱정이 태산이었다.

수만이 입대하는 날은 그동안 봄 날씨가 많이 풀렸는데 느닷없이 진눈개비가 흩날리면서 마음을 더욱 차갑게 했다. 이른 아침 사십 리 길을 걸어서 추적추적 진눈개비를 맞으며 떠나는 수만의 뒷모습은 끌려가는 포로 같이 어깨가 축 늘어져있었다.

아무 말도 못하고 묵묵히 동구 밖까지 따라 나온 원순은 수만이 산모퉁이를 돌아가 보이지 않을 때까지 한순간도 놓치지 않고 시선을 고정시켜 놓고 있었다.

수만이 떠나고 한 달 반이 넘어서야 편지가 왔다. 필리핀인데 날마다 비가 와서 생활하기가 몹시 불편하다고 했다. 천만다행인 것은 보급부대에 근무함으로 직접 전투는 하지 않아 큰 위험은 없다는 소식에 한숨을 놓을 수 있었다. 그러면서도 원순에게는 직접 전하는 말이 없어 조금은 섭섭했다. 그러나 시아버지 앞으로 보낸 편지라 원순에게는 달리 무슨 이야기하기가 쑥스러워 하지 못한 것으로 생각하고 스스로 위안을 하며 아무 탈 없기만을 두 손 모아 빌었다.

수만이 입대 후 여섯 달이 지났다. 무더웠던 여름도, 지루했던 장마도 멎어 건들매가 불어오는 처서 철이 되었다. 원순의 배는 도드라지게 불러왔다. 가을김장채소를 심는데 배가 아래로 내려앉아 거동이 어렵게 무거워졌다. 참아가며 겨우 가을채소를 다 심고 나니 해가 서산에 걸터앉아있었다.

산그늘은 바닷물이 민물 져 오듯 산자락을 더듬으며 내려오고 있었다. 더위도 한결 식고 선들바람이 나뭇잎을 흔들면서 땀으로 젖은 뒷가슴을 닦아주었다.

원순의 아랫배가 꿈틀대면서 사르르 아파오기 시작했다. 점심 먹은 것이 탈난 것은 아닌 것 같은데 지금까지 느껴보지 못한 아픔이었다. 곧 괜찮아지겠지 하며 대수롭지 않게 생각했는데 그것이 출산진통의 시작이었다. 시간이 흐를수록 진통이 점점 심해졌다. 해가 지는데도 저녁밥을 지을 수가 없었다. 아무리 참으려 해도 저절로 비명소리가 나왔다. 시어머니가 해산의 징조임을 알고,

"아가. 놀래지 말그라 몸을 부릴랑갑다. 많이 아파야 해산이 되니 이를 악물고 참아야 헌다."

시어머니는 방을 치우고 헛청에서 볏 집 한 묶음을 가져와 검불을 빼고르게 간추려 원순이 누워있는 자리에 깔아주면서 그 위로 눕도록 했다. 그리고 상을 윗목에 차리고 찬물 한 사발과 쌀을 한 되쯤 부어놓고 삼신할머니에게 손을 비비며 이령수를 했다.

"삼시랑임네. 삼시랑임네가 잡아주고 보살펴주셔 뒤 보듯 수월하게 해산해 주세요!"

시어머니의 간절한 기도였다.

원순은 밤새 잠 한숨 못자고 진통을 거듭하다 새벽녘 먼동이 트면서 몸을 풀었다. 수탉이 세 번째 울고 있었다. 수만은 미리 남아인 줄 알기나 한 것처럼 "장손. 장손."하면서 태아와 이야기를 했는데 정말로 장손으로 덜러덩 고추를 달고나왔다. 초산이라 힘들기는 했지만 고추를 낳았으니 시부모님들이 너무너무 좋아했다. 시아버지는 아기의 사주를 보고 오행五行과 조씨 집안의 춘자椿字 항열에 맞게 이름을 춘호椿浩로 지어주었다. 시어머니는 미역국울 뚝배기 채 떠다주었다. 미역국을 많이 먹어야 산후회복이 쉽게 되고, 젖이 많이 난다며 수시로 떠다주어 배 꺼질 새가 없었다.

그래도 원순은 마음한구석이 텅 비어있었다.

시부모님들이 무척이나 좋아하여 할 노릇을 했다는 자부심에 날개를 단 듯 활발하고 떳떳하지만 수만이 없으니 방안에 아무도 없는 것 같은 허전함에 마음이 무거웠다. 가을김장거리는 다 심어놔서 바쁜 농사일이 없는 터라 시어머니가 나가지 않고 집에 있으면서 산후조리를 잘 해 주었다. 처서가 지나 가을 냄새가 완연하지만 아직 한 낮의 더위는 여름 그대로였다.

　김장을 마치고 나니 날씨는 하루가 다르게 겨울로 들어가 추워지면서 눈도 많이 내렸다. 그러나 가을걷이한 벼는 공출로 거의 다 바치고 나니 내년 보리가 날 때까지 식량 대 먹기가 힘들게 되어 겨울부터 아껴 먹어야 했다. 원순은 매일 누렇게 익은 호박껍질을 긁어 벗겨 밀가루나 메밀가루로 죽을 끓여 저녁끼니로 때웠다.

　이렇게 먹는 것이 부실하니 젖이 많지 않았다. 그래도 춘호는 백일이 지나면서 사람을 알아보기나 하는 듯 눈을 맞추면 방긋방긋 웃기도 했다. 남편이 없는 동지섣달 긴긴밤, 등 시리고 말벗도 없는 독수공방이지만 춘호 키우는 정에 겨울밤이 외롭지만은 않았다. 온 천지를 꽁꽁 얼려 동토의 땅에도 어김없이 계절은 찾아오고 있었다. 해동의 기운으로 버드나무가지에 개밥이 피어나며 졸졸졸 흐르는 개울물이 이른 봄소식을 전해주었다. 보리 싹이 파릇파릇 봄 햇살을 한 아름 안아 속잎을 키워 내고 있었다.

　해동이 되면서 일본의 폭정은 날로 심해지고 있었다. 남정네들은 산에 가서 소나무가지를 베어다 송진을 내어 받쳤다. 여인들까지 몸뻬를 입게 하고 군사훈련을 시키며 비행기폭격에 대비한 방공대피요령교육을 시켰다. 뿐만 아니라 놋그릇이며 수저 저분까지 놋쇠로 된 것은 모두다 강제로 거두어가 실탄이나 병기를 만드는데 사용했다.

이렇게 전쟁물자가 부족한데 전쟁에서 이긴다는 것은 기적이 일어나지 않고야 가당치 않는 일이었다. 주재소순사들이나 면서기들은 일본이 곧 이긴다고 허세를 부려대지만 전세는 날로 불리해지기만 했다. 시절은 삼복 철, 더위가 숨 막히게 기승을 부렸다.

시할머니가 돌아가셨다. 원순이 시집온 이듬해 중풍으로 쓰러진 시할머니 뒷바라지는 원순의 목이었다. 어린나이에 정성으로 보살피며 더러는 힘들어 견디기 어려울 때도 있었지만 그동안 미운 정 고운정이 들어 막상 돌아가시니 가슴 쓰리게 슬펐다.

일제말엽 극에 달한 압정과 식량부족으로 너나없이 살기 어려웠으나 일가들의 부조로 장례는 그런대로 치를 수 있었다. 원순으로서는 5년간 시할머니 병수발이 감당하기에 어려운 짐이었으나 돌아가심으로서 그 멍에를 벗을 수 있었다. 여름산하는 푸를 대로 푸르고 숲은 웅성 깊었다. 감이 골무만큼 커지며 잎 사이로 쫑긋쫑긋 얼굴을 내밀고 벼들은 몸집을 한껏 불려 이삭을 잉태하기 시작했다.

팔월초순 세찬 바람이 몰아쳤다 대형 태풍으로 산에 나무들이 다 넘어지고 꺾여 진탕을 쳐놓은 듯 성한 나무가 없었으며 지붕이 날아가고 작은 초가집은 쓰러지기까지 했다. 이 태풍을 해방바람이라고 했다.

라디오는 물론 신문 한 장도 들어오지 않은 산골마을에서는 전세가 어떻게 돌아가는지 알 수 없어 전쟁이 끝나리라는 것은 생각조차 못했다.

오직 일본식민통치를 어떻게 하면 피할 수 있을까 하는 뜬구름 잡는 기대뿐이었다.

1945년 8월 15일 정오가 가까워지면서 일본천황이 라디오를 통해서 연합군에게 항복하는 방송을 했다. 그러나 산중오지에서는 그 소식을 들을 수가 없었다. 오후 늦은 시간에야 읍내를 다녀오는 사람들이 해방

되었다는 소식을 전해왔다. 뒤 늦게 해방소식을 들은 마을사람들은 동각에 모여서 이후 일어날 일들을 협의하고 해방기념 잔치를 결의했다. 소를 잡고 음식을 장만하여 술과 함께 먹으면서 삼일 간 만세를 부르며 해방의 기쁨을 마음껏 즐겼다. 그러나 원순은 걱정이었다.

남편 수만이 돌아와야 하는데 전쟁이 급박해서 그랬는지 편지도 없었다. 마을사람들은 해방의 기쁨을 마음껏 즐기고 있는데 원순은 딴 근심에 휩싸여 있었다. 오직 아들 춘호가 돌이 가까워오면서 하루가 다르게 문고리를 잡고 서면서 한 발짝씩 떼는 걸음마에 흐뭇한 미소를 지으며 잠깐씩 마음의 평온을 찾기도 했다. 그렇게 밤잠을 이루지 못하며 기다리던 남편이 해방되고 두 달이 넘어서야 돌아왔다. 원순은 그때서야 해방을 맞는 기분이었다.

사랑에 목말라했던 그들에게 가을밤은 짧기만 했다. 그러나 단꿈도 한순간에 지나가고 말았다. 수만은 마을청년들과 어울려 마을의 일제 후속처리에 날밤을 세웠다. 오랫동안 마을구장을 도맡아 횡포를 부린 성 종률 씨 일가를 마을에서 강제추방하기도 하고 면단위, 군 단위 회의나 집회에 참석하는 등 집에 들어오는 날이 드물었다.

돌 지난 춘호의 아장걸음과 '엄마. 아부.' 부르면서 하루가 다르게 새로워지는 재롱을 뒤로 한 채 수만이 집에 들어오지 않으니 원순의 불만은 커져만 갔다. 하지만 층층시하 시부모를 모시는 처지에서 내색을 할 수 없었다.

시부모들은 농사일만 알고 살아온 터라 세상 돌아가는 것을 알지 못했다. 알려고도 하지 않는 사람들이어서 수만이 집안일을 돌아보지 않아도 탓하지 않았다. 오히려 밖에서 큰일을 한다고 생각하고 잘해보라는 입장이었다. 그런 처지에 원순으로서는 불만을 털어놓을 계제가 아니었다. 내색도 못하고 혼자만 고민 고민 하다가 하는 수 없이 덕동작은아버지를 찾아가 하소연을 했다.

"작은아버님, 요새 애비가 도통 집에 들어오지 않혀요. 잘은 모르지만 남로당인가 뭔가에 가입한 것 같은디, 고런 것에 들어가도 괜찮은가 모르겄어요. 걱정은 되는디 말은 안 허고, 답답혀서 왔어요. 어찧게 허면 좋데요?"

원순은 답답한 심정을 작은아버지에게 털어놨다.

"그려? 요새 나가 보기에도 청년단 헌다고 허는 애들, 수상허게 생각혔는디, 내 짐작이 맞았구만. 알았다. 집에 들어오면 나한테 보내그라."

덕동작은아버지는 수만을 자중하도록 단단히 타이르려고 마음먹었다.

작은아버지 조만덕은 군내에서 처음 설립된 보통학교 1회 졸업생이었다. 어려서는 학교가 없어 서당에서 한문을 배우고 결혼한 뒤에야 군내에 보통학교가 설립되어 16세의 늦은 나이에 입학해 4년 졸업을 한 사람이다. 학식이 많고 처신이 근엄하여 마을의 정신적지도자라고 해도 과언이 아니었다. 초기보통학교를 졸업한사람들은 면서기나 순사가되어, 있는 권세 없는 권력을 행사하며 살았으나 만덕은 일제에 협력하지 않고 마을에 서당을 열어 후학교육에 심열을 기우렸다.

보통학교도 못나온 많은 어린이들을 모아 한글을 깨우쳐 주고, 한문을 가르치는 등, 소리 없이 민족정신을 깨우쳐주었다. 그래서 마을에 공사간의 일이 있거나 문제가 발생하면 그에게 자문을 받아 처리해 나갔다.

원순이 다녀가고 난 뒤 이틀 만에 수만이 찾아왔다.

"작은아버지 부르셨어요? 그동안 적적혔습니다."

수만이 머리를 조아리고 인사를 올렸다.

"왔냐? 거그 앉거라."

만덕은 근엄한 자세로 인사를 받았다. 만덕은 자리를 고쳐 앉으며 화로 불을 수만 앞으로 당겨놓았다.

"괜찮혀요. 아직 그리 춥지 않구만이라우."

수만은 화로를 사양하면서 긴장한 채 윗목으로 나앉았다.

"잘 왔다. 너희들 요새 뭉쳐댕김선 멋혀냐?"

작은아버지는 수만을 뚫어지게 쳐다보며 다그쳐 물었다.

"아무 것도 안 혀요. 그냥 모여서 시국얘기도 허고, 앞으로 어떻게 될 것인가 걱정도 허고, 그렇게 지내고 있어요."

"그려. 그렇게 아무것도 아닌 짓을 허면서, 허구헌날 집에도 안 들어 온다면서? 김영곤이가 어떤 놈인지 아냐? 사범핵교까지 나와 선생질 허는 놈이 지 헐 일이나 허제. 너그덜 대리고 남로당 가입혀서 그런 공부 헌다고 헌다면서? 니가 공산당이 어떤 것인지나 아냐?"

"저는, 잘 몰라요. 그려서 공부나 좀 허까허고 다녔어요!"

"이놈아 공부를 헐라면 다른 것도 많은디, 어찌 하필 그런 공부여? 나도 잘 모른다만 주인도 머슴도 없고 전답은 니 것 내 것 없이 다 똑같이 사는 것이 공산당이라고 하드라. 물론, 누구나 차별 받지 않고 잘 살먼 좋지. 그러나 인간사가 그렇게 되는 것 아니다. 어른 아가 있고, 있는 사람 없는 사람이 있어 서로 도우며 살아가는 것이 사람 사는 시 상이제, 어찧게 똑같이 잘살아? 그런 감언이설에 속지 말고 정직하게 살아갈 궁리나 혀. 더구나 너는 우리집안장손이 아니냐? 니가 중심을 잡고 집안일을 앞장서 혀야 할 사람이 엉뚱한데 빠져서 집안일을 내팽개치면 집안이 어떻게 되겄냐? 정신 채려야 헌다. 심새 없이 내 농사 지어 묵고, 없는 사람 도와주면서 인심 얻고 사는 것이 이런 난세에 처세술임을 명심 혀야헌다. 알겄냐? 지금 시상 돌아가는 것을 봐라. 해방 전에는 면서기다, 순사다, 심지어 동네 구장만 혀도 큰 벼슬이나 헌 것맹기로 거드름 피움선 못나고 글 모르는 사람은 사람 취급도 안 혀든 놈들, 세상 바뀐게 어떻게 되얏냐! 요로케 세상이 어지러울 때는 없는 듯이 숨어서 살아가는 것이 질로 현명한 것이다. 잘난 체 험선 들썩 거리다가는 큰 코 다칠 수 있은게 조심혀야 혀. 알겄냐? 세상이 평온해지고 질서가 잡히거든 나가서 사회활동을 해도 늦지 않은게 지금은 집에서 없는 듯이 살아. 오늘부터 당장 나가지 말고 가을일 덜 끝난 것 마무리나 지어라."

작은아버지는 수만을 앞에 앉혀놓고 엄중하고도 결연하게 주의를 주고 각성을 시켰다.

"작은아버지, 젊은 사람이 잘 살아보자고 하는 것인데, 꼭 그렇게 혀야 해요?"

수만은 공산주의사상이 상당히 주입된 듯 했다. 예전 같으면 작은아버지 앞에서는 입도 뻥긋 못하고 듣고만 있었는데 상당히 당당한 태도로 의견을 확실하게 말하고 있었다.

"안 되야. 니가 멋얼 알아. 인지 남로당에 들어간 놈덜 혼줄 날 날이 올거여. 정신 차려야 혀, 이놈아. 당장 빠져나오고 다시는 그런데 나가지 마라. 알았어?"

작은아버지는 강한 어조로 야단을 치면서 나가지 못하도록 타일렀다.

"……."

수만은 더 이상 무어라고 말 할 분위기가 아니었다. 남로당에 대해서 이야기를 더 하다가는 만덕의 성미에 화로를 뒤집어쓰고도 남을 것이었다. 그래서 수만은 고개만 숙이고 아무 말도 못했다.

"알았제? 앞으로 허튼짓 허먼 가만 안둘 것인께 알아서 혀."

"알았어요."

수만은 기가 완전히 꺾여있었다.

"이럴 때일수록 조심 허고 특히 행동얼 삼가고 말조심혀야 헌다. 나가서 일 헐 것 있으면 혀라."

작은아버지 말씨는 많이 누그러졌다.

"그럼, 가보께요. 편히 계셔요."

수만은 작은아버지의 방을 나오면서 한숨을 몰아쉬었다. 그러나 마음은 착잡했다. 젊은 사람이 이 어려운 세상에 사회와 국가를 위하여 무엇안가를 해야 한다고 생각했는데 작은아버지 말씀은 너무도 완강해서 거스를 수가 없었다.

수만은 5인 청년회의에서 빠져나왔다. 그 뒤로 김영곤이 밤마다 찾아와 동참할 것을 집요하게 요구하고 설득했으나 작은아버지를 핑계대고 끝내 참여하지 않았다. 그래서 집안일도 열심히 하며 원순과의 달콤한 사랑의 꿈속에서 유영하며 깨를 쏟아내면서 원순이 둘째를 입태入胎하게 되었다. 수만은 원순이 입태하면서 바깥일에는 완전히 손을 떼고 가정생활에 더욱 충실했다.

농사일을 때맞추어 잘하여 생활도 날로 달로 펴나갔다. 그 뒤로 남로당에 가입했던 다른 청년들도 하나 둘 빠져나와 버렸다. 너무도 이질적인 사상이라서 특정인을 제외하고 보통사람들의 호응을 받지 못함에 따라 활동할 수 없는 처지가 되었다.

마을에 괴질(염병)이 들어와 많은 사람들이 죽어나갔다. 위생상태가 열악한데다 의약품이 없으니 병을 앓고 있어도 속수무책이었다. 그 전염병이 원순네라고 비켜가지 않았다. 시할아버지, 시아버지는 재통再痛삼통三痛을 앓다가 돌아가시고, 열여덟 살 시누이조차 죽어 집안이 쑥대밭이 되다시피 했다. 그 와중에서도 시어머니는 병에 시달리다 다행히 머리를 들고 일어났다. 하늘이 무너져도 솟아날 구멍이 있다는 말처럼 원순과 수만은 젊음 때문이었는지 병이 피해갔다. 시 어른들 치상으로 가산이 휘청거렸으나 수만이 오직 농사에 전염함으로서 난국을 헤쳐 나갈 수 있었다.

집안에 큰 불행이 찾아오면서 슬픔에 잠기고 실의에 빠져들었다.

그러나 수만과 원순은 젊음으로 슬픔과 고난을 극복하고 마음을 가다듬어 새로운 각오로 매진하게 되었다. 그러던 중 둘째 춘보가 태어나면서 정신적으로 새로운 활력소가 되어 집안이 완전히 정상화되었다.

1948년, 해방된 지 3년 만에 대한민국정부가 수립 되면서 치안이 안정됨에 따라 남로당가입자들을 검거하기 시작했다. 5인 청년회회원들도 경찰서에 불려가 조사를 받았다. 수만은 초창기 며칠밖에 나가지 않아 가담정도가 미미하여 곧바로 훈방되었다. 그러나 김영곤은 주동자로 재판에 회부되어 10월 징역에 집행유예 2년을 선고받았다. 작은아버지 만덕의 예측이 적중함으로서 수만은 작은아버지에 대한 신뢰와 믿음이 더욱 높아졌다.

2

비극의 함정

　1950년 6월 25일 한국전쟁이 발발했다. 7월 중순이 되면서 인민군이 들어와 면단위까지 인민위원회와 치안대를 결성했다. 김영곤은 면당 위원장이 되었다. 수만은 모든 것을 잊고 살아오면서 만덕의 만류로 외부출입을 거의 끊은 체 농사일에 전념 했는데, 김영곤이 치안대에 가담하도록 집요하게 강요하는 바람에 차마 떨쳐내지 못하고 가입하게 되었다. 작은아버지는 다시 수만을 불러 놓고 말렸으나 현실사정은 변해 있었다. 인심이 흉흉해지면서 마을사람 사이에 불신과 시기로 선량한 사람까지 곤욕을 치르는 일이 비일비재 했다.

　이렇게 험한 분위기에 조카라지만 작은아버지가 만류한 사실이 들어나면 무사할 수가 없었다, 그래서 작은아버지는 수만이 치안대에 들어가 활동하는 사실을 알면서도 강력히 만류하지 못했다. 일가친척도 어른도 친구도 믿을 수 없는 세상이 되고 말았다.
　공산주의를 반대하는 말을 입만 뻥긋해도 잡혀가는 세상이니 집안의 정신적 어른이며 마을의 자문역을 맡고 있는 만덕도 입을 다물어버렸다. 다만 수만을 만날 때마다 부화뇌동하지 말고 너무 앞서지 말 것이며, 억울한 사람이 없도록 조신있게 처신할 것을 당부했다.

그러나 수만이 치안대에 나가면서 농사일도 모른 체했으니 가정은 물론 농사일까지 원순의 몫이 되고 말았다. 원순의 나이 이십팔 세 꽃다운 나이에 수만의 몹쓸 병이 도진 듯 밖으로만 나다니면서 달콤한 밤도 잊어버렸다. 그러나 그런 생각은 사치였다. 공포와 두려움에서 살아야 하는 그해 여름, 낮이나 밤이나 비행기공습에 쫓기는 삶의 연속이었다.

　논매던 사람들이 전투기의 기총소사를 받아 세 사람이 죽었다는 둥, 또한 다리를 폭파하려는 폭탄이 오폭誤爆되어 인근마을에 피해를 입혔다는 소식들이 구전으로 전해지며 언제 당할지 모르는 전쟁을 두려워하며 떨고 있었다. 밤에는 호롱불은커녕 모깃불이나 심지어 담배 불조차 밖으로 새나가지 않게 가리고 숨겨야했다. 이런 두려움 속에서도 일상을 져버리지 못하고 원순은 농사일을 열심히 했다.

　선들바람이 불어오고 들에는 가을빛으로 물들기 시작했다. 아무리 무서운 전쟁 속에서도 어김없이 계절은 찾아온 것이다. 풍요의 추석이 돌아왔는데 간단히 차례만 지내고 예년에 하던 윷놀이나 씨름 같은 민속놀이는 할 수 없었다. 그런대로 마을사람들이 정자나무 밑이나 노출되지 않는 의지 처에 숨어서 음식을 나누어 먹으며 전쟁이야기를 하며 대명절 추석을 지내고 있었다. 이 때 인천상륙작전이 성공적으로 감행되면서 파죽지세로 서울이 수복되고 북진이 시작되었다. 그에 따라 낙동강전선이 무너져 인민군이 폐퇴하기 시작했다.

　수만이 가입해서 설쳤던 치안대도 술렁이기 시작했다. 10월 중순부터 퇴각하는 인민군이 퇴로가 막힘에 따라 산중으로 피해들었다. 깊은 산속 마을엔 퇴각하는 인민군의 집결지가 되었다. 치안대도 유명무실해지면서 해체되고 면당인민위원회가 피난길에 오르면서 수만은 고민에 휩싸였다.

그들과 함께 행동할 것인가? 아니면 이탈하여 수복지구로 나갈 것인가, 수만은 치안대를 이탈하여 순창읍으로 피신하려고 빠져나가고 있었다. 가는 길목마다 검문이 심했다.

가을 추수가 한창이라 농민차림의 수만은 검문을 무사히 통과하는가 싶었는데 인민군의 마지막 검문소에서 붙잡히고 말았다. 치안대요원들이 그를 탈출자로 채포해서 상부로 넘겼던 것이다. 변명한번 해볼 새 없이 심한 고문 끝에 어느 이름 모를 깊은 산 계곡에서 소리 소문 없이 처형당하여 돌무지로 묻어버린 바람에 시신조차 찾을 길이 없었다.

작은아버지 만덕 또한 그동안 공산주의를 반대하고, 수만을 만류했던 사실들을 김영곤이 알고 있어 그들이 쫓기면서 반동분자로 분류된 사람들을 잡아다가 집단학살을 하면서 함께 처형을 했다. 집안의 지주였던 만덕 작은아버지조차 처형되고 나자 집안이 쑥대밭이 되었다.

원순은 수만의 소식을 알지 못한 채 조바심과 두려움으로 밤잠을 설치고 있었으나 내색조차 할 수 없었다. 전쟁의 소용돌이가 가까워지면서 인민군이나 지방부역자들은 더욱 악랄해져 말 한마디 잘 못하다가 반동분자나 사상불순자로 분류되어 처형되는 일이 다반사였다.

계절은 겨울 속으로 깊숙이 들어와 눈과 추위를 견디어내기 힘든 하루하루였다. 더구나 국군의 진격이 날로 가까워지면서 마을 앞 뒤 산에서 이삼일 간격으로 전투가 일어났다. 원순은 하루하루가 죽느냐 사느냐 하는 기로에 서있으면서도 수만을 한시도 잊지 못했다. 그러나 시간이 지날수록 죽었을 것 같은 예감이 커졌다. 그러면서도 기적적으로 탈출하여 수복지에 있을지 모른다는 허망한 환상의 꿈을 꾸고 있었다.

전장의 한 중심에서 오도 가도 못하고 산속에 땅굴을 파고 숨어 지내기를 석 달, 그때까지 살아있다는 것이 기적이었다.

비행기폭격을 받고 포탄이 마을에서 터지고 유탄에 맞아죽는 사람이 많았지만 그런 아비규환 속에서 살아남았다는 것이 천운이 아니고 무엇이겠는가, 추위와 전쟁의 공포에 떨었던 겨울이, 밀려오는 봄기운을 이겨내지 못하고 물러나기 시작하면서 동시에 인민군이나 그 세력들이 급격히 약해져 국군이 마을로 들어왔다. 군인들은 마을사람들을 소개시켰다. 사람들은 간단한 기본 도구만 들고 남부여대하여 피난길에 올랐다. 원순의 식구들도 고난의 피난길에 함께 했다.

시어머니와 어린 두 자식을 업고 걸리며 순창으로 나왔다. 광명의 신천지였다. 원순은 식솔을 거느리고 친정으로 찾아갔다. 친정에서는 사지에서 살아온 원순을 따뜻하게 품어주었지만 내심 수만이 탈출했을 거라는 기대가 무너지면서 걷잡을 수 없는 절망감에 나락으로 떨어지는 것 같았다. 그러나 실의에 빠져있을 겨를이 없었다. 친정친척집 허드레 방을 얻어 솥단지를 걸었으나 먹을 식량이 문제였다. 친정에서 쌀한 말 쯤을 주었지만 무한정 기대고 살 수는 없는 일이었다.

어느새 날은 풀려 봄 색이 완연했다. 눈 속에 파묻혀 있던 보리밭이 파란 띠를 두르고 봄을 토해내는 이랑 이랑에서 아낙들은 보리밭 메기에 하루해가 짧고, 남정네들은 봄갈이에 쟁기 보습에서 불꽃이 튀겼다. 일철이 열리면서 일거리가 많아졌지만, 보릿고개에 허덕이는 사람들로 품팔이도 쉽게 얻을 수 있는 것이 아니었다. 원순의 친정은 전답이 많지 않아 식구들끼리 해도 어려움이 없었으나 원순을 생각해서 농사일이 있으면 원순을 불러주었다. 그 정도의 일로 네 식구 입에 풀칠하기에는 너무 어려웠다. 밤 낮을 가리지 않고 나섰지만 일감 찾기가 꿈에 떡 얻어먹기였다.
하는 수 없이 시간 나는 대로 산야로 다니며 나물을 뜯어다 죽에 넣어 식량을 대용하고 나머지는 장날 내다팔아 보리나 잡곡 등의 양식을 구하기도 했다. 하지만 많은 사람들이 채취에 나서는 바람에 나물도 귀했다. 그래도 원순은 젊음이 자산이었다. 남들보다 서둘러 앞서 서둘러 다니면서 더 많은 나물을 캘 수 있었다. 하지만 한 보퉁이 이고 나간들 몇 푼이나 받겠는가, 하루장날에 피 보리 서너 되 구하면 큰 벌이라고 할 수 있다.

시장에 들어서기도 전에 농촌에서 나오는 농산물이나 산나물 등을 먼저 사려고 많은 장사꾼들이 대저울 하나씩 들고 길목을 지키고 서서 낚아채듯 실랑이를 하면서 물건을 사들였다. 원순은 나물 보퉁이를 이고 많은 사람들에 휩싸여 가고 있었다. 그 때 보퉁이를 잡아채는 사람이 있었다.

"아줌니, 뭐요? 팔거지요?"

"아니오. 장에 가면 아는 사람 있어요. 그 사람한테로 가요."

원순은 뿌리치고 나갔다.

"어디 가먼 어쩐다요. 나가 비싸게 주께, 팔고 가요."

젊고 건장한 남정네가 반말 비슷하게 하면서 보퉁이를 빼앗듯 잡아챘다.

"아니, 이거 누구여! 역몰 원순이 아닌가?"

동자실 사는 칠성이가 길거리장사를 하면서 물건을 치는데 원순을 알아본 것이다.

원순이 보통학교 4학년 다니고 집안형편이 어려워 더는 다니지 못했다. 칠성은 원순과 같은 학년으로서 등하교 때는 물론 학교에서도 상당히 가깝게 지냈다. 개울을 건널 때나 질퍽한 논둑길을 지날 때는 원순의 손을 잡아주고, 어려움을 당하면 칠성이 도와주었다. 그뿐만 아니라 칠성은 또래 중에 숙성한 편이어서 다른 남학생들이 원순을 놀리거나 건드리면 야단을 쳐주는 등 원순을 지극히 보호해 주었다. 원순은 열두 살이 되면서 오학년이 되었으나 학교들 다니지 못하게 되어 칠성과 혜어지게 되었다. 그 뒤로 그들은 애틋한 마음을 접어둔 채 만나지 못했다. 칠성은 원순을 잊지 못했으나 남녀칠세부동석이라는 규범이 지배하고 있던 시절이라 감히 만날 엄두를 내지 못했다. 항상 원순이 가슴속 깊은 곳에 똬리를 틀고 앉아있으면서 뇌리를 채우고 있었다.

원순은 피가 역류하는 듯 얼굴이 확 달아올랐다.
"나, 알아보겠어? 동자실 사는 칠성이여. 이거 얼매만이제? 산중으로 시집갔다는 소리는 들었는디, 어찌 여그서 이런 걸 가지고 오는거여?"
칠성은 훤칠한 청년이었다. 원순은 부끄러웠다. 이런 곳에서 칠성을 만나다니. 그것도 초라한 나물보따리를 머리에 인 채, 칠성 앞에 서있는 것이 너무 구차스러워 쥐구멍이라도 들어가고 싶은 심정이었다.
"여그서, 장사 허는교?"
원순은 더 이상 무슨 말을 할 수가 없었다.
"참, 그 산중사람들 피란 나왔다두만 친정으로 피란 온거여? 전쟁 통에 피해는 없었고? 고생 많았겠네. 시방은 어쩐거어?"
칠성은 친절을 넘어 연민의 정으로 원순을 대하고 있었다.
"아니, 이러고 있을 것이 아니어. 나 따라와. 나 오늘은 장사 않혀도 되야. 장날 놀기 겸해서 용돈 좀 벌어볼까 허고 나온겨."
칠성은 원순을 끌다시피 하면서 장으로 들어갔다
"아니, 나 괜찮혀요. 나 혼자 가서 팔 수 있어요."

원순은 남의 눈치도 마음 쓰이지만, 젊은 남정네와 어디를 간다는 것이 보통일이 아니어서 두려운 마음이 들었다.
"나가, 이런 것 넝겨주넌 장사꾼이 있어. 길가에서 파는 것보다 훨씬 비싸게 팔 수 있은게 암말 말고 따라와."
칠성은 보퉁이를 들고 잰 걸음으로 가고 있었다. 원순은 어쩔 수 없이 끌려가듯 따라갔다. 칠성은 자기가 넝기는 상인에게 원순의 나물을 팔아 이만 환을 받아주었다. 쌀 한 되 칠천 환, 보리 삼천 환으로 보리 여섯 되도 넘게 살 수 있었다. 원순이 팔면 만 오천 환도 받기 힘 드는데 칠성의 덕분에 생각지도 못하게 많이 받았다. 칠성은 나물 값 이만 환을 원순에게 건네주었다.

"볼세, 점심때가 다 되었네. 시장허제? 나랑, 정심이나 묵을까?"

칠성은 원순을 끌다시피 하면서 시장 안으로 들어갔다.

"아니어. 나 인자 가께요. 칠성씨가 잘 팔아주어 고마운디 밥을 살라먼, 지가 사야지요. 허지만 나 일이 있어 그냥 가께요."

원순은 한사코 사양했으나 칠성이 끌어당기는 손을 뿌리치지 못했다. 시장 안 난장국밥집가마솥에서는 돼지순대 국이 먹음직스럽게 끓고 있었다. 흰 옷에서 때 국물이 흘러내릴 것 같은 촌로들이 돼지순대국물에 막걸리사발을 목로에 올려놓고 주린 배를 채우고 있었다. 원순은 지금껏 그런 곳에서 음식을 먹어본 적이 없었다. 더구나 젊은 여자가 남정네를 따라와 함께 음식을 먹는 것은 부부간이 아니고서야 있을 수 없는 일이라고 생각되어 한사코 빠져나오고 싶었다.

칠성은 빠져나가려는 원순을 억지로 목로 앞에 앉혀 돼지국밥을 같이 먹었다. 칠성은 원순에게 막걸리를 권했으나 원순이 굳이 사양함으로 칠성 혼자 한 사발을 마셨다. 칠성은 원순의 초라한 행색을 보고 무척 안타까운 생각이 들었다.

다른 사람이 보면 부부간이거나 자매간으로 생각할 만큼 다정하게 보였다. 원순은 긴장된 마음이 풀리기 시작했다. 전쟁 통에 남편 수만의 행방불명된 사실이며 늙은 시어머니와 어린 것들 데리고 피난생활 하는 것이 얼마나 눈물겨운지, 한 번 말문이 터지면서 부끄러운 줄도 모르고 털어놓기 시작했다. 칠성은 혀를 차가며 원순의 딱한 처지를 연민의 정으로 다독여주었다.

어떻게라도 도와야겠다고 생각이 들었다. 원순은 그동안 변변하게 밥 한 그릇 먹어보지 못하다가 쌀밥에 순대 국을 먹으니 허기진 맹수가 사냥감 먹어치우듯 부끄러움도 잊은 채 게걸스럽게 먹었다.

"아짐씨, 여그 국물이나 좀 더 주시요. 저그, 무시 움 무친 것도 좀 더 주면 좋겠소."

칠성은 원순의 허겁지겁 먹은 것을 물끄러미 보면서 주인아주머니에게 부탁했다.

"아니오, 아주매. 다, 묵었어요."

원순은 수저든 손을 흔들어 사양했다. 주인아주머니는 가마솥에서 끓는 국물에 피 순대 몇 점과 송송 썬 파를 넣어 원순의 국그릇에 부어주었다.

원순은 땀을 흘리며 배가 부르도록 먹어 저녁까지 안 먹어도 될 것 같았다. 그렇게 칠성과 헤어져 원순은 곡물 전에서 보리쌀 너 되와 소금 한 되를 사가지고 돌아왔다. 칠성은 원순이 머릿속에서 떠나지 않았다. 어머니하고 단 둘이 살면서 논 다섯 마지기와 밭 서마지기를 지어먹고 사는데 큰 어려움은 없었다.

보릿고개 철이 되면 많은 사람들이 식량이 떨어져 초근목피로 살아가지만 칠성은 쌀이며 보리 등 남는 것은 장리 빚으로 놓아 고리의 이자를 곡물로 받았다. 칠성은 식구가 적어 농사가 많지 않아도 먹고사는데는 걱정이 없었다. 장날이면 거리장사를 하러 나가면서 쌀을 서너 되 가져와 원순이 나물 팔러온 길목에서 쌀을 주고 나물도 가급적 비싼 값으로 사주었다.

"요것이, 머시다요? 어찌 이런 것을 나한테 주어요?"

원순은 극구 사양했다.

"얼마 않되야. 우리 묵을 것은 충분혀. 원순네가 얼마나 어려운종을 아는디, 그냥 있을 수 없잖혀? 가져왔은게 암말 말고 가져가.”

　칠성은 진심으로 원순을 도와주고 싶었다. 원순은 칠성의 분에 넘치는 호의에 많은 부담을 가졌다. 서너 번을 그렇게 얻어먹고는 더할 수 없어 시장으로 나물을 팔러 나가지 않았다. 아무 대가도 주지 못하면서 얻어먹는 것이 너무 부담스러워 칠성을 만나지 않아야겠다고 생각했다. 칠성은 매 장날마다 원순을 애타게 기다렸다. 한번 두 번 세 번, 원순은 끝내 시장엘 나오지 않았다. 칠성은 자기도 모르게 원순을 원하고 있었다. 수소문을 해서 원순이 사는 집을 알아냈다. 생각 같아서는 당장 찾아가고 싶었으나 원순의 생각을 알 수 없어 망설이고 머뭇거리며 몇 날을 보냈다. 아무리 생각해도 그대로 있을 수가 없어, 장날 밤을 기하여 찾아가기로 마음먹었다. 쌀 반말정도를 가지고 어두워지기를 기다려 원순이 사는 역몰로 찾아갔다.

　시절은 늦은 봄, 훈훈한 밤바람이 소매 끝으로 간지립히며 스며들었다. 마을 어귀 언덕배기에 아카시아 꽃이 흐드러져 진한 향기를 바람에 날려 보내고 있다. 솜털 같은 향기가 지나는 사람들의 후각을 부드럽게 어루만져주었다. 칠성의 가슴이 두근거렸다. 30살이 다 되도록 여인의 입김 한 번 가까이서 느껴보지 못한 숫총각의 타는 가슴을 어이 식히랴! 어둠 컴컴한 밤, 아무 여인이라도 옆에 있으면 꼭 껴안고 싶은 욕정이 불같이 타올랐다. 두근거리는 가슴을 쓸어내리며 구불구불한 마을고샅을 더듬어 원순이 사는 집을 찾아갔다.

　마을서편 작은 초가집 행랑방에 살고 있었다. 방엔 불이 켜있지 않았다. 석유를 아끼느라 일이 없을 때는 호롱불을 켜지 않고 살았다. 길 쪽으로 나 있는 들창문 아래서 방안의 동정을 살폈지만 인기척이 없이 정적 속에 묻혀있었다.

잘 못 찾아온 것인가, 분명히 이집이 맞는데, 속엣 말로 되뇌면서 창문을 두드리려다 멈추었다. 만일 자고 있다면 놀랄 것 같았다. 차라리 당당히 앞으로 들어가는 것이 의심받지 않고 떳떳할 것이다.

사립문을 살며시 밀고 들어가 원순의 방문 앞에 가서 헛기침을 두어 번 했다. 아무 인기척이 없었다.

"아무도 없소? 나, 칠성이요."

칠성은 다시 인기척을 했다.

"누구요? 이 밤중에."

시어머니 칠보 댁이 방문을 열고나오며 어둠속의 칠성을 경계하는 눈빛으로 바라보았다.

"예. 예. 저, 애기 어매 없소? 오널 장에서 멋 좀 사온 것이 있어서……."

칠성은 더듬거리며 들고 온 곡식자루를 칠보 댁에게 넘겨주었다.

"이것이, 멋이다요? 왜, 이런 것을 우리한테 주는기요?"

칠보 댁은 놀란 듯 곡식자루를 선뜻 받지 않았다.

"여그가 피란 나온 원순 씨 집 아니요?"

"원순이가 누구다요? 나 잘 모른 사람인디?"

칠보 댁은 며느리이름을 알 턱이 없었다.

"저, 애기 둘 데리고 피난 나온, 저 아래 유동 떡네가 친정인 사람 말이요. 그 집 아니요?"

칠성은 원순의 친정집을 대면서 원순을 확인했다.

"예. 맞기는 헌디라우. 어찌 그런다요?"

칠보 댁은 더욱 의아스러워했다

"다른 거 아니라, 오늘 장에서 이집 아줌니가 곡식을 팔아놔서 가지고 왔어라우."

칠성은 거짓으로 둘러댔다.

"아니, 오늘 장에 안 갔넌디는디요. 언제 장에 갔을까? 근디 아자씨넌 누구시오? 우리 갸 오먼 누구라고 얘기럴 혀야 헐 것인게요."

"동자실에서 왔다고 허먼 알것이요. 그런디 어디 갔어요?"

"오널, 친정에 일 허로 가서 아직 안 왔어라우. 방으로 좀 들어가자고 혔으먼 좋겄는디, 방이 너무 심난혀서, 이거 어쩌끄라우."

칠보 댁은 곡식자루를 받아 방으로 들여놓았다.

"아니, 갠찮혀요. 그럼 기양 가께요"

칠성은 무엇을 잊어버린 듯 허전한 마음이었으나 오래 머무를 수 없어 곧바로 나와 버렸다. 생각할수록 아쉽고 섭섭했다. 뛰는 가슴 원순을 만났으면 조금이나마 진정되었을 것이다. 그러나 그냥 돌아서자니 한 가슴 안고 있던 귀중품을 잃어버린 것 같은 심정이었다. 밤이 늦었는데 방에 들어가 기다릴 수도 없고, 그렇다고 남의 동네 고샅에서 서성이다가 누구의 눈에 띠는 경우엔 난감할 것 같았다. 칠성은 안타까운 마음을 쓸어내리며 돌아서야했다. 들판 무논에서는 맹꽁이들이 짝을 찾는 소리로 밤공기를 흔들고 있었다. 2km남짓 되는 동자실까지가 몇 십리나 되는 것처럼 멀고 지루했다. 애타는 칠성의 속마음을 알 리 없는 밤바람은 아카시아 향기를 짙게 뿜어대며 칠성의 가슴을 훑으며 흔들었다.

'헛 다리 짚은 거 아니어? 떡 줄 사람은 생각도 않는데 짐치국부터 마신 것이 아닌가?' 갸웃갸웃 생각해 봐도 대답이 나오지 않았다. '그려 급허게 생각 허는 것이 아니어. 오늘 밤만 밤인가? 꾸준히 참을성 갖고 가까워지도록 심 써 보는겨.' 칠성의 마음은 굳어졌다.

원순이 젊으나 젊은 나이에 혼자되어 어려운 삶을 살아가는데 나 몰라라 하고 그냥 두고 볼 수는 없었다. 인정 많은 칠성으로서는 생각할

수록 원순이 가엾다고 생각 되었다.

더군다나 그런 인간적인 동정심뿐만이 아니라, 애정의 불이 활활 타오르고 있었다. 급할수록 돌아가라 하지 않았던가, 서둘지 말고 진득한 마음으로 가까워져야겠다고 생각하며, 터덕터덕 어두운 밤길을 걸어 집으로 돌아왔다.

원순은 나물 등을 파는데 시어머니를 장에 보냈다. 원순으로서는 칠성을 만날수록 자신도 모르게 칠성에게로 끌리고 있는 것 같았다. 칠성이 동정심 보다는 이성으로서 원순을 대하고 있으니 피하는 것이 상책이라고 생각했다.

여자 나이 스물아홉, 원숙할 대로 원숙했는데 어찌 이성이 그립지 않겠는가, 그러나 이미 결혼한 처지에서 시어머니도 그렇고 자식들을 생각하면 다른 생각 할 겨를이 없었다. 더욱이 시집은 물론 친정까지도 성씨를 지키고 사는 집안의 종부가 아닌가? 이성이 그리워 분별없이 칠성을 만나다가 남의 구설에 올라 잘 못 되기라도 한다면 원순의 설 자리가 없다. 그런 처지여서 칠성을 두 번 다시 만나서는 안 된다고 생각했다. 원순은 남의 품삯 일이 없을 때는 산나물을 뜯어와 시어머니가 시장에 가지고 가서 팔아오도록 했다.

칠성은 원순 생각에 밤잠을 설치는 것이 일상화 되다시피 했다. 매 장날마다 보던 원순을 보지 못하니 상사병이 날 지경이었다. 칠성은 열일을 제쳐놓고 원순을 만나러 역몰로 갔다. 만나서 솔직한 심정을 털어놓을 요량으로 찾아갔는데 만나지도 못하니 속이 타들어갔다.

여러 날 만에 먼발치에서 원순이 나오는 것을 봤다. 허름한 옷에 망태를 메고 어디론가 가고 있었다. 칠성은 기회다 싶어 바람만 바람만 뒤를 따라갔다. 산으로 올라가는 것을 보니 산나물을 캐러 간 것이 틀림없었다. 마을에서 보이지 않는 상당히 깊은 산속으로 올라가는 원순을 쫓아가는데 숨이 헐떡거렸다.

　산이 가파르기도 하지만 원순을 만난다는 생각에 가슴에서는 맞방망이질이 일어나고 있었다.

　원순은 소나무숲을 지나 상수리나무와 연두 빛 잡목이 어우러진 숲속으로 들어갔다. 약동하는 오월, 연록의 싱그러운 숲이 젊은이의 가슴을 설레게 했다. 칠성은 걸음을 재촉하여 원순의 뒤로 가까이 갈 때까지 인기척을 숨겼다.

　원순은 숲속을 더듬어 다니며 나물 뜯는데 여념이 없었다. 칠성의 나지막한 인기척에 원순은 움찔 놀라면서 인기척 나는 쪽으로 쳐다봤다.

　"나여. 놀라지마. 이런 깊은 산속까지 혼자 온거?"

　칠성은 원순이 놀랄까봐 낮은 소리로 말을 건넸다. 그렇지만 무척 당황했다. 그러면서 아무 말도 않고 마을 쪽을 향해 잰 걸음으로 내려가고 있었다.

　"어이, 어이, 놀래지 말고 거그 있어봐. 나허고 이야그 좀 허게."

　칠성은 이미 저질러진 일이라고 생각하고 달려가 원순의 앞을 가로막았다.

　"여그는, 어쩐 일이다요? 나를 어쩔라고 따라온 거 아니오?"

　원순은 두려워하면서도 불쾌한 말투로 쏘아붙였다.

　"그러지마. 내가 어쩌겠어? 오해허지 말고 야그 좀 허게 앉거."

　칠성은 원순의 손을 잡아끌어 앉혔다.

　"이것 놔요. 나는 아무 헐 말이 없구만이라우."

　원순은 팔을 뿌리쳤다. 그러나 건장한 청년 칠성의 손을 뿌리치기에는 너무도 나약한 여인이었다.

　"원순씨! 나, 한 번도 잊어본 적이 없었어. 인자 말 허지만 핵교 댕길 때부터 생각하고 있었넌디, 원순이 결혼한 것을 알고 얼매나 속이 상했넌지 몰라. 그동안 혼담이 있었지만 결혼 같은 것 안 헌다고 혔어. 우리

엄니한테 야단도 많이 맞으면서도 끝내 결혼하고 싶은 생각이 없었어. 그런디 하늘이 도왔는가, 요렇게 만나게 될 줄은 몰랐어. 나, 참말로 장에서 처음 봤을 때 꿈인가 생신가 하늘이 빙빙 도는 것 같았어. 그 뒤로 원순만 생각험선 살아오다 장에도 나오지 않아 얼매나 애탄 줄 알아? 그려서 요, 며칠 동안 작심허고 만나야겠다고 찾아왔는디 허탕쳤제. 그러다 오늘사 먼발치에서 보고 따라온거여. 너무 오해 허지마."

칠성은 말을 하면서도 가슴이 울렁거리며 뛰었다.

"그려도 소용없는 일이잖혀요? 나는 이미 결혼혔고, 자식까지 있는 몸인디, 어쩔 것이요? 집이는 아직 결혼도 안 혔잖여요? 나 같은 것 생각허먼 못써요. 어서 이 손 놔 주셔요. 나, 집에 가야 헝께."

원순은 몸을 비틀며 손을 빼내려 했으나 그럴수록 칠성의 완력은 더 강하게 끌어가고 있었다. 원순이 언제 어떻게 할 새도 없이 이미 칠성의 품속에 파묻혀가고 있었다.

"안 되야. 놔줘요."

사력을 다해 몸부림 쳤지만 칠성의 완력은 더 강하게 끌어안아 그 품에 안긴 채 빠져나올 수 없었다. 칠성의 가슴은 뜨겁게 타오르며 뛰고 있었다.

"가만히 있어. 여그넌 누구 하나 볼 사람도 없은게 안심혀."

칠성의 거칠어진 숨소리가 원순의 뺨으로 향하고 있었다.

"음, 음, 안되야! 안되야! 놔줘!"

원순은 절규하며 강하게 거부했으나 팔에서 힘이 점점 빠져가고 있었다. 몸을 비틀면서 거부하면서도 몸은 칠성의 넉넉한 가슴에서 포근함이 느껴졌다. 또한 코앞까지 다가온 칠성의 따뜻한 입술을 피할 수가 없었다. 속으로 '안되. 안되. 이래서는 안되.'하면서도 몸은 이미 칠성에게 맡겨진 채 있었다. 칠성의 뜨겁고 감미로운 혀가 원순의 입술을 더듬었다. 이성을 잃어가고 있었다. 칠성의 달아오른 거친 손놀림이 오지랄을 더듬기 시작했다. 칠성의 숨소리는 꽃 동 부사리 같이 거칠게 내 뿜으며 손은 서서히 원순의 몸을 써레질하고 있었다.

치마끈이 풀려졌다. 명주베가 찢어지는 파열음을 느끼며 암반 짝 같은 칠성의 가슴이 원순을 무지근하게 눌렀다. 쪽진 머리가 산발이 되어 헝클어지며 나지막한 신음소리가 칠성의 가슴에 더욱 뜨겁게 불을 질렀다.
"사랑해! 나 죽어도 못 잊었어! 요것은 하늘이 우리한테 준 큰 선물이고 기회야. 놓칠 수 없어. 우리 결혼하자."
"……."

원순은 아무 말도 못했다. 무어라 할 말이 없었다. 눈을 감은 채 숨소리만 거칠게 내쉬고 있었다. 해는 중천에서 따갑게 햇살을 퍼붓고 있었다. 갓 피어난 떡갈나무 연한 잎이 바람에 흔들리며 숲 내음을 짙게 풍겨왔다.
"미안혀. 요렇게까지 헐 생각은 없었넌디, 이해해 주어. 그리고 내가 야그 헌것 생각해 봐. 아그덜 내가 책임질 수 있은게."
칠성은 어르고 사과하며 나직이 말했다. 원순은 옷을 추슬러 입으면서 부끄러움에 고개를 들지 못했다.
"그럼, 오늘은 여그서 헤어지지. 몬자 느러가. 나는 저 쪽으로 해서 우리 동네로 갈 것인게."

칠성은 옷을 추슬러 입고 원순을 일으켜 주었다. 원순은 더는 나물을 캐고 싶지 않았다. 그래서 그 길로 내려와 버렸다. 아무리 생각해도 큰 죄를 저질러버린 것이다. 있을 수 없는 일이 일어나고 말았으니 자격지심에 누구를 만날까봐 고개를 들 수 없었다. 집에 들어오니 애들도 시어머니도 없었다. 샘가로 가서 두레박으로 물을 길어 부엌에서 문을 걸어 잠그고 몸을 씻었다. 땀을 흘린 탓으로 미끈거리며 때가 많이 나왔다.

몸을 씻고 나니 한결 개운했다.

　칠성에게 당한 불미스런 일도 더위와 함께 씻겨가는 것 같았다. 방으로 들어와 작은 손거울을 들고 머리매무새를 손질하며 얼굴을 드려다 보니 스스로 부끄러워 더는 바라볼 수가 없었다.

　애들 떨어진 옷을 깁기 시작 하는데 산에서 일어났던 일이 떠오르며 가슴이 뛰기 시작했다. 강압적으로 당했지만, 결혼생활 십년동안 경험해 보지 못한 이상야릇함을 느꼈다. 수만과의 결혼생활은 어려서 시작하여 이성을 알만할 때, 수만이 일본군징병을 가서 거의 2년을 보내다 왔고, 해방이 되어서는 한 집에 같이 산다고 하지만 농사일에 쫓기고 잦은 외박으로 잠자리가 항상 아쉽고 외로웠다.

　더구나 임신과 출산으로 잠자리 할 겨를이 별로 없었다. 어쩌다 기회가 와도 수만의 누적된 피로로 부족함이 많았다. 그런데 칠성과의 관계는 말로 표현할 수 없을 만큼 거장이 지휘하는 오케스트라였다.
　물론 전쟁에 쫓기고 먹고살기 힘들어 허덕이었지만 수만과 헤어진 지거의 일 년이 되어가니 젊으나 젊은 사람으로서 이성이 어찌 그립지 않았겠는가, 오직 입술을 깨물고 참아왔을 뿐이었다. 그러다가 불시에 당하기는 했지만 몸 속 깊이 숨어있던 불씨가 잘 타는 쏘시개를 만나 뜨겁게 지펴진 것이었다.

　미지의 세계에 들어선 느낌이 들었다. 다시 황홀경에 빠져들며 헛 바느질을 하면서 자꾸 손가락을 찔렀다. 칠성의 감미로운 사랑의 음성이 귓가에 머물고, 머리를 절레절레 흔들며 정신을 차리려했다. '아니야. 그것이 아니야. 아이들은 어쩌라고' 생각만 해도 끔찍한 일이었다. 설령 아이들은 함께 한다고 해도 시어머니는 어떻게 버리고 간단 말인가, 안동김 씨 집안 딸이 바람이 났다는 소문이라도 난다면 본인은 말할 것도 없고 친정가문까지 욕을 먹게 될 것이니 도저히 있을 수 없는 일이다.

춘호는 동생 춘보를 데리고 놀다가 해 저름에야 돌아왔다. 야외 먼지 바탕에서 땀을 흘리며 뛰어 놀아 얼굴에 뿌연 먼지가 묻어있었는데 땀이 흘러내린 자국이 울고 온 아이 같았다.

"어디서 이렇게 놀기에 홍침혀서 집에 오는 것도 잊어부렀냐? 춘보가 울지는 않혔고? 점심은 어쨌어?"

원순은 두 자식이 늘 안쓰러웠으나 놀이에 빠져 배고픈 것도 잊고 늦게 온 것을 가지고 겉으로는 언성을 높여 야단을 쳤다.

"낮에는 외가 집에서 묵었어. 춘보넌 할매가 보고, 나는 동네 애들이랑 놀았어."

원순은 물을 길어다 춘호와 춘보을 씻겨주며 다독여주었다. 시어머니도 해가 다 져서야 어린 열무랑 쑥을 캐 광주리에 이고 돌아왔다.

"저그, 머시냐 쇠시랑굴 떡네 일 갔다 온다. 열무 좀 얻어왔어. 너물언 얼매나 캤냐?"

시어머니는 지쳐 얼굴이 횅한 채 광주리를 내려놓으면서 큰 한숨을 쉬었다.

"아니오. 너물도 없어라우. 사람덜이 하도 많이 댕겼싼게 언제 클 새가 있어야제. 한 주먹도 못 캤어라우."

원순은 죄 지은 생각에 가슴이 먹먹하면서 두근거렸다.

"그럴 것이다. 너물 캔 사람이 한 둘이야제."

시어머니는 원순의 말에 고개를 끄덕였다.

"인자, 너물 캐로 안갈라요. 너무 일 혀 주고 품삯 받는 것이 더 낫을 것인게, 일 헐 집을 알아바야 허겠어라우."

원순은 삶에 지쳐있었다.

"그려라. 놉으로 넘 일 혀주면 밥도 얻어 묵고 헝게 좋제"

"근디, 일이 어디 있습디어."

"금메 말이다. 어찌게 살아야 헐지 막막허다."
칠보 댁은 크게 한탄을 했다.

원순은 일거리를 찾아나섰다. 밭매기, 씨앗들이기, 가사일, 안하는 일
이 없었다. 시어머니도 함께 일을 찾아 나섰다. 여름철은 일감이 많은
편이라서 몸은 고되지만 일을 할 수 있다는 것만으로도 정신적으로는
안정을 찾을 수 있었다.

산에서 만난 이후로 칠성은 원순을 만나지 못하여 속을 태웠다. 원순
이 시장에도 나오지 않고 나물도 캐러 나오지 않아 만날 길이 없었다.
백방으로 만날 기회를 엿봤지만 남의 일만 다니고 있어 어찌할 도리가
없었다. 하는 수 없이 집으로 찾아가야겠다고 생각하면서 그날을 기다
렸다. 마침, 비오는 날 원순이 일을 나가지 않을 것이라고 생각하고 찾
아가기로 했다. 비가 내려 칠보 댁도 일을 나가지 않고 며느리 원순과
함께 그동안 밀린 집안일을 하고 있었다. 칠보댁이 밖으로 나가 변소를
보고 방으로 들어오는데, 문 밖에서 인기척이 들렸다.

"집에 있어요?"
"누구신기요?"
칠보 댁은 사립문 쪽으로 나갔다.
"안녕하셔요? 사돈어른. 저, 왔어요. 동상 있넌기요?
칠성이 두툼한 자루하나를 들고 사립문 밖에 서서 원순을 찾았다..
"비가 오넌디, 어쩐 일인가요? 갸, 방에 있은게, 우선 들어오셔요."
칠보 댁은 원순의 오빠로 믿고 있어 의심 없이 맞아드렸다.
"동생, 나 왔어."
"손님 오셨다. 나와 바라."
칠보 댁이 원순을 불러냈다.

"아니, 오빠가 어쩐 일이여? 어서 방으로 들어와요."

원순은 칠성을 반가운 표정으로 맞았다

"쌀, 쬐끔 갖고 왔은게."

칠성은 진실로 반가운 동생을 오랜만에 만난 듯 원순의 손을 꼭 잡고 흔들었다.

"숙모도 잘 계셔요?"

원순은 칠성어머니의 안부를 물었다. 칠성어머니는 젊어서부터 아들 하나 믿고 살아온 사람이다. 원순은 시어머니가 의심하지 않도록 스스럼없이 칠성어머니에 대한 안부를 물어본 것이다.

"엄니, 잘 계셔. 엄니도 동상 고상 헌다고 말함선 다녀오라고 해서 이렇게 왔제. 얼마 안 되지만 그런종 알고 받아."

"멋, 헐라고 쌀을 다 가져와요. 요새 일을 댕겨 양식이 있어요. 오빠도 어려울 턴디. 이거 미안혀서 어쩐디아. 우리는 아무것도 줄 것이 없어 숙모 볼 낯이 없네."

원순은 참으로 고맙게 생각했다.

"별, 말을 다 헌다. 존 살림 다 놔두고 와서 이 무신 고생이여. 어서 전쟁이나 끝났으면 좋겄는디. 언제까지 이러고 살란가 모르겠네."

칠성은 원순을 진심으로 걱정해주었다.

"오랜만에 왔은게 방에 들어가 정심이라도 묵음선 야그도 허게요."

원순은 칠성을 방으로 모시려고 했다.

"아니어. 나 가께. 시간 있으면 가끔 오께."

칠성은 돌아서고 있었다.

"안녕하셔요?"

춘호가 방에 있다 나와서 칠성에게 다가가 꾸벅 인사를 했다.

"니가, 춘호고나."

칠성은 춘호 머리를 쓰다듬어 주면서 밖으로 향하고 있었다.

"그냥 가시게요? 오랜만에 오셨은게 정심이나 잡수고 가셔요."

칠보 댁이 붙잡았으나 칠성은 그냥 걸어 나갔다.

"오빠. 잘, 가셔요. 또 오셔요. 잘, 묵으께요."

원순은 신발을 끌면서 사립문 쪽으로 쫓아가 인사를 했다.

"잘, 있어. 틈나면 또 오께."

칠성은 빠른 걸음으로 골목 길을 빠져 나갔다.

"아이고, 이 공을 어찌 다 갚는 다냐? 쌀이 한 말은 되것넌디. 누가 이 어려울 때 쌀을 다 준다냐? 참말로 고맙다."

칠보 댁은 감격하면서 쌀자루를 방으로 들고 들어갔다.

"요, 앞동네 동자실에 살아요 우리 큰집 고모할매네 손지라우. 어릴 때부터 함께 컸어요. 생각도 못혔는디. 그 아짐이 마음씨가 참 좋아요. 그렁께 요로케 보내주었지요."

원순은 감쪽같이 거짓말을 했다.

"금매 말이다. 참 고마운 집이다. 잊지 말고 고향에 들어가 살게 되먼 그 말 이르고 멋이라도 보답 허자."

몇 칠 후 장날 원순은 춘호 고무신을 사러 나갔다. 옆 창이 다 떨어져 걸어 다닐 수가 없었다. 소금도 떨어졌을 뿐만 아니라 나물밥이라도 입에 떠 넣으려면 반찬걸이도 좀 사와야 했다. 장날이면 골골에서 나오는 흰옷 입은 사람들로 길이 막힐 지경이었다. 원순도 사람들과 어울려 시장입구에 이르렀을 때 칠성이 먼저 보고 다가왔다.

"장에 왔어? 머, 가지고 왔어?"

칠성은 반갑게 원순을 맞아주었다.

"빈골로 그냥 왔어요. 애기 고무신하나 사고 소금도 좀 사갈라고요."

원순은 만나서는 안 될 사람을 만나게 되어 난감했다.

"그려? 그럼, 내가 잘 아는 신집이 있은께 따라와"

칠성은 장마당으로 앞장서 나갔다.

"아니오. 저 혼자 가도 된게, 오지 말고 허는 일이나 혀요."

원순은 혼자 가려고 했다.

"내가 가면 싸게 살 수 있은게 암말 말고 따라와"

칠성은 기어코 앞장서서 고무신가게로 갔다.

신발 집은 난장가게지만 별의별 신들을 다 진열해놓고 있었다. 여자 색동고무신이 곱게 진열되어있고 각종 운동화며 없는 신발이 없었다.

"춘호가 몇 살이제?"

"일곱 살."

"성님, 일곱 살짜리 머심애 고무신하나 주어봐"

칠성은 신발집주인과 인사도 하는 둥 마는 둥 하면서 신발을 내놓으라고 했다.

"누구 신? 자넨 애기 없잖혀?"

신집주인은 원순을 힐끔 쳐다봤다.

"이 사람은 집안 동생인디, 애기 신을 산다고 허글래 요리 온거여. 좋고 싼 것으로 하나 주어요."

칠성은 집안동생이라고 둘러댔다.

"요것이 일곱 살 짜린디 쫌 비싸."

주인은 색동무늬가 있는 남자아이 반구두고무신을 내놓았다.

"아니, 이런 것 말고 그냥 꺼먼 고무신 말이요. 그런 것은 얼마 신지도 못 험서 비싸기만 헌것 아니오?"

원순은 손사래를 치며 다른 것을 보자고 했다.

"어이 성님, 그냥 주어봐요. 얼매나 헌디요? 아침마수 같언디, 그냥 살랑게 쬐끔 싸게 주어요."

칠성은 주인의 손에서 고무신을 빼앗다시피 받아들고 흥정을 했다.

"꼭, 받을 금으로 이만오천 환은 주어야 혀. 싸게 친거여."

"머요? 이만 오천 환? 이 쬐끔만 것이 이렇게 비싸? 이만 환만 헙시다. 마수고 헌께 기분 좋게 사게요."

"안되야. 꼭 받을 금만 말혔어. 저 아짐씨 말 마따나 이런 것은 실속 도 없음서 배택 없이 비싸기만 혀. 그렇게 허는 소리제. 그럼 이런 걸로 혀 봐. 이런 것은 이만 환에 줄 수 있어. 이것도 이만이천 환은 받아야 허는디, 동생인게 그냥 준거여"

주인은 다른 검정고무신을 내주었다.

"어디, 봅시다."

원순이 받아들고 요리조리 신발을 살펴보고 있었다.

"참, 성님도, 누가 이런 것 도랬어요? 아까 그것 더 깎아주어. 요것 이만이천 환 주게요."

칠성은 신을 사주려고 마음먹었는데 기왕이면 보기 좋은 것으로 사주 고 싶었다.

"놔둬요. 요것으로 살랑게."

원순은 검정고무신을 고집했다.

"가만있어. 동생은 내가 허는 대로 혀. 성님, 그 꼬까신 이만이천 환 만 받아요."

칠성은 이만이천 환을 주면서 빼앗다시피 하여 신을 받아들었다.

"안되야. 하나도 안 남아. 밑가고넌 못 파는디."

신발주인은 못 이기는 척 하며 칠성에게 신발을 건네주었다.

"자, 받아."

칠성은 시멘트포대 종이봉투로 싼 신발을 원순에게 주었다.

"저는 이만 환짜리 살라고 혔는디, 이천 환이나 더 주면 돈이 모지래요. 그리고 이렇게 좋은 신 못 신어요. 애덜인게 아무케나 신어도 헌디."

원순은 약간 못 마땅한 표정을 지으며 이만 환을 먼저 주고 이천 환 은 꼬깃꼬깃 구겨 넣은 주머니에서 꺼내고 있었다.

"되았어. 내가 조카신하나 사주면 안 되야? 걱정 말고 갖고 가."

칠성은 원순이 주는 돈을 받지 않았다.

"볼세, 점심때가 다 되었네. 저그 가서 점심이나 묵지?"

칠성은 원순의 손을 잡아끌었다.

"아니오. 점심은 무신 점심. 집에 가면 있는디, 멋헐라 돈을 드려요. 그냥 가게요."

원순은 극구 사양했다.

"모처럼 만났는디, 점심이나 같이 묵게 따라와."

칠성은 기어코 앞장을 섰다. 원순은 안되는 줄 알면서도 칠성의 보이지 않는 힘에 끌려가고 있었다. 원순은 아침을 그렁저렁 먹고 나와서 그런지 점심소리에 뱃속에서 쪼르륵 쪼르륵 허기진 소리가 들려왔다. 칠성은 지난번처럼 시장 난장가게 국밥집도 있지만, 시장을 빠져나와 음식을 하는 여인숙으로 찾아갔다. 강천천 제방안쪽에 여인숙이 서너 집 있는데 광산옥으로 들어갔다.

"점심 묵을 수 있어요?"

칠성은 매표소 같은 작은 밀 창 앞에서 주인아주머니에게 말했다.

"점심헐라고요?"

주인아주머니의 느릿한 말씨가 느끼하고 역겹게 들렸다.

"조용한방 있으면 주어요."

"요리 따라와요. 좋은 방 있은게. 그런디 이런 방 쓸라먼 방값을 따로 주어야 혀요. 밥만 묵을라먼 저그 마룽에서 묵어도 되는디 어쩔라요?"

주인아주머니는 뒤 따라오는 원순을 힐끔 쳐다보며 말했다.

"방값은 얼만디요? 밥 묵으먼 되는디, 그렇게 해주어요."

칠성은 주인이 기어코 방값을 달라면 주려고 마음먹었으나 한번 해본 소리였다.

"아따, 긍께 밥 묵고 이따 말혀." --

인아주머니는 낭랑한 목소리로 아양 떨듯 하면서 뒤편으로 안내해 작은방 앞에서 미닫이문을 열어보였다.

"알았어요 점심은 멋 되요?"

"국밥도 되지만 오늘은 백반이 쉬워요. 다른 것은 준비가 시간이 걸린게요. 알아서 혀요."

"그러먼 백반두상 주어요."

칠성은 방으로 들어갔다. 원순은 머뭇거리고 있었다. 무엇인가 분위기가 이상하게 느껴졌다. 젊은 남녀 두 사람이 방으로 들어가 문을 걸어 잠그듯 하는 것이 너무도 어색하고 수상했다.

"어서, 들어가요"

주인아주머니가 원순을 재촉했다.

"날도 더운디, 멋헐라 방으로 들어가요"

원순은 뒤로 물러서고 있었다.

"아니, 들어와. 조용히 헐 야그가 있는게, 사람덜 보는데서 그런 야그 어찧게 혀? 걱정 말고 어서 들어와."

칠성은 원순을 보듬다시피 하여 방으로 들어갔다. 원순은 이상한 기분에 휩싸이며 불안감이 겨울 문틈 찬바람처럼 전신을 싸늘하게 감싸 안은 것 같았다. 외딴방, 둘만의 공간에서 칠성의 모든 행동을 거역할 수 없는 처지임을 강하게 느꼈다. 모든 것을 운명에 맡기기로 했다. 십여 분이 지나 밥상이 들어왔다. 칠성은 쫓기는 사람처럼, 무엇을 훔쳐 먹듯 밥을 뚝딱 먹어치웠다.

원순은 깊은 함정으로 빠져 들어가고 있음을 직감했다. 소리를 질러도, 발버둥을 쳐도, 구원의 손길하나 없는 어둠 짙은 굴속 같았다. 배는 고팠으나 밥이 제대로 넘어가지 않아 깨질거리고 있었다.

"왜, 밥 입맛이 없어? 천천히 다 묵어"

칠성은 속으로 빨리 먹기를 바라면서도 원순을 어르며 부드럽게 말했다.

"배는 고픈디, 밥맛이 없어 더 못 묵겄네."

원순은 수저를 놓고 밥상을 들고 나가려고 했다.

"그냥 놔두어. 이따 쥔네가 가져갈꺼여."

칠성은 원순을 주저앉히며 상을 윗목으로 밀쳐놓고는 원순 옆으로 바짝 다가앉았다.

"어쩔라고 이런겨?"

원순은 경계의 눈으로 쳐다보며 마음을 조이면서 뒤로 물러앉았다.

"아니어, 진정으로 허고 싶은 말이 있어. 내 말 꼭 들어주어야 혀."

칠성은 더욱 가까이 앉았다.

"멋인디, 그려요? 함께 살자는 말? 그것은 안 되야. 아무리 생각혀 봐도 못헐 짓이여. 애들은 그렇다 쳐도 시엄니는 어쩔 것이요?"

원순은 애원하면서 눈물을 글썽거렸다.

"나도, 원순 사정 잘 알고 있어. 그렇지만 원순은 멋이여? 젊디젊은 나이에 평생을 어떻게 혼자 살아. 이것은 말도 안 되야. 원순이 평생 고생험서 살 것이 뻔헌디, 내가 모른 체 혀야 허겄어? 그럴 수는 없어. 시엄니는 어떻게 방법이 이겄제. 그런 것은 나중에 생각혀."

칠성은 물러서려는 생각은 추호도 없었다. 그러면서 원순의 마음이 돌아설 때까지 가까이 다가가는 방법밖에 다른 수단이 없다고 생각했다.

"알아서 혀. 나는 죽어도 내 생각대로 헐겨. 원순이 내 말 정 안 들으면 다른 생각 헐 수밖에 없어. 그렇게 나 허잔대로 혀."

칠성은 사정을 하면서도 의지가 너무 완강해 보였다.

"먼, 생각요?"

"정, 안되면 나, 소문 낼거여. 그렇게 알아서혀."

칠성은 마지막 수단으로 원순을 협박했다.

"큰 일 날 소리 허네. 말이라도 그런 소리 허지 마요. 날 생각 헌담서 고것이 먼 말이디아."

원순은 눈물을 글썽이며 울먹였다.

"누가, 꼭 그런디야? 하도 고집을 부린게 허는 말이제. 그런게 내 맘도 알아줘."

칠성은 낮은 목소리로 달래며 원순을 끌어안고 눈물을 닦아주었다.

"너무 속 상허지마. 내가 원순을 얼마나 사랑헌디. 눈물을 본께 내 속도 안좋아. 어서 요리와 봐."

칠성은 원순을 꼭 껴안았다. 원순은 밀쳐내지 않았다. 어쩌면 포근한 칠성의 품속이 그리웠는지도 모른다. 칠성의 감미로운 낮은 목소리로 어르면서 원순의 입술위에 그의 뜨거운 입술을 포갰다. 원순도 피하지 않았다. 그들의 몸을 한 덩어리가 되어 뒹굴며 원초적인 신음소리가 이어졌다. '꿈은 아니겠지!' 그들은 똑같은 생각을 하고 있었다.

"사랑해! 나 원순만 생각허고 살고 싶어. 우리 이렇게 살자."

칠성의 다짐과 약속이 꿈속의 환청같이 아련히 멀리서 들리는 듯 했다. 그러면서도 노랑나비를 쫓아가는데 잡힐 듯 집힐듯하면서 잡히지 않는 환영이었다.

'그려. 나도 싫지는 않혀요. 당신과 함께 하고 싶지만 내 사정이 있으니 어쩌면 좋아요. 나를 어찔게 혀 봐' 하면서 손을 내밀고 싶었다. 그러나 차마 입 밖으로 표하지는 못했다. 너무도 황홀한 시간이었다.

그러나 그들은 헤어져야 했다. 그들은 서로 다르게 여인숙을 빠져나왔다. 원순은 야릇한 생각이 들었다. 지금까지 지고지순하게 살아온다고 자부했는데 너무 위선적이어서 자신을 경멸했다.

칠성이 사준 춘호 색동고무신을 내던지고 싶었다. 돈 몇 푼에 눈이 멀어 끌려간 것이라고 생각하며 더욱 후회스러웠다. 무슨 낯짝으로 시어머니를 대할 것인가! 생각하니 가슴이 쥐어짜지는 것 같으면서도 피가 나도록 후벼 파고 싶었다. 그러면서도 모든 것을 잊어버리고 행복감에 젖어있던 순간이 뇌리를 스치며 멍하니 정신을 빼앗아가고 있었다. 원순은 이 함정에 빠져들어서는 안 된다는 생각이 번쩍 들면서 어떻게든지 칠성을 피해야 한다고 생각했다.

그 방법이 묘연杳然해 뾰족한 수가 생각나지 않았다. 먹고살려면 산나물이나 푸성귀 같은 것을 캐서 시장에 내다팔아야 입에 풀칠이라도 할 수 있다. 그래서 장엘 안갈 수 없고, 장에 가면 칠성을 피할 수 없어 어찌할 바를 몰랐다.

시절은 어느 덧 여름으로 들어섰다. 모 심고 보리 베는 철, 농촌은 종구라기도 동이 난다는 가장 바쁜 철이다. 일손이 모자라 원순은 쉴 새 없이 남의 일을 나갔다. 모심기였다. 이른 아침에 나가 해가져야 집에 들어오니 몸은 파김치가 되어도 하루도 쉴 여유가 없었다.

그래도 밥 배부르게 먹을 수 있어 좋았다. 점심을 먹고 쉬는 시간에는 보리수확이 끝난 논이나 밭에 가서 이삭을 주었다. 그런 이삭마저 주인이 꼼꼼한 사람은 한 이삭도 없이 두 번, 세 번, 주위가면 허탕 치는 때가 허다했다. 모를 심으러 가면 저녁밥까지 주었다. 원순은 그 밥을 다 먹지 않고 집으로 가져와 칠보 댁이나 춘호, 춘보에게 나누어 먹였다.

일이 없는 날은 이삭줍기를 해온 보리를 통째로 돌확에 갈아 풀떼기 죽으로 끓여먹었다. 그것도 모자라 원순은 솥 씻은 숭융 같은 물을 마셔 끼니를 때우기도 했다. 참으로 눈물 나는 처절한 생활이었다.

이런 어려운 생활이 언제 끝날지. 전쟁이 끝나 고향에 가서 농사를 지으면 먹고사는 일만은 걱정하지 않아도 되는데, 기약 없는 나날은 참기 어려운 고통을 강요했다.

3

가시덤불 속

원순은 이렇게 우두거니 있으면서 나물이나 푸성귀 등을 장날 내다팔아 먹고살기는 가망이 없어 보였다. 더구나 칠성을 피할 도리가 없으니 장에 가는 것도 마음 놓고 다닐 수 없는 일이다. 원순은 고민 고민 하다가 한 생각이 떠올랐다. 본격적으로 장사를 해야겠다는 생각이다. 그러나 장사는 밑천이 있어야 하는데 그것도 어려운 일이었다. 그렇다고 앉아서 죽을 수는 없는 노릇이었다. 친정엘 찾아가 어머니에게 부탁을 했다.

"엄니, 나 어찧게 살아야 헌다아. 그냥 있으먼 굶어죽을 것 같은데 멋이라도 혀야겄는디, 어쩌면 좋아"

"그려. 어쩔그나? 우리라도 넉넉허면 도와줄턴디 우리도 어려운게 말이 안 나온다."

친정어머니는 원순의 사정을 뻔히 알면서도 도와주지 못하여 속이 쓰리고 아팠다.

"먼, 장시라도 혀야헐 것 같혀. 먼, 방법 없을까?"

"글씨 말이다. 그런디 장시를 헐라면 얼매라도 밑천이 있어야 헐 것 아니야?"

"그래서 왔어요. 엄니가 어찧게 좀 못혀볼까?"

"그런디, 장시넌 무신 장시를 헐라고? 니가 장시를 혀본 것도 아닌디, 멋얼 어찧게 헐라고 그러냐?"

"대바구니장시를 혀 볼까 허는디. 여자덜이 적은 돈 가지고 허는 장시치고는 혀볼만 헐 것 같혀."

"글씨다. 아무 경험도 없는디 헐 수 있겄냐?"

친정어머니는 밑천도 없지만 젊은 것이 장사를 한다니 걱정이 앞섰다.

"허먼 헐 것 같혀. 가만히 앉거서 굶어 죽을 수는 없잖혀요? 그런께 엄니가 밑천 쬐끔만이라도 해주면 좋겄어요."

원순은 어머니에게 졸라댔다.

"니가, 알다시피 내가 어디 돈이 있냐? 나는 이날 평상 돈 한푼 못 몬처보고 살았다. 니 아부지가 이러고저러고 혔제. 나는 아무것도 몰라."

"나도 엄니 돈 없는 종 알아. 그려도 엄니가 아부지한테 말씀을 올리던지 안 그러면 누구한테 부탁혀서 얻어주기라도 혀요."

"요새 우리도 돈 나올 데가 어디 있냐? 아부지도 없을 것이다."

"그려도 어쩌? 어디 가서 내 때갈로는 한 푼도 구할 수 없어요. 그려도 엄니는 나보다는 낫을 것 아니여. 나, 엄니만 믿을랑게 어찧게 혀주어야 혀요. 글안허먼 우리는 다 굶어죽어. 엄니한테 매였은께 알아서 혀요?"

원순은 찰떡같이 붙어 어머니를 졸라댔다.

"글씨 말이다. 니, 아부지한테 한 번 말은 혀보마."

어머니는 반승낙을 했다.

"아부지가 안 된다먼 엄니가 어디서 얻어주어요. 장사혀서 갚아줄게 걱정 말고."

"얼매나 있어야 허겄냐? 알아보기나 헌겨?"

"아니요. 누구한테 알아볼 사람이 있어요? 엄니한테 첨 헌겨. 그런디 생각혀 본게 아무리 쬐께라도 쌀 한가마 값은 있어야 헐 것 같혀"

"쌀값은 얼만디?"

"지난 장에서 십오만 환 헌다고 허제."

"처음 혀봄서 그렇게 큰돈으로 혀? 처음인게 쬐끔 가지고 혀보고 자꼬 키워 가야 허는 것이여."

어머니는 염려스러워했다.

"그려, 나, 돈도 없고 경험도 없어 걱정이지만 그래도 소쿠리 한두 개 가지고 나설 순 없잖혀요? 소쿠리, 밥바구리, 대소쿠리, 칭이(키), 석작 같은 것을 골고로 한 두 개씩은 가지고 댕겨야 헐 것 아니어? 그래서 말인디, 시세는 잘 모르지만 최소한 십오 만환은 있어야 헐 것 같혀서요"

"글씨, 한 번 알아보자."

어머니로서는 딸 고생하는 것 생각하면 쌀 한가마니 정도는 선 듯 주어야 마땅하다고 생각 되었다. 그러나 흉년이 계속 들어 너나없이 먹고 살기가 어려운 처지여서 도와주지 못하여 못내 안타까웠다. 칠십여 호 사는 마을에 제 양식 먹고사는 사람이 열 집도 채 못 되었다. 이렇게 어려운 시국에 쌀 한가마니는 큰돈이었다.

친정어머니는 아버지에게 원순의 사정을 말하여 십만 환을 마련해 주었다. 쌀 한가마니 값은 못 되지만 큰돈이었다. 역시 부모만한 사람이 없다. 그 어려운 형편에도 딸의 어려움을 통절하게 생각하여 거저 준 샘치고 선 듯 내주었다. 원순은 마음속으로 열 번 백 번 고맙다는 인사를 했다.

부모님이 마련해준 십만 환을 가지고 담양죽물시장에서 구색을 맞추어 도매금으로 대그릇을 구입했다. 집에 올 것도 없이 그 길로 이 마을 저 동네를 돌면서 장사를 시작했다. 마을에 들어서면 동네 입구 첫 집부터 찾아가는데 '바구리 사쇼.' 하는 소리가 입에서만 뱅뱅 돌고 나오지를 않았다. 주인을 찾으면 사라는 말을 안 해도 대바구니장사인 줄 알고 살 사람은 사주었다. 파겁을 못해서 부끄럽고 창피한 생각이 들어 무척 힘들었다. 더구나 끼니때면 밥 한술 얻어먹자고 하는 말도 어려웠다. 그러나 어느 마을을 들어가도 대부분 밥 인심은 좋은 편이었다.

끼니때 어느 집을 찾아가도 먹는 대로 밥이면 밥, 죽이면 죽을 얻어먹을 수 있었다. 잠자리도 얻어 자면서 한 장 동안 돌아다니며 물건을 팔았다. 생각보다 괜찮았다. 남은 돈으로 보리쌀이나 잡곡으로 먹을 약식을 마련해 놓고 계속 장삿길에 올랐다.

농사일 품삯보다는 나았다. 여름일철엔 사람들이 집에 거의 없어 허탕 치기가 일수여서 아침저녁으로 다니면서 팔았다. 장사가 어렵다고 하지만 한철 하고 나니 부족하지만 양식은 꾸려나갈 수 있었다. 넉 달쯤 장사를 하고나니 친정에서 빌린 돈을 갚고도 밑천이 남았다.

어느 덧 가을이 되었다. 들에는 벼들이 가을의 무게를 버겁게 짊어지고 선들바람에 일렁이며 어렵게 살아온 한해의 고달픈 생활을 넉넉함으로 채워가고 있었다. 하지만 원순네 같은 피란민들은 헛침만 삼켜야 했다. 그래도 하찮게 생각했던 장사였지만 원순은 그럭저럭 힘든 여름을 무사히 넘기고 풍요의 가을로 넘어오게 되어 한 숨을 돌릴 수 있었다. 추수가 한 참일 때 바쁜 일손을 잠시라도 도와주면 밥은 물론 잠자리 얻는데도 훨씬 수월했고 물건 사주는 사람도 많았다.

마을마다 단골집을 정해놓고 다녔다. 대체로 여자혼자 사는 집이나 가족이 단출한 집 아니면, 노인이 사는 집을 정했다. 살겠다고 열심히 다니는 젊은 사람을 보고 많은 사람들이 측은하게 여겨주었다.

그러면서 물건을 많이 사줘 생각보다 장사가 쏠쏠했다. 옥과를 조금 지나 130여 호가 사는 서봉마을에 들어섰다. 마을 맨 동쪽 가양에 사십대 부부 모산 댁네가 살고 있었다. 모산 댁은 결혼 20년이 넘었으나 출산을 해보지 못했다.

점을 쳐보고 절에 가서 공도 드려봤으나 아무 효험이 없어 애를 태웠다.

아들이 없으면 대가 끊기니 첩을 얻어서라도 대를 이어야하는 시절이지만, 형편이 넉넉하지 못하여 그마저도 할 수 없었다. 딸린 식구가 없을 뿐아니라 인정이 많고 살가운 모산 댁을 친척집처럼 드나들며 바구니 짐도 맡겨가며 장사를 했다. 원순이 자게 될 때에는 모산 양반은 사랑방에 나가서 잤다.

내외간이 분에 넘치도록 친절하고 따뜻하게 대해주었다. 민망하리만큼 포근하게 가족처럼 대해주고 무슨 일이라도 아낌없이 도와주었다. 그래서 큰언니 집에 온 것처럼 부엌일도 거들고 청소도 스스럼없이 해주었다. 모산 양반 내외는 원순의 어려운 사정과 젊은 나이에 홀로 열심히 사는 것을 가상히 여겨 어느 집보다 더 친근감을 가질 수 있었다.

겨울이 깊어지면서 눈이 자주 내렸다. 눈이 올 때는 장사를 나가지 못한 경우가 많았다. 겨울날씨는 종잡을 수 없이 변덕이 심하여 출행하기도 어려웠다. 그러나 원순은 하루라도 날씨가 좋으면 집에 있을 수 없었다. 날씨가 좋아 장사를 나가려는데 경도가 비쳤다. 허리가 아프고 하혈이 시작되어 도량출입도 어려웠다. 집에서 3일간을 꼼짝 못하고 그 뒤처리를 하고 있었다. 그럭저럭 집에서 머뭇거리다 경도輕度가 끝나고 5일만에야 장사 길에 나섰다.

담양 장에서 대그릇을 떼어 짊어지고 이틀간 이 마을, 저 마을을 돌아다니며 장사를 하는데 오후에 갑자기 눈이 억수로 퍼붓기 시작했다.

서봉마을에 도착할 무렵에는 눈이 쌓여 걸어 다니기도 힘들었다. 원순은 두말할 것 없이 친정집을 찾아가듯 큰언니 집 들어가듯 모산 댁 싸리문을 밀치고 들어갔다. 모산 댁 내외가 화롯불에 고구마를 구워먹으면서 원순을 반갑게 맞아주었다.

"아이고, 이 눈 속에 어디서 어찧게 온거여? 어서 요리 얹거, 화릿불 좀 쬐아요."

모산 댁은 따뜻한 손으로 원순의 찬 손을 잡아 화롯불에 녹여주었다.

"괜찮혀라우. 눈은 와도 푹헌 편이라 눈이 옴선 녹음선 헌게 별로 춘지 모르것구만이라우."

모산 양반은 유달리 측은한 눈길로 원순을 바라보다가,

"요리 앉거요. 요것 하나 묵어 보제. 고구마는 구워 묵는 것이 더 맛나요."

하면서 고구마 껍질을 벗겨 원순에게 주었다.

"아니어요. 그냥 어르신 잡수셔요."

원순은 받기가 부끄러웠다.

"괜찮혀. 입 안 댔어. 그냥 묵어도 혀요."

모산 양반은 친 여동생 대하듯 했다. 원순은 주는 것을 안 받기도 미안했다.

"그러먼, 요것만 묵으께요."

원순은 반쪽을 나누어 절반은 다시 모산 양반에게 드렸다. 김이 모락모락 퍼오르는 속이 노란 고구마가 먹음직스러워 군침이 돌았다. 길품을 많이 판 원순은 시장기가 심하게 느껴지며 배속에서 '쪼르륵' 하는 소리가 나던 차에 한입 베어 무니 생전처음 맛보는 것 같은 별미중의 별미였다.

"시장허제? 얼른 밥 혀가지고 오께."

모산 댁이 밖으로 나갔다. 모산 양반과 단 둘이 화롯가에 앉아 있기 너무 어색하고 부끄러웠다. 원순도 모산 댁을 따라나서는데,

"멋 허로 나가. 춘게 여그 있어요. 밥 한 그릇 허는디, 멋헐라 둘이나 나가?"

모산 양반은 원순을 나가지 말라고 만류했다.

"아니요. 불이라도 때 주어야제라우."

원순은 너무 어색해서 방에 있을 수가 없었다. 모산 댁은 무 채 썬 것

을 솥 바닥에 깔고 쌀을 놓아 무밥을 지었다.

"무시밥이 참 맛있어라우."

"응. 양식도 적은게 무시밥 혀 묵으먼 괜찮혀. 무시는 많이 캐서 묻어 놨는게, 겨을내 무시밥 혀 묵어야제. 아이 참, 집이는 무시도 없제? 갈 때 좀 주께 가지고 가."

모산 댁은 미리서 무를 주겠다고 했다.

"친정에서 주어 아직은 있어라우. 주시면 고맙지만 번번히 얻어묵기만 헌께 미안혀서요."

원순은 고마웠으나 미안한 마음에 사양했다

"미안허기는 머가 미안혀. 우리 손으로 농사졌는게 주는 것이여. 사온 것 같으면 못줘. 내일 아침에 주께 내가 잊어부러도 새댁이 말 혀."

모산 댁은 행주로 솥뚜껑을 닦아 덮었다. 솥뚜껑은 기름 바른 것처럼 반들반들 윤이 나있었다. 원순은 고향에서 사용했던 까맣게 윤이 난 밥솥이 생각나면서 눈물이 찔끔 맺었다. 원순이 불을 때는 동안 추위는 완전히 가시고 얼굴이 화끈거렸다.

무밥 냄새가 구수했다. 질컥한 밥에 동치미 채를 넣고 진간장에 고추장을 쳐 비벼먹으면 반찬 없어도 그 맛이 일품이었다. 밥상을 차려 방으로 들어갔다. 세 사람은 한 식구가 되어 오순도순 이야기를 나누며 저녁을 먹었다. 이 마을 저 동네를 돌아다녀서 많이 시장한 터여서 원순은 밥 한 그릇을 뚝딱 먹어치웠다.

어둑발이 들면서 폭설이 더 심하게 퍼부었다. 저녁을 먹고 화롯가에 둘러앉아 이야기를 하면서 놀다가 모산 양반이 사랑방에 가서 자려고 나가다 다시 들어오며 "눈이 너무 많이 쏟아져 갈 수가 없네"하면서 방으로 다시 들어왔다. 원순은 난처했다. 중년의 부부가 자는 방에서 젊은 여인이 함께 자기는 민망스럽고 옹색했다.

그러나 눈 속에 스스럼없이 찾아갈 만한 집이 없으니, 그녀가 나간다고 말하기도 그렇고, 그대로 눌러있자니 눈치가 보여 바늘방석에 앉아있는 것 같았다. 모산 양반은 퇴창문堆窓門을 열어보며 눈이 계속 퍼붓는 것을 보고 아예 나갈 생각 없이 주저앉아버렸다.

　"제가, 다른 데로 가야겠네요"

　원순이 하는 수 없이 다른 집으로 가야겠다는 생각하고 일어섰다.

　"인자, 이 밤중에 눈 할라 퍼붓는데 어디로가? 불편혀도 그냥 여그서 자요. 서로 이무른게 그냥 자도 되야. 언니네 집이라고 생각허고 함께 자게요. 이불 따로 깔아주께, 당신은 앞문 쪽에서 자요."

　모산 댁은 원순의 손목을 꽉 붙잡고 주저앉혔다, 원순도 늦은 밤에 어느 집을 찾아간다는 것이 심난했는데 모산 댁의 만류에 못 이긴 척하며 눌러앉았다.

　"아직, 잘 때가 못되았응께 야그도 험서 더 놀다가 자게요."

　모산 댁은 호롱불심지를 낮추었다. 호롱불심지가 키워져 있어 까맣게 끄름이 불꽃 위로 꼬리를 흔들며 공중으로 용오름을 하고 있었다.

　"심지가 요렇고 크먼 콧속이 시컴혀."

　심지를 줄이니 방안은 어슴푸레해졌다. 턱수염이 거뭇거뭇한 모산 양반은 옷고름을 풀고 넓은 가슴을 들어내며 등허리로 손을 넣어 등을 긁고 있었다. 가슴팍 중앙에는 가뭇하게 털이 나있어 완숙한 남성미가 넘쳐났다. 원순은 차마 모산 양반을 쳐다볼 수가 없었다.

　"당신 볼세 옷을 벗을라고? 아직 좀 있어 잘 때 못되았응게."

　모산 댁은 원순이 민망해하는 눈치를 알아차렸다.

　"알았어. 등이 근지러서 그려. 이가 있는가 아조 근지러."

　모산 양반은 등허리를 이리저리 긁적거렸다. 이 때 바지 허리띠가 느슨해진 듯 배꼽까지 넌지시 보였다.

　"이를 좀 잡았으면 좋겠구만"

모산 양반은 속으로 구시렁거렸다.

　"아이고, 이 양반 징그런 소리 허네. 어저께 새로 갈아입었는디 무신이가 볼세 생겨?"

　모산 댁은 오히려 원순을 쳐다보며 민망하게 생각했다.

　"괜찮허요. 큰오라버지 같은디 머가 어뗘요?"

　원순이 아무렇지 않은 척 하면서 어색한 분위기를 돌려놓았다. 모산 양반은 앞문 쪽에 자리를 펴고, 모산 댁은 방 가운데, 그리고 원순은 뒷문 쪽에 웅크리고 누웠다. 종일 여러 마을을 돌아다녀놔서 피곤한 탓에 원순은 이내 잠이 들었다.

　원순은 황소에 쫓기는 꿈을 꾸었다. 왕대죽순처럼 뿔이 곧게 돋은 황소가 고삐가 풀린 채 코를 식식 불면서 금방 들이받을 기세로 쫓아오고 있었다. 죽을힘을 다해 도망쳐도 제자리 걸음만 하고 있었다. 치마가 거치적거려 걸을 수 없이 허우적이고 있는데 황소는 원순의 엉덩이를 떠받고 있었다. '아이고 엄니. 사람 살려.' 하면서 소스라쳐 눈을 떴을 때 가슴에 묵직한 무엇이 짓누르고 있었다. 거친 숨소리가 입가를 스치며 껄끄러운 수염이 얼굴을 문질렀다. 두꺼비 같은 손, 굵은 손가락으로 더듬거리며 치마끈을 찾고 있었다. 옷을 입은 채 잤기에 쉽지 않아 애를 먹고 있었다.

　"어, 억! 누, 누, 누구여?"

　원순은 꿈속에서 황소에게 쫓기는 것보다 더 무서움을 느꼈다. 본능적으로 몸을 비틀며 일어서려 했으나 강력한 힘에 제압당한 채 옴짝달싹할 수가 없었다. 방문이 훤하게 밝아오면서 먼동이 트고 있었다.

　"가만히 있어. 가만히. 나여. 놀래지 마."

　낮은 목소리로 속삭이는 음성은 모산 양반이었다.

　"이거, 무슨 짓이요? 안 되요. 안 되. 성님 없소? 성님 어디 있어?"

원순은 소리를 지르며 발버둥을 쳤지만 모산 양반의 힘을 당해낼 수 없었다. 모산 댁은 기척이 없었다.

"안식구 장에 가고 없어. 가만히 있으면 된게 놀래지마. 인자 늦었어. 집에는 아무도 없어. 나 헌대로 있으면 좋은게 걱정 허지마."

모산 양반은 떨리는 음성으로 다정하게 달래었다.

"안 되요. 안 되야. 어쩔라고 이러요? 제발 살려주어요!"

원순은 절규하며 모산 양반의 가슴을 밀어냈으나 그 힘을 감당하기는 너무도 연약했다. 아무리 발버둥 쳐도 일은 벌어지고 말았다. 원순은 원통하고 분하여 몸부림 쳤으나 이미 올가미에 팔다리가 묶인 채 꼼짝달싹 못하는 고란이 신세가 되어있었다. 원순의 저항은 너무 무기력해서 체념할 수밖에 없었다. 임자 없는 몸의 서러움이 봇물 터졌지만 어쩌지 못하고 몸을 내 맡기고 말았다.

모산 댁 내외가 오랫동안 음모한 사실을 원순으로서는 알 리가 없었다. 모산 댁이야 쉽게 용납되는 일은 아니었지만, 출산을 못하는 터라서 소박을 맞을 형편에 질투할 수 있는 처지가 아니었다. 자식을 얻기 위해서는 씨앗을 두어도 감내해야 하는 현실에, 남편의 한두 번 외도로 자식을 얻을 수만 있다면 받아드릴 수밖에 없었다. 그래서 그들 내외는 원순이 한 탯줄에 아들을 둘씩이나 두었고, 젊은 나이에 청상이라서 잘만 하면 자식을 얻을 수 있다는 생각에 내외가 때를 기다리고 있었다.

그래서 지나치리만큼 따뜻하게 맞아주고 믿음을 주었던 것이다. 때마침 많은 눈이 내리는 날 원순이 찾아와 하늘이 준 기회로 생각하고 일을 꾸민 것이다.

모산 댁은 먼동이 트면서 집을 비웠는데도 원순은 모르고 깊은 잠에 빠져있었으니 함정으로 스스로 빠져드는 산토끼가 되고 말았다.

모산 양반은 운 좋게 한 번에 된다면 그런 행운이 없을 것이지만, 실패한다 해도 한번 길이 트이면 그 뒤에는 그리 어렵지 않을 것으로 생각했다. 그러면서 기어코 성사하리라, 가슴 깊이 다짐을 했다. 모산 양반은 이런 속내를 스스럼없이 원순에게 알리며 사정을 했다.

"내 사정만 들어주면, 새댁 원하는 것을 무엇이던지 해줄게. 이번 안되더라도 다음기회를 보게, 여그 오먼 꼭 우리 집에 와서 자야혀. 알았어?"
모산 양반은 노골적으로 다짐을 받으려는 듯 핫바지를 주섬주섬 입으며 통사정을 했다.
"……."
원순은 무어라 할 말이 없었다. 어쩌다 엉겁결에 당한 것도 몸을 찢고 싶을 정도로 원망스러운데 또 하자는 것은 원순을 너무 얕보고 하는 말이었다. 원순은 약한 여인의 서러움을 통감하면서 어서 빨리 이 순간을 빠져나가고 싶은 생각밖에 없었다. 아무리 천금을 주어도 다시는 할 수 없는 일이었다. 그러나 한번 엎질러진 물을 다시 담을 수 없었다.

피할 수 없었던 일은 한시라도 빨리 잊어버리고 다시는 이런 일을 당하지 않도록 조심하는 수밖에 없었다. 그날은 장사고 뭐고 아무 것도 할 용기도 의욕도 없었다. 작은 소쿠리 두 개와 대바구니 세 개가 남았는데, 그대로 가지고 집으로 와버리려고 나서는데 모산 양반이 누런 편지 봉투를 하나 쥐어주었다.
"이것이 먼디요?"
원순은 봉투를 되돌려주려고 했다.
"얼마 안 된게, 그냥 가지고 가. 감서 고기 좀 사가지고 애들이랑 묵어요."
모산 양반은 봉투를 억지로 원순에게 주었다.
원순은 하는 수 없이 봉투를 받아들고 나왔다. 봉투 속에는 삼만 환이 들어있었다. 원순은 기분이 야릇했다. 그러나 생각보다 큰돈이라서 마음이 느긋해지는 것을 느꼈다. 삼십 리길을 걸어와서 몸이 지칠 대로 지쳐있었다. 집에 돌아와 보니 방은 냉들이었다. 땔나무가 있어야 방에 불을 때는데 나무할 사람이 없다. 뿐만 아니라 마을에서 가까운 곳은 산이 민둥산이어서 나무개비하나 주워오기도 어려운 터였다. 방에 불이나마 따뜻하게 때고 살 수 있으면 좋으련만 방이 추우니 더욱 근천스러웠다. 농사짓는 사람들은 볏짚이라도 때는데 농사를 짓지 않았으니 볏짚이 있을 리가 없었다.

그나마 친정오라버니가 가을 끝나면서 볏짚 두 짐을 보내주었기에 아끼고 아끼면서 겨우 끼니 끓일 때만 때니 방은 냉들일 수밖에 없었다. 참으로 참담하고 한심했다. 모진 전쟁으로 편안하게 살던 가정이 파탄나고, 제집에서 살수 없는 절박함을 언제나 벗어날 수 있을까? 빈손으로 내몰려 끼니걱정, 나무걱정에 동냥아치로 살아야하는 이 처절함을 어찌해야 이겨낼 수 있을까? 어디대고 탓할 수도 없으니 이런 비극의 현실이 너무도 억울하기만 했다. 가라면 가고, 오라면 오고, 이쪽저쪽에서 때리면 맞고, 밟으면 짓밟히면서 살아야하는 힘없는 민초들의 기구한 운명이었다.

답이 없었다. 청상, 홀몸으로 살아가기엔 너무도 혹독한 시련들이 도처에 널려있어 마음 놓고 한 발짝도 걸어갈 수가 없었다. 그렇다고 어린자식들과 노 시어머니를 모르는 채 팽개치고 혼자만 살겠다고 간절하게 원하는 칠성을 따라갈 수는 없지 않은가, 아무리 전쟁 중이지만 대부분의 사람들은 자기 집에서 가족과 함께 살아가고 있다.

어렵다는 사람들조차도 때로는 웃음 웃고 사는데, 집도 절도 없이 피난살이에 허덕이는 사람들은 무엇인가? 삶의 터전이 산골이라는 이유만으로 집은 불타버리고, 맨주먹으로 쫓겨나 살아야하는 것이 생각할수록 절통했다.

불시에 어쩐 줄도 모르고 당한 것이 죽고 싶도록 원통했다. 더러워진 살점을 칼로 도려내고 싶었지만 그럴 수 없는 현실에 분을 사길 수 없다. 그렇다고 그대로 주저앉아 죽을 수도 없다. 그 모진 삶을 지키기 위하여 물불가리지 않고 나붓대야 목숨을 부지할 수 있다. 알량한 도붓장사를 나섰는데 그런 능욕을 당하고 나니 하늘이 원망스럽다.

씻을 수 없는 치부를 그녀 혼자만 아는 것으로, 내면의 갈등과 후한이 있을망정 외면으로는 숨길 수 있어 다행이라면 다행이었다. 위선자라고 할지 모르나 아직 들어나지 않았음으로 너무 상심할 필요는 없다고 생각되었다.

그런 억울하고 원통함을 다시는 당하지 않기 위해서는 전쟁을 피해 정든 고향을 떠났듯이, 또 다른 방법을 모색해야할 것 같았다. 그러나 젊은 여인 홀몸으로 살아가는 데는 어느 한 곳 안전한 데가 없고 사방천지가 지뢰밭이었다. 일손도 잡히지 않았다.

먹을 양식이 다 떨어져 가는데 그런 것 생각할 겨를도 없었다. 아픈 사람처럼 삼일동안을 누워서 생각했다. 시어머니는 걱정이 태산이었다. 며느리가 그런대로 장사를 해와 그동안 죽이라도 끓여먹고 살아왔는데 아무 말도 없이 끙끙 앓으며 누워만 있으니 어찌할 바를 몰라서 전전긍긍할 뿐이었다.

"아야. 니가 몸살이 나도 큰 몸살인갑다. 고뿔이냐? 지침은 안 허는디 열이나냐? 약도 없고 어쩔그나!"

시어머니는 땅이 꺼지게 한탄만 했다.

"괜찮혀요. 몸이 좀 무거워서 누어있는게 곧 일어나께요. 약은 안 묵어도 혀라우. 너무 걱정 마셔요"

맥이 빠진 원순은 헝클어진 머리를 손가락빗으로 대충 빗어 넘겨 비녀를 꽂으면서 일어나 앉았다.

"그려, 괜찮혀야제. 니가 성혀야 혀. 나같이 늙은 것은 암 것도 못헌게 어쩔 것이냐. 니가 너무 고생혀서 그런가벼. 그렇게 인자 며칠 푹 쉬어라."

칠보 댁은 반신반의 하면서 깊은 우려의 심정으로 원순을 일으켜 앉히려했다.

"아니오. 엄니. 나 인자 일어나께요. 엄니는 가만히 앉거계셔요. 저녁은 지가 허께요."

원순은 풀어진 치마끈을 둘러매면서 부엌으로 나갔다. 거적문 틈으로 냉기가 파고들어 모든 것이 얼어붙어있었다. 땔감으로 부엌 한쪽에 볏짚 두어 다발이 풀어진 채 흐트러져 있는 것이 고작이어서 원순의 기력만큼이나 맥이 빠져있었다. 장사 길에서 얻어온 수수쌀 한주먹을 넣어 저녁밥을 짓고, 밭으로 되살아갈 것 같은 시퍼런 배추김치 하나로 밥상을 차렸다. 칠보 댁도, 춘호도, 춘보도, 군말 없이 맛있게 먹어주니 원순으로서는 더할 나위 없이 고마웠다.

원순은 입맛 없다는 핑계로 솥을 물로 헹구어 끓인 숭늉으로 저녁을 때웠다. 춘호랑 춘보는 낮에 얼마나 힘차게 뛰어놀았는지 일찍 잠이 들었다. 원순은 잠이 오지 않았다. 칠보 댁도 쉬 잠이 오지 않는지 뒤척거리기만 하고 있었다.

4

제3의 길

"엄니, 우리 여그서 떠나야 헐 것 같혀요."

원순은 시어머니가 잠들지 않은 것 같아 넌지시 말을 건넸다.

"왜? 먼 일 있었냐? 그래도 너그 친정이 있어 의접이 되는디, 가기는 어디로 간다냐?"

칠보 댁은 원순의 말에 적이 놀랐다.

"친정도움이 되기는 혀도 멋인가 꺼름칙허고, 무엇을 잃어버린 것 같혀요. 고향에서는 여러 일가들이랑 어울려 서로 도와감서 살지 않혔어요. 그런디, 외톨이로 우리만 떨어져 산께 너무 힘들어요. 남정네 한사람이라도 있으면 그렇잖지만, 꼭 울타리 없는 난장에 서있는 것 같혀요."

원순은 그간에 일어났던 일들을 시어머니께 말할 수는 없어도 삶의 변화를 주어야겠다고 생각했다. 더욱 주변환경이 변화되지 않고는 치욕적인 과거를 씻을 수도, 잊을 수도 없을 것 같았다. 생각할수록 고민은 커가고 있었다. 칠보 댁은 사둔들이 말벗이 되어 지낼만하다고 생각했는데, 원순은 그런 것도 부담이 되었다.

"어디든 일가들이 사는 곳으로 가고 싶어요. 남원당숙이랑 덕재아제네가 사는 데는 여그서 멀기는 혀도 그리로 갔으면 허는디, 엄니는 어떻게 생각허시는기요?"

"그려, 그 일가들이랑 같이 살먼 좋기는 허제. 니가 정 그렇다면 한번 생각혀보자."

"엄니도 그리 생각 되지요? 아무리 친정이 있기는 허지만 일가들만 못헌 것 같혀요. 니얼이라도 지가 가서 알아보고 오께요."

"그려라. 우리 인자 자자. 니 몸도 안 좋은 디 너무 늦었다."

칠보 댁은 곧바로 잠이 드는 것 같았다. 원순은 좀처럼 잠이 올 것 같지 않았다. 서봉에서 모산 양반한테 당한 것이 떠오르며 몸서리 쳐졌다. 머리를 절레절레 흔들어 봐도 그 때의 광경들이 지워지지 않았다. 끙끙거리며 신음이라도 토하고 싶었지만 시어머니가 잠을 깰 것 같아 속으로만 삼키고 있었다.

이튼 날 이른 아침, 원순은 간편한 차림으로 해정마을로 향했다. 피란 나와서 안부한번 서로 전하지 못하고 살아왔는데 남원당숙이나 덕재아 저씨를 찾아가면서도 딱히 가지고 갈만한 것이 없어 그냥 맨손으로 나섰다. 삼십 리가 넘은 길을 걸어 나섰다.

차편이 있다 하더라도 차비가 무서워 걸어갈 원순이지만 차를 타더라도 십리 가까이 걸어야 해서 처음부터 차 탈 생각은 하지 않았다. 백 리이백 리도 멀다 않고 걸어 다니는데 삼십 리쯤이야 예삿일이었다. 처음 길이라서 물어물어 물을 건너고 들길, 언덕길을 걸어서 산 고개를 넘어 해정리에 도착했다. 점심때가 한참 지났다.

해정리는 150여 호가 사는 농촌치고는 꽤 큰 마을이었다. 물어서 남원당숙이 사는 집을 찾아들어갔다. 마을동편 대밭아랫집 행낭 채를 얻어 살고 있었다. 주인댁은 마을에서 부자 측에 들어 초가집이지만 전후 퇴가 달린 4간 겹집이었다.

소를 두 마리나 키우고 머슴을 두고 사는 알속 있는 부잣집 같았다.

마당한쪽에는 집으로 만든 큰 뒤주가 눈길을 끌었다 그 속에는 벼가 가득 담겨있을 터여서, 보는 것만으로도 배가 절로 부른 것 같았다.

그 뒤주를 보면서 원순은 가슴이 멍해지는 것을 느꼈다. 전쟁 전 원순네 집에서도 가을추수를 하면 그 같은 뒤주 두 개 정도는 채워둘 수 있었다. 지금 형편은 한 끼 밥쌀양식이 없어 죽으로 연명하는 처지이니 예사로 보이지 않았다. 남원당숙이 사는 행낭 채는 중앙에 대문이 있고 동편으로 외양간과 큰 사랑방, 그리고 서편으로 큰방하나와 골방이 있었다. 남원당숙네는 서편의 큰방과 골방을 함께 쓰며 살아가고 있었다. 큰방 옆으로 조그마한 마당이 있어 주인집마당을 쓰지 않아도 불편 없이 살 수 있는 구조였다. 마루도 있어 원순이 사는 집보다는 훨씬 큰 집이었다.

"아이고, 이거 누구여? 큰 질부 아닌가? 어찌 요렇고 소리 소문도 없이 온디아? 출턴디, 어서 방으로 들어가세."
남원당숙모는 마루까지 나와 반갑게 맞아주었다.
"절, 받으셔요 당숙모."
"절은 먼 절. 그냥, 어서 앉게."
"아니오. 오랫만인디, 절 올려야지오. 그리 앉으셔요."
원순은 윗목에서 남원당숙모를 향해서 반절로 다소곳이 절을 올렸다. 눈물이 핑 돌았다.
"그 동안, 평안히 지셨능기오?"
"질부는 어찔게 살았는가? 칠보 형님도 평안허시고? 애덜언?"
"그렁저렁 살아왔어요. 근디 당숙은 어디 나가셨능기오?"
"그 양반은 집에 통 안지셔. 동내에 서당을 채렸어. 핵교에 못 댕긴 애들 여섯인가 일곱 명인가의 모아서 한문얼 가리친다네."
"그러셔요. 잘 허셨네요."

"그런디, 어찌 요렇게 뜻밖에 왔는가? 집에 무슨 일이라도 있어?"

걀름한 얼굴에 오십대로 넘어가는 중년 여인의 눈가에 잔주름이 살짝 잡혀 미소와 함께 인정이 묻어나는 표정으로 물었다.

"일은 무슨 일이요. 명색이 종부라고 허면서 혼자 떨어져 산께 일가들 보고 싶기도 허고, 집안일을 타업혀야 헐 때가 있어도 막막혀서요, 요리로 이사혀서 함께 살면 어쩌겠는가 허고 사정이나 알아볼라고 왔어요."

"그렁가? 참말로 어려운 시상에 집안일까지 걱정허다니……."

남원 댁은 젊디젊은 사람이 집안일까지 걱정하는 것이 대견하고 고마웠다.

"그려서 당숙모께서 방이나 하나 얻어주었으면 허고 한번 와 봤어요."

"금메. 금새 있겄는가만 마을이 큰게 어디 있는가 알아바야제."

"꼭 좀 부탁혀요. 어머니도 당숙모네랑 함께 살고 싶다고 혔더니 아조 좋아허셔요."

원순은 온 김에 방을 구해놓고 갈 생각이었다.

"아이 참. 내 정신 좀 바라. 점심 안 묵었제? 쫌만 앉거 있어. 점심 채려오께."

남원당숙모는 자리에서 일어나려고 했다.

"당숙모, 괜찮혀요. 조금 있으면 저녁 묵을 땐디 언제 또 채리고 허겄어요. 지, 자고 갈랑께 저녁이나 묵게요."

원순은 당숙모 손을 꼭 잡고 말렸다.

"암, 자고 가야제. 모처럼 왔넌디, 어찌 그냥 간당가? 그동안 사는 이야기도 허고, 그리고 인자는 늦어서 갈라고 혀도 갈수가 없어. 그럼 밥은 안 채리께 요것이나 묵어봐."

남원 댁은 윗목에 수수대로 엮어 만든 뒤주에 넣어둔 고구마를 서너 개 꺼내어 깎아먹으라고 원순 앞에 놓았다.

"땅을 쬐금 얹어 고구마를 놓왔더니, 저 뒤주로 하나 캤네. 요것이 큰 보탬이 되야. 정심은 요것으로 때우는 디, 아침에 찐 것은 다 묵었구만. 이것이나 묵어봐"

남원당숙모는 명 가락만한 고구마껍질을 얇고 보기 좋게 깎아놓았다. 원순은 아삭 하고 한입 베어 물었다.

"참, 맛있네요. 이렇게 농사를 지어서 겨울은 묵울 수 있어 당숙모 네는 좋겠어요."

원순은 점심을 걸러 시장기가 뱃속을 휘저으며 꿈틀거리고 있는 참이라 고구마 맛이 꿀맛이었다. 단숨에 두개를 먹는 것을 보고 있던 남원댁은 안쓰러운 표정으로 원순을 바라보고 있었다.

"당숙모도 하나 잡숴보셔요."

원순은 나머지하나를 다 먹기가 어설 없어 남원 댁에게 내밀어 권했다.

"아니, 나는 점심을 묵어놔서 생각 없어. 하나 더 깎으까?"

남원 댁은 고구마뒤주 속에 손을 넣어 꺼내었다.

"아니오. 당숙모. 염치가 없네요. 인자 저녁 묵게 그만 깎으셔요."

원순은 극구 말렸다. 남원당숙모네는 소작이지만 논농사도 지어 그런 대로 식량걱정은 하지 않았다. 또한 서당에서 학채를 받으니 피난민치 고는 걱정 없이 살아가고 있었다.

어느 덧 해가 저물어가고 있었다. 서당을 끝내고 남원당숙이 돌아왔다.

"아니…… 이거, 누구여? 장 질부 아닌가? 반갑네. 어서 앉게."

남원당숙은 반가워하면서도 너무 뜻밖이라는 듯 코 밑 수염을 쓰다듬으면서 아랫목으로 앉았다. 그는 얼굴이 도리납작한 편으로 품위가 단정하고 점잖은 말씨가 조금은 답답하리만큼 느린 편이었다.

머리는 반백이며 코밑수염을 단정히 정리하여 누가 봐도 정갈하고 유학자다운 체취가 풍겼다.

"당숙, 절 받으셔요."

원순은 윗목으로 가서 절할 자세를 취했다.

"절은 무슨 절, 그냥 앉소."

"아니어요. 오랜만인데요. 그리 앉그셔요."

원순은 남원당숙을 좌정시키고 다소곳이 절을 올렸다. 잊어버렸던 아버지를 만난 듯 반가워 눈물이 핑 돌면서 얼굴이 상기되었다. '저런 어른이나 남정네가 집안에 있어 살림에 머리를 틀어주고, 아이들 게걸도 시켜주어야 집안이 든든한데,' 하는 생각을 하면서 원순으로서는 의지처가 없으니 너무 허전하기만 했다.

"어떻게 살았는가? 이, 난세에 맨주먹으로 산다는 것이 보통이 아닐 턴디 고생이 많겠네. 형수님은 어쩐가? 잘, 지시제? 애들도 다 충실허고? 춘호란 놈 학교 갈 나이인데 어쩠는가?"

그는 자세하게 가족안부를 두루 물었다.

"아직은 그런대로 살아왔어요. 피난민 다 그렇지요 뭐."

"그런디, 먼 일은 없제? 그냥 댕기로 온 것이제?"

"당숙님 저의 이 동네로 이사 오고싶은디요. 그래서 왔어요. 당숙님께서 좀 도와주셨으면 혀서 말씀드릴라고요."

원순은 찾아온 내막을 자세히 말씀해주었다. 남원당숙은 고개를 끄덕이면서,

"참, 가상한 생각이네. 집안일이 자네 책임이기는 허지만 젊은 자네가 고렇게 생각하고 있으니 참으로 고맙네. 명색이 집안어른이라고 험선도 질부한테만 매껴놓고 별 관심 없이 살아온 것이 부끄럽네."

남원당숙은 점잖은 말씨로 원순의 마음을 포근하게 감싸주었다.

"어니여라우. 지가 머, 헌 것 있간디요."

이때 남원 댁이 밥상을 차려왔다.

"우리 밥 묵고 야그 허세. 점심도 안 묵어 시장허겄구만. "

"볼세 밥을 다 허셨어요? 나가서 도와주지도 못허고 가만히 앉거서 밥만 얻어묵어야 허겄네요."

원순은 일어나 밥상을 받아 당숙 앞에 놓았다.

"숙모님도 같이 앉그셔요. 잘 묵겄어요."

원순은 자기 밥그릇을 상 아래로 내려놓았다. 당숙과 겸상을 하는 것이 민망스럽기도 하고 부자연스러워 겸상을 할 수가 없었다.

"오라. 오라. 이 사람아. 상으로 올려놓고 묵어. 겸상허먼 어쩌간디. 어서 올려놔."

남원당숙은 반찬접시를 밀어 자리를 넓히며 원순의 밥그릇을 올려놓으라고 손을 뻗었다. 남원 당숙모가 원순의 밥그릇을 상으로 올려놨다. 원순은 당숙모가 올려놓은 밥그릇을 다시 내려놓지는 못했다. 당숙모도 상 모서리에 밥그릇을 겨우 밀어 넣어놓고 밥을 먹었다.

해가 저물어가면서 방안이 어둠침침해졌다. 남원 댁은 윗목 벽에 걸어놓은 석유등잔을 내려놓고 유황성냥을 화로에 넣어 불을 일으켜 호롱불을 켰다.

"요새는 해가 어찌나 짧은지. 겨울 해는 꼬리가 없어 넘어감서 어두워져분당게."

남원 댁은 밥을 먹다 말고 일어나 불을 켜면서 알아들을 듯 말 듯 혼잣말을 했다. 호롱불을 켜자 어슴푸레하던 방안에 어둠이 일시에 사그라졌다.

당숙모는 동치미종지를 원순 앞으로 당겨놓으면서,

"한번 묵어 봐. 인자 맛 들어서 갠찮은디. 자네는 이런 동치미나 담았는가"

남원당숙모는 동치미국물을 한 술 떠 훌쩍 마셨다.

"예, 묵을께요. 거그 놔두셔요. 우리넌 못 담았어요."

원순은 사양했으나 동치미종지는 이미 그녀 앞으로 당겨 놓여있었다.

저녁을 먹고 그동안 살아온 이야기, 앞으로 살아갈 이야기를 하면서 회포를 풀었다.

"아까 참, 요 동네로 이사 오고 잡다고 혔제?

"예. 우리만 외톨이로 살랑게 너무 외로워요."

"그렇겄네. 그런디 지난 장날, 구장인 종문이 족하럴 만났어. 그 사람 말로는 면소재지 연산얼 중심해서 가까운 동네는 일부사람들이 들어가 산다는구만. 우리 부락언 소재지에서 멀고 너무 산골이라 공비잔당이 있어 아직은 못 들어간디아. 들어가지 못헌 동네넌 면에서 임시로 천막을 쳐주어 부락민들이 거그서 거처허기도 헌다두만. 그래서 말인디, 인자 요 부락으로 어떻게 이사를 오겄는가? 조금 참고 살다가 이 겨울이나 지나고 나면 소재지로라도 돌아가야제. 고향 놔두고 알도 상도 모르는 넘 동네서 언제까지 살겄는가? 우리도 봄만 되면 들어가야 헐 것 같혀. 차츰 공비토벌도 되어 시상이 평정될 테지. 아마 내년 농사는 들어가 지을 것 같여. 이렇코롬 거지같이 얻어묵고 살겄는가? 그렇게 이사 생각 말고 조금만 참고 살소."

남원당숙은 그동안 고향소식을 아는 대로 소상하게 말해주었다.

"볼세 들어가 사는 사람도 있구만. 참말로 이 피난살이 오직 헌가? 살림살이 다 내불고 와서 이 무신 고상이여. 산골에 사는 죄밖에 없는디. 너무 억을혀. 가족 죽고, 재산 다 불타고. 시상에 이런 꼴이 또 어디가 있어. 이놈의 전쟁, 우리만 당허는 것 같혀서 너무 원통허고 억울혀!"

남원당숙모는 원순을 쳐다보며 한탄을 했다.

"금매 말이오. 왜, 우리만 이렇게 당험선 살아야 허는 지, 누구한테 원망도 못허고 하소연도 못허고⋯⋯."

원순은 눈물이 글썽해지면서 목이 약간 잠겼다.

"그러면, 방을 알아볼 것이 아니라 당숙 말마따나 올 겨울은 그냥 살다가 날이 해동허면 한 발짝이라도 고향 가까운데로 가야제. 안 그런가?"

당숙모도 고향으로 들어가는 것이 낫다고 했다.

"당숙님 말씀 들어본께 그려야 허겄네요. 나는 아무 종도 몰랐어요."

원순도 내년 봄엔 한발자국이라도 고향에 더 가까이 들어가야겠다고 마음먹었다.

"나, 서당에 가바야 허는디 좀 늦었다. 그럼 질부 여그서 자소, 나, 자고 올랑게."

남원당숙은 저녁에도 아이들을 가르치기 위해 서당으로 나갔다. 원순은 당숙모와 호롱불 밑에서 명 다래에서 까온 끝물 명을 손질하면서 밤 깊은 줄 모르고 그동안 살아온 이야기로 울다 웃다 했다.

이튿날 아침을 먹고 원순은 떠날 준비를 했다.

"당숙모, 잘 쉬고 잘 묵고 갈랍니다."

"아따, 이 사람아. 오랜만에 왔넌디, 하루 쉬었다 가소. 우리양식 있은게 적정 마."

남원 당숙모는 원순의 손을 꼭 잡으며 만류했다.

"아녀요. 가바야 혀요. 추운디 어머니 끼니 허시는 것도 그렇고 땔 나무도 얼마 남지 않았어요. 요새는 날씨도 좋은게 나무 혀야 쓰겄네요."

원순은 말리는 당숙모의 손을 뿌리치며 일어섰다.

"꼭, 갈랑가? 그러면 쪼끔 앉거 있어."

남원 댁은 윗목 고구마뒤주에서 고구마를 꺼내 검은 명 책보에 두툼하게 싸주었다.

"요런 것 없을 턴디, 얼마 안 되지만 칠보 성님이랑 애들이랑 한번 쪄 묵소."

"아니오. 당숙모. 일앓혀도 되요. 당숙모네 식구도 비문이 많혀요. 도

련님들 쪄주어야지요."

"우리 묵을 것언 충분형게 걱정 말고 내가 준 것인게 그냥 가지고 가."

"당숙모 미안혀서 어쩐데요. 지는 빈손으로 와서 요렇게 잘 묵고 가는 디, 고구마까지 싸주시니 송구스럽기 짝이 없네요."

원순은 고마워 어쩔 줄을 몰랐다.

"당숙모 편안히 잘 지셔요. 당숙님은 못 보고 가야겠네요."

"참말로, 그냥 갈랑가? 그러면 어서 나서세."

당숙모도 자리를 털고 일어났다.

"나오시지 마셔요. 저 핑, 갈랑게 그냥 앉아 지셔요. 날씨도 추운게요."

원순은 당숙모가 나오는 것을 두 손을 잡고 말렸다.

"그럼, 어서 가소. 칠보 성님한테랑 안부 전혀. 자네가 애써야제 허는 수 있는가."

당숙모도 원순의 손을 만지작거리면서 쉬 놓아주지 않았다. 원순은 친정어머니와 이별이나 하는 듯 눈시울이 뜨거워졌다.

"당숙모 고마워요. 편안히 잘 계셔요."

원순은 당숙모에게서 보따리를 이어받아 머리에 이고 발걸음을 재촉했다.

원순은 눈길을 주지 못하고 한손으로 눈물을 훔치며 뒤를 돌아보다 걷다 하면서 걸음이 터덕거렸다.

"그럼, 잘 가! 나, 들어갈랑게."

남원 댁은 원순의 떠나는 뒷모습을 오래 동안 눈에 담아두고 있었다. 원순은 당숙모가 눈길에서 사라지면서 빠른 걸음으로 해정마을을 빠져나왔다. 한참도 쉬지 않고 잰 걸음으로 왔지만 역몰에 돌아왔을 때는 점심때가 훨씬 지나서였다. 집에는 아무도 없었다. 시어머니는 땔나무를 하러 산에 가 있었다.

원순은 다리가 아팠으나 쉴 겨를도 없이 부엌으로 나갔다. 부엌은 온

기하나 없이 사람이 살지 않는 빈집처럼 썰렁했다. 솥을 열어보니 아침밥을 지어먹지 않는 것 같았다. 춘호, 춘보도 집에 없었다. 점심밥이 없는 줄 미리알고 애들조차 집에 들어오지 않는가 싶어 가슴이 찡했다.

 원순은 남원당숙 네 집에서 얻어온 고구마를 깨끗하게 씻어 솥에 넣고 찌기 시작했다. 헝클어진 짚단을 한줌 아궁이에 밀어 넣고 불을 지폈다. 점심때가 겨워 시장기는 물론 몸에 한기가 들기 시작하다가 불 앞에 앉아 있으니 몸이 녹으면서 노곤하고 나른해 졌다. 솥에서 된 김이 날 때쯤 시어머니가 나무 한 등치를 짊어진 채 싸리문을 밀치고 들어왔다.
 "나무 허로 가셨어요?"
 원순은 얼른 일어나 시어머니 나뭇짐을 받아 내렸다. 점심을 못 먹어 허리가 푹 가라앉은 시어머니가 지쳐보였다.
 "왔냐? 남원동숭이랑언 잘 있디아? 그리고 간일은 어쨌어?"
 칠보 댁은 궁금했는지 숨 돌릴 새도 없이 갔던 일에 대해 물었다.
 "어서 씻고 방으로 들어가셔요. 멋 허로 나무를 다 가셨어요. 지가 와서 헐턴디. 춥기도 허지만 산에 혼자 가셔서 넘어지기라도 허면 어쩔라고요?."

 원순은 타이르듯 약간 나무라는 말투로 시어머니에게 말했다. 칠보 댁은 부엌으로 들어가 바가지에 물을 떠서 우선 손만 씻고 방으로 들어갔다. 원순은 부엌으로 들어가 잘 익은 고구마를 사발에 담아 배추김치와 함께 시어머니 앞에 놔드렸다.
 "웬, 감자냐? 어디서 났어?"
 시어머니는 많이 시장했는지 뜨거운 고구마를 호호 불면서 껍질 채 맛있게 먹었다.
 "애들은 아직 안 왔냐? 내가 아직 산에서 안 온종 알고 그렁갑다. 아침도 엇저녁에 남은 식은 밥 한술로 때워 배 고풀턴디."

"알았어요. 지가 나가서 어디 있는가 찾아보께요. 엄니나 어서 잡수시고 솥에 있은게 더 갔다 잡수셔요."

원순은 밖으로 나가 마을 앞 당산나무께로 내려갔다. 춘호, 춘보가 애들하고 놀면서 배고픈 줄도 모르는지 손이 흙 범벅 된 채 원순이 가까이 가는데도 몰라보고 놀기에 푹 빠져있었다.

"춘호야. 배 안 고푸간디 때가 되먼 집에 들어와야제. 여그서 놀고만 있냐?"

원순은 춘보의 엉덩이 흙을 털어주면서 나무랬다.

"어매, 언제 왔어? 할매도 없넌디 집에 가면 멋 혀. 그려서 그냥 춘보랑 놀고 있었제."

춘호가 응석을 부리며 놀이를 그만 두고 원순의 손을 잡았다.

"그래도 그렇지. 동생 배 고푼게 집에 와서 머라도 챙겨주어야제. 이렇고 놀고만 있어? 어서 가자."

원순은 춘보을 업고 집으로 돌아왔다. 칠보 댁은 고구마하나만 먹고 그대로 앉아서 손자들을 기다리고 있었다.

"엄니, 왜 안 잡수고 그러고 기셔요?"

"묵었다. 춘호랑도 없넌디, 혼자만 꾸역꾸역 묵고 있다냐? 한개 묵었더니 시장기는 좀 가셨다. 어서 갸들한테 주어라. 인자 식어서 막 묵기 좋다."

칠보 댁은 껍질을 벗겨놓은 채 기다리고 있다가 춘호에게 먼저 주었다. 원순은 부엌으로 들어가 나머지 고구마를 가지고 왔다. 애들도 시장한 참이라 허겁지겁 한 입씩 뭉떵뭉떵 달게 베어 먹었다.

"연칠라. 천천히 꼭꼭 깨물어 묵어. 김치랑 묵음선."

애들이 너무 급히 먹다 체일까 봐 염려했으나 소용없이 한입씩 크게 베어 먹고 있었다. 원순은 속이 짠했다. 애들이 얼마나 배가 고팠으면 저렇게 급하게 먹을까 싶어 만류하다가 그대로 먹도록 놔두었다.

"아야. 남원동숭 네 댕겨온 야그나 좀 혀라."

칠보 댁은 궁금하여 재촉해 물었다.

원순은 남원당숙네 사는 형편이며, 융숭하게 대접받은 사실을 말씀드렸다.

"그것은 그렇고, 너 그쪽으로 이사 혀보것다고 갔넌디, 어찌 알아봤냐?"

"겨울은 그냥 여그서 살아야 헐랑개벼요. 그럴 필요 없을 것 같혀요."

"아니, 왜? 별로 좋아라고 안 허디야? 앙그러면 방이 없어?"

"아니오. 그런 것이 아니라 내년 봄에는 고향으로 들어가도 헐랑개벼요. 지금도 연산까지넌 사람들이 들어갔데요. 우리고향 같은 데는 아직 못 들어가지만 면에서 임시로 천막을 쳐주어 거그서 사는 사람도 있데요. 그래서 남원당숙 말씀은 겨울은 그렁저렁 사는데서 살고 봄이 되어 날씨나 풀리면 들어가자고 허드만요."

"그려? 사람들이 들어가기 시작 혔다고? 참 잘 되었다. 연산으로라도 가면 좋제."

칠보 댁은 입을 실룩거리며 덩실덩실 춤이라도 출려는 듯 아이들처럼 좋아했다.

"어메. 인자 평난 되었넌갑네. 봄 되면 집으로 갈 수 있어? 춘보야, 우리집으로 간디야."

춘호도 춘보랑 홀딱홀딱 뛰면서 덩달아 좋아했다.

"춘호야, 아직 우리 동네는 못 들어간디야. 그러고 들어간다고 혀도 집이 다 불타부러 없은게 어떻게 움막이라도 지어야 허는 디, 어쩔랑가 모르겠다. 우선 연산까지는 들어갈 수 있당게 봄 되면 거그 가서 임시로 살려고 허니께 그런종 알아."

원순은 낮은 목소리로 차분히 타일렀다.

찐 고구마로 점심을 때우고 남는 것은 식지 않게 솥에 넣어두었다. 추운데다가 하찮은 고구마지만 점심이라고 먹고 나니 몸이 으스스하여 온 식구가 이불속으로 들어가 있다가 잠이 들었다. 얼마를 잤는지 분간을 못했는데 밖에서 인기척이 났다. 원순은 놀란 듯 눈을 떠보니 해가 지고 있었다. 다른 식구들은 인기척을 못 들었는지 곤히 잠들어 있었다. 원순이 살며시 이불을 빠져나와 밖으로 나와 보니 싸리문에서 칠성이 서 있었다. 원순은 소스라쳐 놀랐다.

"웬, 일이여요? 이렇게 불쑥 찾아오면 어쩔라고요?"

"사는 것이 너무 궁금혀서 한번 와봤어. 너무 놀라지마. 곧 갈게. 이것이나 받아."

칠성은 능청스러울 만큼 태연하게 묵직한 자루하나를 건네주었다.

"또, 멋인디요?"

"쌀, 쬐끔 가져왔어. 묵을 것이나 있는가 몰라."

"걱정 허지 마. 우리 묵을 것 있어요. 그냥 가지고 가요. 누가 보면 어쩔라고 그려요."

원순은 누가 보고 있는 것 같아 마음이 바람 빠진 고무공처럼 쪼그라지며 절급했다.

"누구 왔냐?"

원순이 나올 때 잠이 깬 칠보 댁이 방문을 열면서 내다보고 있었다.

"예. 저그……."

원순은 놀란 가슴을 움켜쥐듯 손을 얹으며 무어라고 시원스레 말을 못하고 주저주저하고 있었다. 칠성은 막무가내로 쌀자루를 든 채 밀고 들어왔다.

"안녕 하세요? 사둔어른. 저, 왔어요. 울 엄니가 이것 좀 갖다 주라고 혀서 왔어요."

칠성은 방문 앞까지 들어와 쌀자루를 마루에 내려놓았다.

"아이고, 사둔 오셨어요? 멋얼 또 가지고 오셨어요? 그냥 오시면 어쩌간디. 아, 너넌 멋혀냐? 춘디 어서 방으로 모시지 않고. 누추허지만 어서 방으로 들어오셔요."

칠보 댁은 밖으로 나오면서 칠성을 반갑게 맞이했다. 젊은 남자가 자주 쌀을 가져오면서 지나치리만큼 며느리 대하는 것이 예삿일 같지 않지만, 친척오빠라고 알고 조금도 의심하지 않았다.

"괜찮혀요. 이것이나 방으로 들여놓으셔요."

칠성은 쌀자루를 들어주었다.

"아이고 고마워라. 귀헌 쌀을 또 가져오셨어요? 이 은공을 어찔게 갚은디야!"

칠보 댁은 너무 좋아 어쩔 줄을 몰라 했다.

"사둔어른 잘 계셔요. 저 갈랑만이라우. 동생허고 저그 가서 잠깐 야그 좀 헐란 디, 괜찮지요?"

칠성은 혼자 결정하고는 원순의 말을 들어보지도 않고 함께 나가자고 손을 끌었다.

"그냥, 가시게요? 너무 섭섭헌디. 방에 들어오셔서 멋이라도 입맛 다셔야 허는디 어쩐디야?"

칠보 댁은 싸리문까지 나와서 배웅을 했다.

"먼, 헐 말이 있어서 그려요. 여그서 허셔요."

원순은 따라가고 싶지 않았다.

"함께 갔다 오그라."

칠보 댁은 아무 내막을 모르는 터라서 원순을 나갔다 오라고 했다.

"어서 나와. 오래 안 걸려."

칠성은 재촉했다. 원순으로서는 내키지 않았으나 분위기상 따라나설 수밖에 없었다.

"엄니, 잠깐 나갔다 오께요."

"어서, 갔다 와."

시어머니는 오히려 등을 떠밀다시피 하면서 함께 나갔다 오라고 했다.

"먼, 헐 말이 있다고 그런다요. 동네사람이 보먼 요상허게 생각헌단 말이요."

원순은 난처해서 주춤거리며 십여 발자국 뒤떨어져 가고 있었다.
"그렇게 감쪽같이 숨어버려? 그동안 멋 허고 살았어? 보고 싶었는디 장에도 안 나오고……, 얼마나 속을 태웠는지 알아?"
칠성은 그동안 가슴 절이게 만나고 싶은 심정을 전하면서 원순을 탓했다.
"저 같은 것 잊어버리라고 혔잖아요. 칠성씨 생각대로는 헐 수 없어요. 잊어부려야 혀요. 내 생각 좀, 혀주셔요."
원순은 사정을 했다.
"나는 그럴 수 없어. 아조 작심 혔응게. 내 말대로 혀."
칠성은 명령하듯 완강했다. 두 사람은 역몰 동네를 벗어나 읍으로 향하고 있었다.
"지금 어디 가는 겨?"
원순은 가슴이 뜨끔해지면서 정신이 번쩍 드는 듯 발걸음을 머뭇거렸다.
"아니, 저그 읍내 가서 야그 좀 혀. 이런 데서는 누가 볼 염려도 있응게. 아무 생각 말고 따라와"

칠성은 일방적으로 강요했다. 원순은 못마땅하면서도 어쩔 수 없이 따라가고 있었다. 어느덧 읍내에 도착했다. 해는 완전히 넘어가고 어둠발이 멀리서부터 스멀스멀 기어 나오고 있었다.

낮 동안은 겨울날씨치고는 따뜻했으나 밤이 되면서 오지랖을 파고드는 바람이 몸을 움츠리게 했다. 원순은 고삐에 끌린 송아지처럼 칠성이 끄는 대로 끌려가고 있었다. 칠성의 발걸음은 광산옥 쪽으로 향하고 있었다. 원순은 보이지 않는 힘에 끌려가고 있는 느낌이었다.
그러면서 기분이 이상해졌다. 앞으로 벌어질 일이 눈앞에 선연하게 그려지고 있었다. '않되. 이번엔 절대 않되' 원순은 죽어도 거절할 것을 속으로 굳게 다짐하면서 따라가고 있었다.

광산옥 문 앞 창문은 닫혀있었다. 칠성은 발소리를 크게 울리며 창문을 두드려 인기척을 했다. 인기척을 듣고 창문이 방긋이 열리며 눈을 치켜들어 밖을 내다본 사람은 느끼한 기분을 풍기는 여주인이었다.

"아이고, 나는 누구라고. 어서 오셔. 왜, 이렇게 오랜만이야?"

주인아주머니의 능청맞은 인사말에 반질반질 기름이 묻은 것 같았다.

"방, 쓸 거요? 지난번 썼던 방에 불을 넣어놔서 따뜻할 거요. 그 방으로 들어가요."

주인아주머니는 열쇠꾸러미에서 그 방 열쇠를 찾아 칠성에게 건네주면서 원순을 힐끔 쳐다보는 눈빛이 원순의 기분을 창피하게 건드렸다. 원순은 몸 둘 바를 몰라 쥐구멍이라도 들어가고 싶은 심정이었다.

"알았어요."

열쇠를 받아든 칠성은 눈짓으로 원순을 따라오라고 하면서 먼저 방으로 들어가 아랫목에 깔아놓은 이불속으로 손을 넣어봤다. 따뜻했다.

그는 원순을 힐끔 쳐다보면서 앉으라고 했다.

"방이 따뜻허구만. 춘게 요리 앉거"

원순이 문 앞에 서서 머뭇거리고 있는데 칠성은 한사코 아랫목으로 앉으라고 이불을 들치며 손목을 잡아끌었다.

"아이 참. 제가 알아서 앉글께 가만있어요. 그리고 먼 혈 말이 있어 여그까지 왔대요? 헐 말 다 혔잖여? 그런 것 안 된다고."

원순은 앉기도 싫었다.

"아따, 앉거 바. 춘게 우선 앉거서 야그 허게. 저릅대로 지슨 집 아니어. 짜그라들께미 안 앉근거여?"

칠성의 말투에는 약간 강압적이면서 짜증이 섞여있었다.

"헐 말 있으면 어서 혀바요. 어두어지고 있넌디, 집에 가야 헝께요."

원순은 가라앉은 목소리로 애원을 했다.

"기왕에 왔응게 저녁이나 묵고 가게."

"아니어. 그냥 가야 혀."

칠성의 시간 끌기에 원순은 그의 속마음을 꿰뚫어보고 빨리 끝낼 것을 재촉했다.

"아, 이리 앉거바. 앉거야 야그를 허던지 말던지 허제."

"알았어요. 앉글게 어서 혀봐요."

원순은 윗목에 쪼그리고 앉았다. 만일 먼 일이 벌어지게 되면 곧바로 뛰쳐나갈 수 있게 마음의 준비를 단단히 하고 있었다.

"여리 가까이 와. 누가 잡아묵는가? 그리고 어디서 지냄선 그렇게 감쪽같이 숨어버렸어? 그동안 왜 장에 한번도 안 왔어? 나 피해 다닌 거여?"

칠성은 작정하고 따지며 야단치는 말투였다.

"장사 좀 혀 봤어요. 바구니장사를 혔는디 그것도 쉽지 안 허두만요. 더구나 젊은 사람은 장사도 못허겄어요."

"그렸어? 대바구니장사가 헐만 허다고 하던디, 우리 동네 사람도 바구니장사 허는 아짐씨가 있넌디 그런대로 살아가고 있어. 허기사 쉰살이 넘었제. 젊은 사람은 쉽지 않을겨."

칠성은 원순의 말을 듣고 품었던 의심이 누그러진 듯 이해하고 있는 것 같았다.

"거봐. 얼마나 고상이어. 그렇게 나랑 같이 살면 그런 고상 안 혀도 되야. 우리 전답만 갖고도 묵고사는 데는 걱정 없어. 잘 생각 혀봐."

칠성은 어르며 설득에 나섰다.

"안 되야요. 칠성씨도 알다시피 시엄니 있제. 애들이 둘이나 있는디 멋 헐라고 아직 총각이람선 나 같은 헌 사람허고 살라고 혀요. 그리고 나는 집안 종부여. 여자가 재가허먼 어쩐종 암선 그런말을 혀요. 나같은 것 잊어부러요. 예?"

원순은 간곡하게 거절했다. 칠성은 기왕에 여기까지 대리고 왔으니 한바탕 일을 치르려고 흑심을 품고 있었다. 그러면서 원순의 손을 잡아 끌었다.

"이리, 아랫목으로 와."

"괜찮혀요. 인자 알았으면 집에 갑시다."

원순은 문을 열고 나가려고 했다.

칠성이 벌떡 일어나 방문을 가로막으며 원순을 아랫목으로 끌어가려고 했다.

"오널언 그냥 못 가. 기어코 허급을 받아야 보내줄랑게 알아서 혀."

칠성은 막무가내로 완력을 쓰면서 덤벼들었다.

"우리 엄니 눈치 싼 사람이여. 너무 늦으면 의심받아. 그렇게 나 가게 혀주어요."

원순은 막아선 칠성을 밀어젖혔으나 꿈적도 안했다. 원순의 힘으로는 떨치고 나설 수가 없었다.

"아랫목으로 내려가. 조금만 더 야그 허고 거게."

"멋 허게. 야그 다 혔잖혀요. 인자 갑시다."

원순은 애절하게 사정을 했다.

"오랜만에 만났응게 내 사정 좀 들어줘."

칠성은 원순의 손목을 잡아끌어 아랫목에 주저앉히려했다.

"지넌, 이러면 못써요. 그렇게 우리 딴마음 묵지 말고 오늘 깨끗이 마음정리 허게요. 내 형편 좀 알아줘요."

원순은 눈물을 글썽이며 목매이게 사정했다. 칠성은 순리로는 어려울 것으로 생각하고 마음이 변하는 것 같았다.

"여그넌 사람이 죽어도 몰라. 아무리 거절혀도 나는 못 이길 것이여. 그렇게 내가 헌잔대로 그냥 있어. 괜히 서로 마음 상혀지 않고 기분 좋게 끝내는 것이 좋을 것이여."

칠성의 눈빛이 이상해졌다. 이대로 있다가는 속수무책으로 당할 수밖에 없을 것 같았다. 칠성의 손아귀를 빠져나가기에는 원순의 가냘픈 손목이 너무도 약했다. 그러나 사람이 죽을 각오로 힘을 모아쓰면 못할 일이 없었다. 원순을 껴안고 칠성의 손이 가슴을 더듬어 들어오는 순간 막 힘을 써 화들짝 일어나 뿌리치며 방문을 박차고 나와 버렸다.

"절대, 안 되는 일이여. 나 이대로 갈랑게 쫓아오지 마요. 그리고 다시는 찾지도 만나지도 말자고요. 내 형편을 알아주어요. 어쩔 수없는 처진게 그리 알아요."

원순은 그길로 뒤 한번 돌아보지 않고 도망쳐 집으로 와버렸다. 밤이 깊어지면서 어둠이 모든 것을 묻어 얼려버리려고 냉기를 뿜어내고 있었다. 한 달음에 달려와 등에서는 땀이 후줄근하면서도 얼굴은 쌀쌀한 바람에 씻겨 홍조를 띠면서 손이 깨지게 시렸다.

"인자 오냐? 먼, 야그가 그리 길어? 나는 어디서 먼 일 난 종 알았다." 시어머니의 약간 투정 섞인 말투였다.

"엄니, 미안혀요. 고무님이 감기로 누워있다고 혀서 잠깐 들어가 보고 오느라고 늦었네요."

원순은 감쪽같이 거짓말로 둘러댔다.

"그렸냐? 나는 무신 일인가 허고 걱정혔제. 그나저나 너그 고무네 참말로 고마운디, 그 은공을 어찌 다 갚는다냐?"

칠보 댁은 진심으로 고마워하면서 잠깐이나마 원순을 오해한 것을 한 말로 탁 풀어버렸다.

"감기가 그리 심허지는 않드만이요. 그 고무님도 한갑이 넘어서 많이 늙으셨어요. 그리고 그 은공은 우리가 고향에 들어가 살면서 그 때 갚게요."

"그렇게 허먼 되겠구나. 지금은 아무 것도 없은게, 잊지 말고 있다가 인지 다 갚자."

칠보 댁은 그 은공을 갚아야 한다고 다짐하고 다짐했다.

겨울밤은 길고도 길었다. 긴긴 밤이라서 그런지 잠조차 오지 않았다. 내년 봄까지 살아야 할 것이 막막했다. 양식도 땔나무도 없으니 무엇을 먹고 무엇으로 군불을 땔 것인가 생각하면 생각할수록 앞일이 깜깜하기만 했다. 칠성이 가져온 쌀로 우선 당장은 끼니를 때운다 해도 그 다음은 어떻게 해야 하는가? 몸을 뒤척이며 잠을 청해보지만 생각이 꼬리에 꼬리를 물고 일어나며 눈은 더욱 카랑카랑 해졌다.

시어머니는 깊은 잠에 빠져들어 가늘게 코고는 소리가 냉기 도는 방안 공기를 가볍게 흔들었다. 칠보 댁은 원순처럼 살림살이에 책임이 덜해서 그런지 평소에도 별로 걱정하는 기색이 없었다. 물론 나이도 나이려니와 며느리 친정 동네라서 원순이 잘 버티어가고 있기 때문이기도 했다.

이 겨울에 할 일이라고는 대바구니장사만한 것이 없었다. 서봉 모산 양반과의 관계를 생각하면 다시는 장사 길에 나서고 싶지 않지만 도둑도 해본 사람이 한다고 장사말고 달리 할 것이 없었다. 그동안 장사를 나가지 않아서 다행히 밑천은 남아있어 곧바로 나설 수 있다.

5

불행의 씨앗

담양 장날 대바구니를 떼어 장사 길에 나서리라고 생각하며 억지로 눈을 감아 잠을 청했다.

"엄니! 아무리 생각혀도 이대로 가만히 있을 수 없응게 다시 장사를 시작혀야 헐것 같혀요. 모래가 대몽장잉께 장에 다녀와야 허것어요."

"그럴래? 글씨 나도 니가 어찌 장시를 안 나가능고 허고 생각 혔다만 너무 고상스러워 말을 못 꺼냈다. 시한 살아날나먼 다른 방도가 없지야."

칠보 댁도 은근히 며느리가 장사라도 해야 할 것으로 생각하고 있었는데 원순의 이야기를 듣고 반가워하는 기색이었다.

"그려도 멈니가 지신게 아그들이랑 집안일도 잊어부리고 댕길 수 있어 얼마나 다행인지 몰라요. 엄니가 좀 고상스럽지만 쪼끔만 참아주셔요."

"그것은 그렇다. 내라도 있응게 니가 잊어불고 다닐 수 있제. 고상이야 이루 말헐 수 없지만 허는 수 있냐? 우리 쪼끔만 함께 고상허자."

칠보 댁은 원순이 장사 나간다는 말에 가여운 생각이 들었다.

어영부영하다가 한 달이 넘게 장사를 못 나갔다. 다시는 장사를 하지 안하려고 했는데 다른 방법으로는 살아갈 도리가 없었다. 그렇게라도 다시 장사에 나서리라고 생각하니 새로 힘이 솟아나는 것 같았다.

5일 동안 팔 수 있을 만큼 구색을 맞추어 도매가격으로 대바구니 등, 대 그릇을 사 등짐으로 지고 이 마을 저 동네를 두루 돌아다닐 생각이었다. 나이도 젊은데다가 경험도 없으니 도부하는데 어려움이 많았다. 40-50대는 되어야 어느 집을 찾아들어도 스스럼없이 말이 나오고 쉽게 친해질 수 있는데 원순은 너무 젊어 나이 든 사람들을 상대하기가 어려웠다. 그래도 장사를 해가면서 말솜씨도 늘고 붙임성도 터득하여 장사가 제법 잘 된 편이었다. 처음에는 팔 물건을 예측 못해 얼마를 어떻게 사야할 지 어려웠는데 한번 두번 해보면서 요령이 생겨 한 장 동안 팔수 있는 양을 알맞게 구입할 수 있었다.

 쌀이나 잡곡으로 물건 값을 받기도 하여 식량으로 내놓고, 다시 나서고 하면서 겨울이 지나가고 2월에 들어서면서 날씨가 많이 풀렸다.
 원순은 3월말이나 4월초에 고향으로 들어가기로 생각하고 마지막으로 더 많이 구입하여 서봉마을 쪽으로 가려고 죽물 전을 빠져나왔다. 담양읍을 벗어나 이 마을 저 동네를 향해 울퉁불퉁한 자갈길로 들어섰다.
 점심으로 국수 한 그릇을 먹었는데 체했는지 탈이 난 것 같았다.

 속이 매슥거리고 토할 것 같았다. 도저히 그대로 갈 수가 없었다. 바구니 짐을 길가 언덕에 벗어놓고 논둑으로 들어가 토하기 시작했다. 점심 먹은 국수가 전혀 소화되지 않은 채 그대로 넘어왔다. 창자가 다 넘어오는 것 같았다. 눈물 콧물이 범벅되면서 얼굴이 말이 아니었다.
 모두 토했는가 싶었는데 건구역질이 계속되며 느릿한 침만 넘어오면서 멈출 기미가 보이지 않았다.
 "외옥. 외옥……."
 구역질을 할 때마다. 온 몸에 힘이 들어가면서 소변을 지리기도 했다. 참으로 난감했다. 날씨가 쌀쌀한데도 몸은 파김치가 되어 힘이 쭉 빠져나갔다. 그대로 논둑에 누워서 진정되기를 기다렸다.

눈을 감은 채 가만히 있었더니 진정되기 시작했다.

마른 풀을 잡고 일어서는데 마른 풀 속에서 벌써 파릇한 새 생명이 돋아나고 있었다. 봄은 멀지 않았다. 손톱으로 잡힐 듯 말 듯 한 작은 쑥이 새로 돋아나고 있었다. 참으로 경이로웠다. 지독하게 추운 겨울을 이겨내고 아직 바람 끝이 매서운데 벌써 새 싹이 돋아나다니, 새삼 생명의 경외감을 느끼며 삶의 의욕이 죽순처럼 솟아올랐다. 새로 돋아난 쑥을 보고 불현듯 쑥국이 먹고 싶어졌다.

갓 돋아난 싹이라 그냥 뜯기에는 너무 작았으나 손톱으로 땅을 파다시피 해서 뜯어 입에 넣어봤다. 쌉쌀한 쑥 냄새가 입안에 가득해지며 역겹던 속을 가라앉혀주었다. 우두거니 앉아 있다가 풀 사이를 헤집어 작은 쑥을 뜯었다. 손에 잘 잡히지 않았으나 한참동안 봄내음에 취하면서 뜯은 것이 한 움큼 되었다. 구수한 된장을 풀어 끓인 쑥국을 한 사발 마시면 속이 시원할 것 같았다. 뜯은 쑥을 바구니짐 속에 넣어 짊어지고 걷기 시작했다.

서봉 모산 댁 집으로 가면 허물없이 쑥국을 끓여달라고 할 수 있지만 그 집을 찾아가기에는 어색하고 불편할 것 같았다. 그래서 가까운 소실터 마을로 들어가 잠잘 수 있는 집을 정하고 쑥국을 끓여 달래야겠다고 생각했다. 야트막한 산이 동북쪽에서 두 팔을 벌리고 내려와 마을을 감싸고 있다. 서남쪽으로 들이 열려 석양해가 지평선으로 넘어가면서 늦게까지 햇살을 비춰주어 겨울에도 포근한 마을이었다.

해가 지기 시작하는데 집집에서 하얀 연기가 한가롭게 야트막한 뒷산 줄기를 잡아타고 느릿느릿 기어오르고 있었다. 마을 뒤쪽으로는 시퍼런 대나무 숲이 울타리처럼 둘러쳐져 바람을 막아주며 바람이 댓잎을 스치며는 소리가 한기를 품어내고 있었다.

마을에 들어서면서 싸립문이 비스듬하게 기둥에 기댄 채 반쯤 열려있는 초라한 오두막집이었다.

원순은 싸립문 안으로 들어섰다.

"아무도 안 지셔요?"

원순의 인기척을 듣고 부엌에서 밥을 짓던 늙수그레한 50대 여인이 나왔다. 그 아주머니는 이내 바구니장사인 것을 알고 다시 부엌으로 들어가려고 했다.

"소쿠리하나 사라고 왔어요. 하나 사셔요."

"소쿠리 있어요. 사던 안 허지만 그리 내려놓고 쉬었다 가셔요. 아조 젊은 사람이 장사를 나왔구만."

아주머니는 인정 많은 말수로 쉬어가라고 했다.

원순은 바구니 짐을 뜰 방에 내려놓으면서, 휴- 하고 긴 숨을 내쉬었다.

"아줌니 이거요. 옴선 논둑에 기대 쉬는데 쑥이 포롯포롯 혀서 뜯었어요. 된장 풀고 국 끓이면 맛 있겠지요?"

원순은 오는 도중에 뜯은 쑥을 아주머니에게 내주었다.

"아이고, 볼세 요렇게 쑥이 났네. 이 어린 것을 어찧게 캤오?"

아주머니는 아주 반가운 표정이었다.

"아줌니. 어찌 하룻밤 신세 좀 지고 싶은디 괜찮을까요?"

원순은 말이 나온 김에 먼저 잠자리를 부탁했다.

"예? 식구는 없응게 괜찮은디, 우리 집 양반이 있어. 우리 집 양반은 동네 사랑방에 가 자도 되지만 ……, 짐은 마루에 올려놓고 자고 가요. 젊은 사람이 주저주저 험서 댕기었어?"

아주머니는 친절하고 다정한 말씨로 쾌히 청을 들어주었다.

"두 분만 사셔요? 아이들은 없고요?"

원순은 가족사항이 궁금했다. 서봉 모산 댁 생각이 불현듯 떠올랐다.

"딸 하나 있다가 여워불고 요렇게 둘이만 살아. 자식놈이 컸으면 올해 스물다섯 살인 디, 세 살 때 홍역혀다 그만 놓쳐부렀제. 그 뒤로는 생산을 못혔어. 몸은 늙어가는디 적적허고 허전혀서 어찌 살가 몰라!"

아주머니는 눈가에 설핏 눈물이 맺히며 목이 메었다.

"괜히 저, 땜시……, 미안혀요."

원순은 괜히 미안한 마음이 들면서 어색한 분위기에 그대로 나와 버리고 싶었다.

"아니여. 젊은 새댁을 봉께 자식 같은 생각이 들어서 괜히 마음이 울컥 혔구만. 그나저나 자고 가요."

아주머니는 눈물을 살짝 훔치며 자고 가라며 붙잡았다. 원순은 불현듯 모산 댁네 악몽이 생각나면서 머뭇거리다가 아주머니의 친절에 자고가리라 마음먹었다.

부엌에서 밥 익는 냄새가 구수하게 코를 스치면서 시장기를 불러일으켰다. 원순은 점심 먹은 것을 다 토해버려 배는 고팠으나 구수하던 밥 냄새가 금방 역겨워지면서 건구역질이 나오는 것을 간신히 참아냈다. 아무리 생각해도 이상했다. 체할 때는 토해버리면 속이 편해지는데 매스꺼운 것이 보통 때와 다른 느낌이 들었다. 배속에는 아무것도 없어 허기지면서 기운조차 없는데 밥 냄새가 싫은 것이 다른 원인 같았다. 주인아주머니는 원순이 캐온 쑥에 우거지를 찢어 넣고 된장국을 끓였다. 된장국냄새는 싫지 않고 구수하게 구미를 당겼다.

그 때 주인 양반이 들어왔다.

"저녁 다 되얏는가? 낮에 고구마로 정심을 허술히 때웠더니 시장허구만."

주인양반은 마루로 올라서서 부엌 쪽을 쳐다보며 저녁밥을 재촉하고는 핫바지 허리띠를 고쳐 매며 방으로 들어갔다.

50대 중반의 보통남자로 당찬 몸매에서 카랑카랑한 목소리가 울려나오는 것으로 봐 적극적인 성격 같았다. 부부간 금슬이 좋은 듯 웃는 표정이 친근감을 더했다.

"방으로 들어가요. 금방 채려가께요."

아주머니는 남편이 반가운 듯 밥상을 서둘러 차렸다.

"밥상은 내가 들고 들어갈랑게 아줌니는 숭님이나 가지고 들어와요."

주인아주머니는 방으로 밥상을 들고 들어가며 원순도 어서 들어오라고 불렀다.

"아니요. 지년 여그서 묵을랑게요. 어서 들어가셔요."

원순은 밥솥에 물을 부어 주걱으로 누룽지를 밀어 톱톱한 숭늉을 떠서 마루에 놓고 아주머니께 가져가라고 일었다. 아주머니는 추우니까 방으로 들어와 함께 먹자고 원순을 기어코 불러댔다.

아주머니가 간곡히 부르는데 혼자 부엌에서 먹기도 친절을 저버리는 것 같아 방으로 들어갔다. 막 방문을 열고 방으로 들어서려는데 속이 확 뒤집어졌다. 구수했던 된장냄새와 묵은 김치의 고린내가 뒤섞여 코로 확 스미면서 왈칵 구역질이 났다.

"왜 그러요? 멀 잘못 묵었는가. 혹시 그것 아니여?"

아주머니는 냉큼 입덧이라고 짐작하는 것 같았다.

"아니요. 아주머니. 낮에 대몽장에서 국시를 묵었드만 치었는가, 옴선 다 토혔어요. 속이 가라앉은 것 같드니만 아직도 속이 좋지 않네요. 밥상머서 미안혀요. 저 밖으로 나갈께요."

원순은 주인아저씨가 미안해 몸 둘 바를 몰랐다.

"아니요. 어서 앉거요."

미안해하는 원순에게 부담을 주지 않으려는 듯 주인아저씨가 부드럽고 편한 말씨로 앉으라 했다. 말씨가 부드러워 친정오라버니 같은 생각이 들었다. 아저씨가 친절하게 대해주는데 밖으로 나가기도 어려워서 앉아 밥을 먹는데 도저히 밥술을 떠 넣을 수가 없었다. 구역질이 좀처럼 멈추질 않았다. 원순은 저녁밥을 먹는 둥 마는 둥 하다가 밥상을 들고 나와 설거지를 했다.

"그냥 두어요. 내가 헐랑게. 아줌니는 들어가. 저 무건 바구리짐 지고 댕긴다고 얼매나 고상 혔겠어."
아주머니는 부엌까지 따라 나와 원순을 밀치며 방으로 들어가라고 했다.
"아니어요. 아줌니, 지가 치우께요."
원순은 반찬그릇을 덮어 살강에 넣어두고 밥그릇을 씻었다.
"그러면 고것만 씻고 들어와요."
주인아주머니는 그릇 설거지는 원순에게 맡기고 솥을 씻은 뒤 나뭇간 나무를 추슬러 정리하고 나서 아궁이에 남아있는 잉걸불을 화로에 담아 방으로 들어갔다. 주인아저씨는 원순이 자고 갈 것으로 생각하고 밥을 먹고는 곧바로 사랑방으로 나갔다.

"어디서 살아요? 집안이 어려운가벼. 젊디나 젊은 새댁이 이런 장시 허는 것을 보면."
아주머니는 원순의 가정 형편을 물었다.
"순창서 살아요. 전쟁 통에 가산이고 집이고 다 불타 없어지고 피란 나와서 살고 있어요. 맨 손으로 나와서 아무 것도 없으니 묵고 살 길이 있어야지요."
"아이고 그런 고상을 허는구만. 참 안 되었다. 여그도 초사실에넌 밤손님이 두어 번 들어와 곡식이랑 소도 잡아갔어요. 얼매나 무서웠넌지 몰라. 그런디 빨치산덜 땀시 피난얼 나왔다고? 참말로 고상 허는구만."
아주머니는 혀를 차면서 동정어린 말로 원순을 위로해주었다. 아주머니는 뒷문을 열고 나가 멩 바구니를 들고 들어와 티끌을 뜯어내며 고르고 있었다.

"멩 질쌈 허셔요? 우리도 집에 있을 때는 멩 베 삼베 질쌈을 혔는디."

원순은 옛 생각에 젖으며 긴 한숨이 나왔다. 두 여인은 밤이 이슥할 때까지 멩 손질을 했다.

"아니, 아까 본께 입덧 하는 것 같은디. 혼자 산담서 그러먼 왜 그런디야?"

아주머니는 원순의 구역질을 이상하게 생각했다.

"아줌니도 참, 낮에 국수 묵은 것이 꽉 언쳤는가벼요. 오면서 다 토해부러 괜찮을 줄 알았는디 저녁꺼정 그러네요."

"그려? 속이 안 좋먼 된장물이라도 혀갖고 오까? 속 지랄헌것이 얼매나 힘들다고."

"아녀요. 인자 가라앉은 것 같은게 그냥 지셔요. 글않혀도 미안혀서 죽겄구만이라우."

"아니, 사람이 보댓낀디 그냥 어떻게 참는디야."

"괜찮혀요. 인자 다 나샀어요."

원순은 속이 거북스러웠지만 참으면서 내색하지 않았다. 등잔 밑 희미한 불빛에서 두 여인이 다정한 동기처럼, 살아온 이야기며 살아갈 일들을 오순도순 주고받으며 밤 깊은 줄도 모르고 멩을 손질했다.

"바깥어른은 안 들어오셔요?"

"새댁 자고 가는 종 아는 디 오겄는가. 안 온게 걱정 말아요."

아주머니 말에 원순은 마음이 놓였다.

호롱불을 끄니 어둠이 먹물처럼 검게 방안을 가득 채워 어디가 어디인지 분간할 수가 없었다. 음력 정월 그믐께라서 밖에도 그렇게 어두우니 방안이야 오죽 하겠는가, 실낱같은 빛줄기 하나 들어오지 않았다. 원순은 이불속의 몸을 살며시 더듬어봤다.

눈으로는 몸이 있는지 없는지 알 수 없으나 손끝에 닿는 살갗은 보드랍고 탄력이 느껴졌다.

낮에 먹은 국수를 다 토해냈는데도 저녁 밥상 앞에서 구역질이 나는 것이 이상하기만 했다. 보통으로 속이 매스꺼운 것이 아니라 춘호, 춘보, 입덧 때와 똑 같은 증상이었다. 바삐 살아오느라 경도가 두 달 동안 없었는데도 잊어버렸다.

서봉 모산 댁에 갔을 때 경도가 끝나고 열흘도 지나지 않았다. 거기서 나온 뒤로 경도가 없었다. 무심코 지내왔는데 생각해 보니 의심이 현실로 닦아온 것 같았다. 만약 정말 임신이라면 어떻게 해야 하는가? 소리 소문 없이 지워버려야 하지만 방법이 없지 아니한가? 그렇다면 서봉으로 찾아가 사실을 알려야 하는가? 모산 댁에 알리면 가만히 있지 않을 것이다.

20여 년 넘게 아이를 기다리다 포기 했는데, 천재일우로 하늘이 준 생명임을 알게 되면 모산 댁네는 얼마나 좋아할까? 아마도 온 세상을 다 얻은 것보다 더 좋아할 것이다. 그런 생명을 내 마음대로 지운다는 것은 사람으로서 차마 할 짓이 아닐 뿐만 아니라 천벌을 받을 일이라고 생각되었다. 그렇다고 그대로 애를 낳는다면 가문의 수치는 물론, 집안에서 몰매를 맞아죽어도 어디 대고 탓할 수 없을 것이다. 별의별 생각을 해봐도 뾰족한 길이 보이지 않았다.

가슴이 찢어지는 듯 피를 토하며 울고 싶은 심정이었다. 천 가지 만 가지 생각이 떠올랐다 지워지면서, 잠은 온데간데없이 눈은 씻어놓은 쥐눈이 콩처럼 더욱 초롱초롱 해졌다. 잠이 도저히 오지 않을 것 같았는데 언제인지 모르게 잠이 들었다.

6

불길한 꿈

배추장다리꽃이 흐드러지게 피어있는 뒷 텃밭이었다. 양지바른 언덕에 갓 돋아난 봄나물을 캐고 있는 데 흰나비 한 마리가 장다리꽃 사이를 누비며 너울너울 춤을 추더니 원순의 머리에 앉았다. 날아가 버릴까봐 숨조차 멈추고 가만히 앉아있는데 나비는 날아가 버렸다.

나비를 쫓아가다 언덕을 지나 작은 개울을 건너서 산등성이로 날아가는데 숨이 헐떡거리면서도 가슴을 움켜쥐고 흰나비를 쫓아가고 있었다. 산 정상에 올라보니 시어머니가 소복차림으로 앉아 있다가 원순을 보고는 손사래를 치면서,

"아가. 오지마라. 너는 여그 오면 않되야. 나 혼자 갈랑게 너는 어서 집으로 가그라!"

하고는 흰나비 날아간 쪽으로 시어머니 칠보 댁이 치맛자락을 휘날리며 날아 산을 넘어가버렸다.

"어머니 어디를 가셔요? 함께가요. 애들은 어쩔라고 혼자만 그렇게 가버리셔요?"

원순은 큰 소리로 부르며 시어머니를 따라가는데 춘호랑 춘보가 할머니 뒤를 쫓아가며 울고 있었다.

"춘호야! 왜 이려? 할매 어디 간다냐?"

원순은 춘호에게 물었으나 춘호는 아무 대답 없이 더 큰 소리로 울고만 있었다. 원순은 춘보를 보듬고 달래는데 숨이 막히며 답답했다. 입안에 침이 마르고 숨이 턱에 차 죽을 것 같았다. 말을 하려는데 소리가 나오지 않았다. 손짓발짓으로 발버둥을 치다 눈이 떠졌다. 꿈이었다.

등허리가 후줄근하게 땀으로 젖어있었다. 너무도 괴이한 꿈이었다. 먼동이 터오는지 문살이 어렴풋이 들어나기 시작했다. 주인아주머니는 아직도 곤히 잠들어있었다. 행여나 주인아주머니가 깰까봐 꼼지락도 못하고 누워서 생각하니 너무도 이상했다. 생각할수록 불길한 예감에 틀림없이 집에 무슨 일이 일어날 것 같은 느낌이 들었다.

그대로 누워있을 수가 없었다. 살며시 일어나 밖으로 나왔다. 싸늘한 아침공기가 콧속으로 쏴하며 빨려들어오며 정신이 번쩍 들었다. 티 하나 없는 동녘하늘이 불그스름하게 밝아오면서 어둠이 삭아들고 있었다. 측간으로 가서 소변을 보고 샘가에서 두레박으로 물을 길어 세수를 하는데도 머릿속은 온통 꿈의 잔상이 어른거렸다.

"왜, 볼세 일어나? 조금 더 자고 아침은 천천히 혀 묵게, 요리, 더 누어요."
세수를 마치고 방으로 들어가니 주인아주머니가 이불속에 누운 채 이불을 떠들며 들어오라고 했다.
"아주머니. 저, 가야 허겄어요. 재워줘서 고마워요. 요 동네 오먼 또 들릴께요. 일어나지마시고 그냥 더 주무셔요."
원순은 주섬주섬 옷을 챙겨 입고 나오려고 했다.
"왜, 그려? 먼 일, 일어난 것 맹기로 요렇게 일찍 떠나먼 어쩐디아? 그러지 말고 어서 들어와요. 나도 일어나 밥 헐랑게. 아침이나 묵고 가야제"

주인아주머니가 극구 말렸으나 원순은 쫓기는 사람처럼 마루로 나와 작은 소쿠리하나를 아주머니께 내주면서 바구니 짐을 들어 메고 싸리문을 나왔다. 동구 밖에 나오니 논둑밭둑에 서리꽃이 만발해 장관이었다. 언제 상고대의 장관을 쳐다볼 새도 없이 달리듯 잰걸음으로 걸어나오는데, 한겨울처럼 온 세상이 서리에 덮여 은세계를 이루고 있었다.

파랑물감으로 씻은 듯 맑은 하늘은 더욱 시린 서릿발을 흩뿌려 옷섶을 파고드는 아침공기에 몸이 떨리기 시작했다. 먼 산등성이에서부터 금빛 아침햇살이 햇솜에 먹물 써오듯 산 아래로 번져 내려오고 있었다. 어제 밤 헛구역질 하느라고 밥을 제대로 먹지 못해 허리가 구부러지면서 치마끈이 흘려 내리고 뱃속에서는 쪼르륵 쪼르륵 소리가 나면서 더욱 시장기를 불러일으켰다.

역몰까지는 얼마나 먼 거리인지도 모른 채 빨리 걸었다. 집에 무슨 일이 일어났을까? 불길한 예감이 자꾸 엄습하면서 마음은 걷잡을 수 없이 불안하고 조급했다. 그러나 어서 가야겠다고 마음만 바빴지 배는 고프고 다리에 힘이 빠져 빨리 걸을 수가 없었다.
'시어머니가 많이 아픈가? 애들이 재나 저질렀는가? 칠성이 찾아와 행패를 부렸을까? 아니면 원순과의 관계를 발설해서 마을사람들이 수군대고 있는 것은 아닌지?' 온갖 생각이 떠오르며 머릿속이 흐트러진 실타래 같이 어수선하고 실마리가 잡히지 않았다.

점심때가 너머서야 집에 도착했다. 마을에는 사람하나 살지않는 듯 교교하기만 했다. 당산나무아래 공터에는 항상 시끌벅적하게 뛰놀던 아이들 하나도 없었다. 마을이 너무도 조용해 무서운 생각까지 들었다. 전쟁터에서 총성이 잠시 멎었을 때의 고요한 적막감이 오히려 두려움을 불러일으키던 때와 같았다. 골목을 지나 집 문전에 이르렀을 때 친정오라버니와 아버지가 서성이고 있다가 들어오는 원순을 보고 반가워하면서도 침통한 표정으로 말을 잇지 못하고 있었다.

"어서 오그라! 어찌 요렇게 알고 왔냐."

원표 오빠가 말을 더듬거리며 물으면서 손목을 잡아끌고 방으로 들어갔다.

"먼, 일이다요? 아부지랑 오빠가 왜 우리 집에 와 계셔요?

"원, 참. 어찌 이런일이 일어났는가 모르겠다. 어서 방으로 들어가 바라."

아버지가 혀를 차며 침통한 얼굴로 등을 밀어 방으로 들여보냈다. 불길하고 두려움까지 겹쳐 발걸음을 더듬거리며 방문을 열었다. 짙게 가라앉아있던 고요가 쏴하고 밀려오며 원순의 얼굴을 스쳐지나갔다.

방문도 미처 닫지 못하고 우르르 달려가 뒷문 쪽에 길게 덮어놓은 홑이불을 들쳐 올렸다. 시어머니의 누르스름한 얼굴에 거뭇거뭇한 멍 자국 같은 검버섯이 펴있어 타박상이나 입은 것 같았다.

"엄니! 우째 이런 일이! 아이고. 아이고."

들친 이불을 덮는 둥 마는 둥 하면서 주저앉았다. 애가 끊어지는 비통함이 솟구쳐 울음조차 나오지 않았다. 하늘이 무너지고 땅이 꺼지는 절망감으로 숨 막히는 가슴을 욱죄어왔다. 앞으로 무엇을 어떻게 해야 할지 눈앞이 캄캄하고 살길이 막연하기만 했다. 애들을 맡겨놓을 수 없어 장사도 마음 놓고 할 수 없게 되었다. 아무 것도 할 수 없는 처지가 되었으니 원순으로서는 억장이 무너져 정신을 차릴 수 없었다. 목이 통통 붓도록 울어 봐도 아무 소용없다.

옷 보퉁이를 풀어 흰 옷을 찾았다. 삼베로 상복을 지어 입어야 하지만 삼베라고는 손바닥만큼의 헝겊 한쪽도 없으니 그저 흰옷으로 상복이라고 입을 수밖에 없었다.

옷 보퉁이를 뒤적거려보니 홑적삼 하나가 겨우 있었다. 흰 치마는 그녀의 것은 없고 시어머니 것 두벌이 있었다. 하는 수 없어 시어머니의 치마를 상복으로 입었다. 하지만 치마 속에는 고쟁이라도 입으니 괜찮은데 윗옷으로 홑적삼 하나만 입으려니 봄이라고는 하지만 아직 시린 한기가 가슴으로 파고들어 참기 어려웠다. 내의가 있는 것도 아니고 그렇다고 겹으로 껴입을 옷도 없으니 하는 수없이 그 홑적삼하나로 한기를 이겨내야 했다. 비녀를 뽑아 반지고리에 넣어두고 머리를 풀어 양갈래로 늘어뜨려 상주로서 의복을 갖추어 입었다.

사자 밥에 소금을 많이 넣어 아주 짜게 지었다. 망인을 저승으로 데려가는데 저승사지가 짠 밥을 먹으면 자주 물을 마시느라 빨리 갈 수 없도록 하기 위함이었다. 급히 몰아치지 말고 쉬엄쉬엄 가도록 꾀를 부린 것이다. 사자상使者床에 노자 돈으로 동전을 놓고 집신을 함께 차려놓았다. 집신은 신총을 듬성듬성하게 넣어 사자가 신고 가면서 집신이 쉽게 떨어져 천천히 가라는 의미로 허름한 집신을 놓았다.

동전을 던져주면 그것을 줍고 세느라고 길을 터덕거리게 하여 천천히 가라는 뜻이다. 집신은 친정아버지가 벼락치기로 삼았다. 복을 부르는데 지붕에 올라가 망인의 흰 옷을 휘두르면서 주소성명을 외치고 '복, 복, 복'이라고 세 번을 외친 뒤 망인의 흰옷을 지붕에 널어두어 초상집임을 표시하는 것인데 남의 집이라 복만 부르고 흰옷은 올려두지 않았다.

싸리문 앞에 사자 상을 차리고 곡을 하면서 세 번 절하고,
"사자님! 사자님! 우리 어머님 너무 함부로 하지 마시고 쉬엄쉬엄 편하게 모시고 가시길 바랍니다. 아이고. 아이고. 엄니. 엄니. 편히 가십시오!"
사자를 떠나보내면서 노자 돈이랑, 짭짤하게 지은 밥을 가는 길에 뿌려주었다. 사자를 떠나보내고 방문 앞에 영혼상靈魂床을 차렸다.
밤, 감, 배등 삼실과를 차려야 하는데 봄철이라 과일이 없어 쌀만 한 되쯤 상에 부어두고 냉수 한 사발을 차려놓았다. 술잔을 차리고 향을 피워야 했지만 술과 향은 없어 차리지 못했다.

그녀는 초상을 치러낸 경험이 있지만 막상 혼자 당하는 일이라서 어찌할 바를 몰랐다.

또한 수의壽衣를 짓고 음식을 준비하여 치상준비 하는 사람들의 먹을거리를 장만해야 하는데 무엇 하나 제대로 없으니 막막하기만 했다.

"어찌 혀야 헌데요? 오빠. 참말로 큰일 났네!"

원순은 쏟아지는 눈물을 주체하지 못하며 오라버니 준표 옆으로 다가가며 하소연을 했다.

"금매 말이다. 이런 일이 우째 일어났는가 모르겄다. 그나저나 일가들한테 알려야 허는디, 어떻게 헐것이여? 일가덜 어디 사는지 알아?"

"글씨요. 일가들이 다 어디 사는 종도 몰라라우. 아는 데는 해정마을 당숙 네가 있넌디, 알려야 헐것인가 모르겄네요."

원순으로서는 아무 투리가 나지 않았다.

"그러면 부고 갈 사람도 없고, 복잡헌 절차 다 헐 수 없은게, 그만두고 어서 출상준비나 혀, 치상을 마쳐버리자."

준표는 동생을 위해 한시라도 빨리 출상을 해야 하겠다고 생각했다.

"저도 그럴 생각이오. 그런디 널은 어쩐다요?"

"널을 준비할 형편이 안 된게 그만 두자."

"널도 없이 어떻게 출상을 헌데요?"

"널이 없는 사람은 대발 쌈으로 간략허게 허기도 혀. 시상이 조용혀서 사람이 들어가 살면 너그 고향으로 모셔야 헐 것 아니냐? 그 때 면례를 허고 칠성판 위에 유골을 모시면 된게 시방언 그냥 대발쌈으로 허는 수밖에 없어. 그렇게 허자."

"그려도 되요?"

대발쌈으로 사람을 치상하는 것을 보지도 듣지도 못해서 쉽게 이해되지 않았다.

"없는 사람들은 흔히 허는 것이어. 사람으로서 안쓰러운 일이나 헐수 있나?"

아버지가 안타까워하면서 어쩔 수 없으니 현실에 맞춰 하자고 했다.

"그러먼, 그렇게 허죠. 오빠가 좀 책임지고 혀 주셔요."

"그려. 내가 알아서 헐랑게 걱정 마라. 동네 몇 사람들 좀 오래다 함께 허먼 되야. 너는 어떻게 묵을 것을 장만혀봐."

"예, 없어도 어찔게 혀서 밥은 묵도록 혀야지오."

원표는 동네사람 몇 명과 함께 대밭 집 상촌아저씨 댁으로 갔다. 마침 대밭주인 상촌아저씨께서 집에 있었다.

"아제. 집에 계셨구만이라우. 부탁이 있어서 왔는디요?"

"멋인가? 참, 저그 자네 동상 원순네 먼 일 있담선?"

"아제도 알고 지셨어요? 그래서 왔는디, 갸덜이 피란와서 아무 것도 없잖혀요. 죽은 사람 밭 버쳐놓고 멋얼 어떻게 헐 것인가 모르겠네요. 그래서 아무 것도 없은게 니얼리라도 그냥 출상을 혀불라고요. 그런디 널 살 돈도 없어서 대밭 쌈으로 혀야겠어요. 아제네 배끼 대나무가 없잖혀요. 요새 대나무가 많이 비싸지만 좀 얻어 쓸까 혀서 왔어요. 헐 수 없넌디 어쩌끄라우?"

원표는 대나무가 비싼데 거저 달라고 말하기에 입이 차마 떨어지지 않았으나 어려움을 무릅쓰고 부탁을 드렸다.

"비싸기는 허지만 어쩌겄는가. 갔다 써야제. 자네가 알아서 쓸 만큼 벼 가소."

상촌 아저씨는 군말 없이 흔쾌히 대나무를 베가라고 했다.

"아제, 고마워요! 그럼 꼭 쓸만치만 벼 가께요."

"그려. 자네가 애쓰겄네. 나도 가바야 헐턴디."

"아제. 톱 있어요? 톱 좀 얻어 써야 허겄어요. 집에 있기는 허는디 그냥 왔네요."
"그려. 찾아봄세"
상촌 아저씨는 헛간 방에 둔 연장그릇에서 거두를 들고 나왔다.
"여그 있네. 쓸만헌 놈으로 골라서 벼 가."
원표는 집안 새실아저씨와 집안동생인 상준과 함께 대밭으로 들어가 대나무를 넉넉하게 베어 칡으로 묶어 상준과 어깨에 들메고 나왔다.

원순은 참으로 걱정이었다. 아무리 절약해서 치상을 한다 해도 최소한 마지막 가시는 시어머니의 수의는 입혀 보내드려야 하는데 삼베가 없으니 걱정이었다. 고향에 있을 때는 수의로 준비해 두지는 않았지만 불의不意에 필요할 것에 대비해서 삼베 한 두 필은 구득해 두었다.
그러나 전쟁 통에 다 타버리고 맨몸으로 쫓겨 나왔으니 당장 입고 살아야할 옷도 못 짓는 처지이니 수의 지을 삼베가 있을 리 없다.
"엄니. 어쩌면 좋디야? 수의도 없이 입던 옷으로 보내드릴 수는 없잖혀요?"
원순은 친정어머니한테 하소연을 했다.
"금매 말이다. 니, 사정 어찌 모르겄냐? 그랗지만 어쩐다냐. 너그 아부지랑 내 수의 미리 헌다고 삼베 몇 필 아껴둔 것이 있다만 너그 올케한테 물어봐야 헌다. 내 맘 같아서는 그것을 갖다 썼으면 좋겄다만 내 맘대로 못헌께 너그 올케한테 물어바서 쓰던지 혀보자."
친정어머니는 속으로는 갖다 쓰고 싶지만 며느리 말을 들어봐야 했다. 그래서 자신이 떳떳하지 못해 딸에게 미안해하며 멋쩍어하는 표정이었다.
"제가 직접 올케한테 사정혀 볼까? 나중에 고향 들어가면 길쌈을 헐 수 있을텡게 그때 갚아주기로 허고 갖다 써야 허겄네요."
원순은 어머니에게 이해를 구했다.
"어따, 가만히 있어바라. 내가 가서 갸한테 말혀 보마."
어머니는 슬픔에 젖어있는 딸이 사정하도록 하는 것도 도리가 아니라고 생각하고 며느리에게 자기가 직접 말해야겠다고 생각했다. 그리고 단 걸음에 집으로 가서 며느리에게 사정을 이야기하여 삼베 두필을 가져왔다.

"야야. 니, 올케한테 사정혔더니 갔다 쓰라고 혀서 가져왔다. 넉넉허지는 못혀도 이것으로 아순대로 써보자."
어머니는 바늘이며 실과 가위 등 바느질 도구도 챙겨왔다.
"동숭, 요리 와, 나랑 요것 좀 혀야겄어."
어머니는 먼 친척 손아래 동서인 안집 주인 안산 댁을 불러 앉혀 함께 하자고 했다.
"저요? 저는 그런 일 안 혀바서 잘 못허는디, 어쩐다요?"
집주인 안산아주머니는 주춤거리면서 할 듯 말 듯 했다.
"내가 수의넌 빌 것게 동숭은 내가 잡아준 곳만 붙여 꼬매먼 되야. 바느질은 헐 수 있잖혀?"
어머니는 익은 솜씨로 수의를 재단해 나갔다.

아쉬운 대로 친정에서 부족하나마 식량이며 치상에 필요한 여러 물품을 마련해주었다. 또한 친정아버지와 오라버니는 물론 문안 젊은이들과 마을사람들도 많이들 찾아와 일을 거들어주었다. 마을사람들 중에는 부조로 쌀을 가져온 사람, 간장을 가져온 사람, 계란을 가져온 사람, 심지어 삭정이 나무를 가져온 사람도 있어 초상집이지만 훈훈한 정이 넘쳐 슬픔을 조금이나마 덜어주었다. 피란살이 외롭다지만 어려움을 알고 많은 사람들이 찾아와 부조와 위로를 해주었다. 특히 시어머니 칠보 댁과 연배인 나이 많은 아주머니들이 거의 빠짐없이 찾아와 함께 슬퍼하고 안타까워하며 위로해 주는 것이 원순으로서는 더할 나위 없이 고맙고 큰 힘이 되었다.
"젊디나 젊은 것이 혼자 어찌 산다냐? 시엄니 있을 때는 어린 것들을 길 수 있어 맘 놓고 장시라도 헐 수 있었는디, 인자는 어쩌도 저쩌도 못 허겄네!"

보는 사람마다 혀를 차며 원순의 손을 잡고 위로해주었다. 친정당숙모 되시는 당촌 댁이 찾아왔다.

"당숙모. 지는 어떻게 살아야 헌데요? 먼 놈의 팔자가 이렇게도 기구헌지 모르겄어요. 나는 인자 못살 것 같혀요."

원순은 당촌당숙모 손을 잡고 애통해하며 울음을 멈추지 못했다.

"금매 말이네. 전쟁으로 풍비박산이 되고, 인자 시엄니조차 저리 됐으니 어린 것덜 딜고 살기가 참말로 막막허겄다. 그려도 산 사람은 사는겨. 산 사람 목구멍에 설마 거무줄 치겄는가? 너무 상심 말고 어린 것덜 생각혀서 밥도 묵고 기운도 채려야 헝게, 자네 정신 똑바로 채려야 허네."

당촌당숙모의 위로말씀은 누구보다 구구절절 했다.

원래 초상집에서는 통나무로 마당에 모닥불을 피워놓고 밤을 새우지만 남의 집이라 모닥불도 피울 수가 없었다. 그렇다고 명색이 상가에 불을 끌 수 없어 빈소 영혼상靈魂床 앞에 호롱불로 대신했다. 그 앞에서 원순 혼자 웅숭크리고 앉아 철야를 했다.

봄이라지만 아직 매화도 피지 않은 이른 철이라서 난장에서 견디기에는 너무 차가웠다. 겨울옷을 있는 대로 껴입었어도 한기는 가슴속까지 파고들었다. 자정이 될 무렵 물을 뜨겁게 데워 마시니 조금 추위가 가시는 것 같았다.

"내가 여그 있을랑게 한숨 부쳐라. 철야도 좋지만 니얼 헐 일도 많은게, 잠 좀 자두어야 헌다."

친정어머니는 딸이 못 당할 일을 당해 밤샘하는 것이 안쓰럽기만 했다.

"저는 괜찮헌께, 엄니나 한숨 부치셔요."

원순은 어머니가 함께 해준 것이 큰 힘이 되었다.

"속이 썰썰헌 것 본게 곧 날이 샐란갑다. 니가 한숨 자야 헐턴디."

어머니가 한숨 자라고 하면서 원순을 방으로 들어가라고 부추길 때 첫닭이 회를 치며 새벽을 알렸다.

"첫닭 우는 것 본게 얼마 있으면 날이 샐 것 같혀요. 인자 들어가 잠들면 늦잠 잘 것 같은게 그냥 엄니랑 함께 앉거 있습시다."

원순은 끝내 방으로 들어가지 않고 마루에 있는 영혼상靈魂床 앞에 어머니랑 앉아있었다. 종가의 초상마당치고는 너무도 초라하고 쓸쓸하다 못해 을씨년스럽기까지 했다. 고향에서 이런 상을 당했다면 일가들은 물론, 온 마을사람들과 면내, 군내사람들이 문상을 오련만 너무도 적적하니 이 고독감을 어이 해소하랴, 망자에 대한 슬픔도 슬픔이려니와 객지에서의 고단함이 마음을 더욱 아프게 했다.

상여놀이도 하고 닭 뼈죽이나 새알심팥죽을 끓여먹으면서 윷놀이 등으로 시끌벅적하여 잔치분위기였을 터이다. 가나하고 고단한 사람은 죽음조차 위로받지 못하고 외롭고 쓸쓸하기만 했다.

원순과 어머니 두 사람만이 철야하는데, 초상집이 쥐 죽은듯 조용하여 적적하고 외로웠다. 적막강산으로 무겁게 가라앉아있어 새벽공기가 더욱 차가웠다. 원통하고 억울했으나 어디 대고 하소연할 곳도 없다. 남의 마을이라서 큰소리로 통곡조차 할 수 없어 속울음으로 삭여야만 했다.

날이 새면서 친정아버지와 오빠가 오고 친척들도 한사람 두 사람 모이기 시작했다. 원순은 서둘러 아침밥을 지었다. 반찬이 없어 무국에 마을사람들이 보내준 배추김치 등으로 간단히 아침상을 차려냈다.

"우리 서둘세. 일찍 끝내는 것이 좋아. 어서 몬자 본 사람이 밥그릇 붙들고 묵어."

오빠는 사람들에게 서둘러 밥을 챙겨 먹였다.

"삼체랑 두식이 동생은 밥 묵은대로 방으로 좀 들어오소."

오빠 원표는 먼저 밥을 먹은 집안청년들을 불러 방으로 들어갔다.

"지는, 그런 것 안 할라요. 집사람이 가지 말란 것을 원순이 생각혀서 왔는디 죽음 방에는 안 들어가야 허겄어요."

두식은 방에 들어가 망자의 염하는 것을 보지 않으려고 했다.

"그럼, 형식이 동생은 어쩐가? 자네도 무신 사연 있어?"

원표는 재종 동생 형식을 함께 방으로 들어가자고 불렀다.

"지가, 들어가 함께 허게요."

형식은 흔쾌히 방으로 들어갔다. 먼저 간단히 목욕을 시키고 수의를 입히려고 했다. 그런데 수의는 될 수 있으면 자손들이 입히며 남자 망인은 아들들이나 집안남자들이 하고 여자망인은 딸이나 며느리가 해야 하는데 원표는 바삐 서둘다 미처 그 생각을 못하고 방에 들어가 일을 하려다 여자방인 것을 그때야 생각이 떠올랐다.

"우리 나가세, 여자들이 혀야 허는 디, 우리가 들어와부럿네. 우리는 그냥 나가고 여자들보고 허라고 혀야 허겄구만."

원표는 삼체와 형식을 대리고 방에서 나왔다.

"아이, 동생이 들어가 혀야겄네. 수의를 입혀야 허는디, 나는 바삐 서둘다 본게 우리가 헐라고 혓넌디, 여자가 혀야겄어."

원표는 원순을 불러 수의를 입히라고 했다.

"지 혼자, 어쩔게 헌데요? 혼자는 못허는디."

원순은 치상을 해보았지만 수의 입히는 것은 해보지 않았다.

"금메. 혼차는 못허제. 어머니, 요리 와 보셔요. 당촌 당숙모랑 구산떡이 함께 좀 혀야 허겄네요."

"아니어, 나는 못 들어가. 그런 것 한 번도 혀 보지 않었고, 우리 미너리 해산이 곧 돌아와. 여그 온 것도 미너리 모르게 왔넌디, 어쩔게 시체

방에 들어가겠는가?"

당촌 당숙모는 펄쩍 뛰면서 뒤로 빠져버렸다.

"그냥 우리 서니 허자. 원순이 너는 세숫대야가 없으면 옹배기라도 물을 떠가지고 들어와. 몬자 목욕을 시켜야 헝께, 수건도 챙기고 그리고 참, 쑥이 좀 있어야 허는디 쑥이 있을란가 모르겠다. 한주먹 가져다 쑥불을 피워야허는 것이여."

"어제는 포야니 깨끗허드라만 사람이 죽으면 냄새가 많이 나는 것이여. 그려서 쑥불을 피우먼 냄새도 가시고 뱅이도 되는 것이다."

원순은 마른 쑥 한주먹을 챙겨 옹배기에 더운 물을 떠들고 방으로 들어갔다. 방에 들어가 보니 시어머니는 코피를 조금 흘리고 얼굴에 멍 자국처럼 검붉은 반점이 죽음의 고통을 말해주었다. 핏줄이 터진 것 같았다. 아래는 소변을 절였을 뿐 죽은 시체치고는 깨끗하여 잠자고 있는 것 같았다.

어머니는 시어머니의 아래를 씻어 닦아내고 구산 댁은 얼굴을, 원순은 팔과 가슴을 수건에 물을 적셔 닦아냈다. 며칠 전 원순이 장사 나갈 때 잘 다녀오라고 너무 고생이 많다고 안쓰러워해주던 시어머니가 싸늘하게 식은 채 누워 나무토막이 되어있으니 원순은 억장이 무너지는 것 같았다.

"엄니! 엄니! 지는 어쩌라고 요렇게 혼자 가시부렀소? 지 혼자는 옴도 뛰도 못헌디, 어찧게 산다요?"

원순은 회 울음을 울면서 말을 잇지 못했다. 눈물 콧물로 뒤범벅이 되어 눈앞이 캄캄했다. 수건으로 시어머니 닦는 것도 더듬거리고 있었다.

"야야! 울어도 소용없다. 정신 채리고 어서 씻기고 수의나 입히자."

어머니도 딸을 생각하면 가슴이 아프지만 함께 서러워하고 있을 새가 없었다.

수의를 입히고 염을 마쳤다. 밤샘을 한 원순은 머리를 풀어 내리고 눈물을 문지른 자국이 선연하여 젊은 여인이라고 하기는 너무 수척하고 새벽귀신 그대로였다. 잠을 자지 않아 피로한 기색이 역력하여 충혈 된 눈이 게슴츠레 하여 보는 이를 안타깝게 했다.

"수의는 다 입혔다. 널이 없은게 입관언 안허지만 대발로 잘 묶어라. 인자 너그덜이 헐 일이다."

친정어머니와 원순이 염을 마치고 나와 준표에게 방으로 들어가도록 했다.

"예, 인자 우리가 허께요."

준표는 삼체와 형식을 불러 대발을 앞뒤에서 들고 방으로 들어갔다.

"춘호야. 춘보랑 방으로 들어오그라. 할매 마지막 가는 길 봐야제!"

원순이 숨을 돌리고 다시 방으로 들어가는데 춘호, 춘보는 울음을 터트리면서 방으로 들어가지 않으려고 뒤로 빠져나왔다.

"어서 들어가자. 한번 가부리먼 할매 다시는 못본게 어서 들어와!"

춘호, 춘보의 손을 끌면서 방으로 들어갔다.

"아이고! 아이고오! 엄니. 엄니. 지넌 저 어린것덜 딜고 어찧게 살라고, 요렇게 가신다요오? 아이고오! 아이고오! 나넌 인자 못 살아-아!"

원순은 봇물 터지듯 나오는 울음을 참지 못하고 목이 터져라하고 곡을 했다. 절창의 울음소리에 눈물을 흘리지 않는 사람이 없었다.

"그만 울어. 울다가 병나겄다. 산 사람이나 살아야제. 애덜얼 생각혀서 정신 차려야 혀. 어서 끝내게 놔주어."

원표랑 삼체가 칠보 댁을 수의와 얼굴가리개로 덮어 쌓아 묶어놓으니 영락없는 허수아비 같았다.

"엄니, 엄니, 안 되야. 나는 어쩌라고!"

원순은 숨이 뚝뚝 끊어지게 자지러지며 울었다. 소리만 요란한 며느리울음이 아니라 깊은 곳에서 우러나온, 애간장이 녹아나는 딸의 울음이었다. 말려도, 말려도 울음을 그치지 못했다.

"엉, 엉, 할매. 할매."

춘호, 춘보도 할머니시신을 보고는 자지러지게 울었다.

"아이, 야들아. 고만 울그라. 인자 울어도 소용 없는게 저리 나가. 일만 터덕거린다. 어서 끝내게, 형식이 멋형가! 요 밑으로 사내끼를 집어넣어."

시어머니를 돌돌 말은 대발 쌈을 잡고 흔들며 울어대는 원순을 떼어내고 대발을 단단히 묶었다. 일곱 매를 묶어놓으니 시체라고는 여겨지지 않고 멍석을 말아놓은 것 같았다. 말 그대로 대발 쌈이다.

"다 혔으면, 우선 나가세."

원표는 대발 쌈을 뒷문 쪽에 뉘어놓고 방을 나왔다. 함께 대발 쌈을 한 삼체와 형식의 이마에는 구슬땀이 송알송알 돋아나 있었다. 친정어머니는 옹배기에 더운 물을 떠 내놓으며 수건을 챙겨 씻도록 했다.

"야덜아. 요리 오그라. 천상 삼체 니가 지게를 챙겨야 허겄다 형식이허고 교대혀서 장지로 가게, 집에 가서 지게를 챙겨온나."

친정아버지는 운구를 서둘자고 했다.

"지가 허께요"

삼체는 수월하게 대답을 하고서 집에서 지게를 가지고 왔다.

"국수골 우리산자락에 쓸랑게 다른 사람들은 괭이나 삽이랑 연장을 챙겨서 그리들 오시게"

친정아버지가 장지를 알려주면서 장지로 앞서 나갔다.

나머지 대여섯 명의 남정네들은 연장을 가지러 각자 집으로 돌아갔다. 원순은 풀어 늘어트린 머리를 감아 빗어 쪽을 찌었다. 상주가 없다.

원칙적으로는 춘호가 상주가 되어야 하지만 너무 어리고 상복도 없으니 장례절차인 성복제나 영결 제를 지내지 못했다.

원순이 밥한 그릇 차려놓고 절통의 울음으로 영결 제를 대신했다. 원순의 울음을 말리고 삼체는 문 앞에서 지게를 대기하고 원표와 형식이 방으로 들어가 칠보 댁 대발 쌈을 떠메고 나와 삼체가 잡고 있는 지게에 짊어졌다.

원순은 주저앉아 땅을 치며 울었다. 춘호와 춘보도 원순 옆에서 목이 터져라 울음바다를 이루었다. 친정어머니는 물론, 안동 댁 등, 마을아낙들도 찔끔 찔끔 눈물을 닦아내느라 눈가가 붉어졌다.
삼체는 대발 쌈을 거뜬히 지고 일어나 조금도 머뭇거림 없이 싸리문 밖으로 나갔다. 원순이 일어나 미처 따라갈 겨를도 없었다.
"아이. 그만혀라. 운다고 한번 간사람 다시 올리 만무헝게, 울음 근치고 문 밖에 나가 마지막 인사를 혀야제."

울먹이는 친정어머니말소리가 원순의 가슴을 찌르는 듯했다. 친정어머니는 원순을 부추겨 세워 싸리문 밖으로 데리고 나가는데 발걸음을 제대로 떼놓지 못하고 비틀거리며 끌려가고 있었다.
"엄니, 잘 가시오, 잘 가시오. 요렇게 절통헌 일이 또 있당가? 나넌, 나넌, 어쩌라고. 그렇게 혼자만 가시부요?"
원순은 말을 잇지 못하고 숨이 뚝뚝 끊어지는 것 같았다. 삼체는 대발 쌈을 짊어지고 원순이 인사를 하는 동안 멈춰서 있다가 인사가 끝나자 무거운 기색하나 없이 건정건정 마을 밖 국수골로 가고 있었다.
"나랑, 교대허까?"
뒤따라오던 형식이 자청해서 삼체에게 쉬어 지게를 벗으라고 했다.
"아직은 괜찮혀. 조금 더 가다가 무거면 교대허게."
삼체는 무거운 기색 없이 끄덕끄덕 가고 있었다.
"무거우먼 말혀. 서로 교대험서 가야제. 너무 힘들먼 안 좋아."
형식은 말로라도 거들면서 삼체 뒤를 따라갔다.

원순은 헝클어진 머리를 추스르고 영혼상靈魂床을 차렸다. 원칙은 제청祭廳을 짓고 엉혼상을 차려 그 옆에 명정銘旌이며 상구喪具를 구비하고 삭망朔望 때는 살아있는 사람처럼 밥을 올리고 곡을 하는 의식을 지내야 한다. 그런데 상복도 없고 명정이며 오동나무지팡이-망인이 여자일 때는 오동나무지팡이를 쓰고, 남자일 때는 대나무지팡이를 쓴다.

 등 상구도 준비하지 않아 체백이 나가고 나니 치울 것도 준비할 것도 없었다. 창호지가 없어 헌종이 한장을 방문 밖 벽에 붙이고 친정아버지가 삼색실로 접어놓은 혼백상자魂帛箱子를 상에 차려 다른 백지로 덮어놓는 것이 영호靈戶의 전부였다. 혼백상자 안에는 청, 백, 홍, 삼색실로 일곱 매듭을 맺은 색실 묶음과 〈유인 전주 최씨 신위孺人 全州 催氏 神位〉라고 쓴 지방을 넣었다. 상자는 혼백魂魄을 상징하는 징표를 넣은 작은 상자다. 한편 지게로 운구하는데 여인인데다 노인이라서 무겁지 않아 삼체가 교대하지 않고 장지까지 지고 갔다.

 치상을 도와주려고 온 사람들은 미리 원순의 친정 국수골 산 끝자락 양지바른 곳을 찾아 묘역을 다듬고 매장할 자리를 팠다. 장례절차를 제대로 갖추지 못하여 간소하게 생략하니 시간도 오래 걸리지 않았다.

 봉분 역시 크게 지을 형편도 아닐 뿐만 아니라 일할 사람도 많지 않아 누가 보면 아장묘兒葬墓리고 할 정도로 작게 지었다. 한양조 씨 주부공파 10대종손부의 분묘치고는 너무 초라했다.

 분묘는 대개 신분과 재력에 따라 확연히 구분되는데 칠보 댁의 묘지는 세상에서 가장 없는 사람 또는 천한 신분의 분묘그대로였다. 분묘를 쓸 때는 지관이 폐철로 방위를 보고 자리를 정하여 쓰는 법인데 그런 형식과 절차를 밟을 엄두도 못 내고 나이 많은 사람이 눈대중으로 적당히 자리를 잡아 좌향坐向은 정남쪽이라고 생각되는 방향으로 잡고 봉분을 지었다.

"참 안됐오! 전쟁만 아니었으면 요렇게 절차도 없이 장례를 지내고 봉분도 이처럼 초라하지는 않을 턴디 너무 불쌍허네요."

마을사람들은 한목소리로 칠보 댁 죽음을 안타깝게 생각하고 불쌍하다고 혀를 찼다. 봉분을 완성하고도 술 한 잔 올리지 못하고 마을로 내려와 원순의 어려운 사정을 생각해서 점심도 먹지 않고 각자 자기 집으로 돌아갔다. 원순은 매일 조석으로 시어머니가 살아계실 때처럼 영호 앞에 밥이면 밥, 죽이면 죽을 차려올리고 작은 소리로나마 곡을 했다. 그리고 삭망朔望에는 나물가지라도 새로 올리고 삭망제를 드렸다.

7

하늘의 선물

어느 덧 청명한식이 지나면서 봄은 성큼 논들 밭들로 찾아와 푸른빛으로 자연을 꾸몄다. 눈부시게 화사한 벚꽃이 만개하여 여인의 마음을 들뜨게 했다. 시어머니치상을 하고 한 달 가까이 지나 남원당숙이 사는 해정으로 찾아갔다.

"질부 왔넌가?"
남원당숙모는 반가이 맞이하면서도 의아해하는 기색이었다.
"당숙모. 그간 편안하셨어요?"
원순은 절을 따로 올리지 않고 맞아주는 당숙모의 손을 잡고 간단하게 인사를 드렸다.
"어이, 어서 오게. 그런디, 먼 일 있는가? 요렇게 불시에 찾아오게."
"당숙모. 지가 큰 죄를 지어부렀어라우."
원순은 울먹이며 말을 잇지 못하고 당숙모의 손을 흔들고만 있었다.
"죄는 먼 죄? 먼 일, 있었구나."
남원당숙모는 원순을 뚫어지게 쳐다보고 있었다. 원순은 말을 잇지 못하고 흘쩍이고 있었다.
"어서, 말 혀 봐. 죄는 무신 죄를 지었다고 그려."

남원당숙모는 심상치 않은 일이 일어났음을 짐작하고 다그쳐 물었다.

"엄니가 가셔부렀어라우. 흑, 흑, 흐윽."

"아니, 칠보 성님이 어디를 가셨다고? 돌아가셨단 말인가? 아니, 어쩌다."

"예-에, 몰라라우. 지도 집에 없었는디 그리 되야부렀으라우."

"그러면 어쩌게 혔넌가? 그리고 우리한테는 아무 연락도 안허고, 그려서 아직 치상도 못허고 요렇게 왔는가?"

"아니라우. 어렵게 출상이라고 허기는 혔어요. 미차 연락도 못혀서 몬자 당숙모네 집으로 달려왔어요. 어쩌게 알리는 방법이 있어야지요. 지도 장사를 나가고 집에 없었는디, 꿈자리가 하도 사나 그냥 집으로 왔더니, 그 새복에 돌아가셨드라고요. 엄니가 가심선 선몽헌 것이 틀림 없어요."

원순은 꿈이야기며 그간 있었던 일들을 말씀드렸다.

"참말로 용헌 꿈이었고만. 그려서 마음 썼구나. 만약에 질부럴 못 찾았으면 어쩔랬디아. 그렇게라도 치상얼 못헐 뻔 혔네 그려!"

"그러게 말이어라우. 생각헐수록 아실아실허고 가슴이 두근거려요. 꼭 산천이 무너지고 대들보가 부러져버린 것 같아요."

"왜, 안그렇겠는가? 그나저나 어떻게 치상을 혔는가? 젊디나 젊은 자네 혼차 어떻게 엄두를 내서 혔어? 아이고 참말로 복도 잔생이는 없는 사람. 인자 어쩐당가? 성님이 없은게 자네 장사도 못 나갈 것 아니어?"

남원당숙모는 안타까운 심정에 혀를 끌끌 차면서 입을 다물지 못했다.

이 때, 밖에서 인기척이 들렸다. 서당에서 남원 당숙이 돌아온 것이다. 원순은 얼굴을 들지 못하고 눈물을 닦으면서 당숙을 맞이했다.

"질부 왔는가? 어쩐 일인가? 그동안 별고 없고?"

남원당숙은 반가운 표정으로 원순을 바라보았다.

"어쩐 일은 어쩐 일. 큰 일 났구만."

당숙모의 밑도 끝도 없는 큰일 났다는 말에 당숙은 눈이 휘둥그러졌다.

"아니, 무신 일인디? 질부가 요렇게 갑자기 온 것을 봉게, 먼, 일이 분명 있었고만? 어서 말 혀보게."

남원당숙은 앉지도 않은 채 다그쳐 물었다. 원순은 다시 쏟아지는 눈물과 치밀어 오른 서러움에 말을 잇지 못했다.

"아, 성님이 돌아가셨다요."

남원당숙모가 얼른 원순 대신 말해주었다.

"어이-,무신 소리여? 아니 칠보 성수님이 가시다니. 그게 웬 말이여. 참말인가? 울지만 말고 말 좀 혀봐."

"예. 가셨어요."

치미는 서러움에 말을 잇지 못하고 큰 소리로 울음보가 터져버렸다.

"아이, 이 사람아! 그러먼 알게 혀야제. 자네 혼차 어쩔게 혔는가? 참말로 섭섭허다. 저번만 혀도 정정허다고 혔잖혀? 우리집안 큰 일 났고만!"

당숙은 탄식을 하며 긴 한숨을 내쉬었다.

"당숙님, 지가 죄를 지었어요. 친정동네라고 허지만, 지 힘으로는 너무 힘들었는디, 아부지랑 오빠, 그리고 일가 몇 사람들이 오셔서 어서 치상을 허자고 서둘러 그렇게 되얏어요."

"허 참, 않되었다. 그 난리 통에 총알이 비 오듯 쏟아졌어도 그 틈에서 살아나왔넌디, 무신 놈의 복이 고렇게 없당가? 인자 어쩌게 헐랑가? 먼, 방책이 없제?"

"글씨요. 시방은 아무생각도 없어요. 조금 있다가 고향 쪽으로 들어갈까 혔넌디, 더 생각혀바야 헐랑게벼요."

"워너니 그렇겄네. 허기사 우리도 아직은 여그서 더 살라고 허네. 갈라먼 고향으로 바로 가야제. 연산으로 가면 천막 속에서 살아야 헌디아. 그래도 우리는 따순 방에서 묵고 자고 안 헌가? 동네가 완전히 수복된 뒤에나 갈라고 생각허고 있네."

남원당숙은 원순을 위로하면서 앞으로의 계획을 말해주었다. 원순은 하룻밤을 자면서 위로를 받고 돌아왔다.

빛과 그림자.

원순은 아침을 남원당숙네 집에서 먹고 역몰로 돌아왔다. 집에 들어서니 찬바람이 휙- 하고 일어났다. 춘호, 춘보조차 친정에 맡겨두어 아무도 없는 빈집이라서 실큼한 생각이 들기도 했다. 제청祭廳을 따로 만들지 못해 방문 옆에 밥상하나 놓고 찬물 한 그릇 떠놓았는데 물그릇에 먼지가 흠뻑 떠있었다. 물그릇을 들고 샘가에서 깨끗이 씻어 새 물로 떠놓으면서 속울음을 울었다.

"엄니, 엄니, 남원당숙 집에 댕겨왔어요. 엄니 가셨는디 안 알렸다고 지천도 듣고, 좋은 말씀도 많이 듣고 왔어요. 아침밥도 못 올려 죄송혀요. 점심으로 혀 드릴께요."
원순은 응얼응얼하면서 부엌으로 들어갔다. 여기저기서 찬바람이 일어나 그냥 있을 수가 없었다. 너무 쓸쓸하고 실큼한 생각이 들어 친정으로 갔더니 춘호, 춘보는 놀러나가 없고 친정어머니 혼자 문래로 삼을 잣고 계셨다.
"엄니. 지 왔어요."
원순이 밖에서 인기척을 하고 방으로 들어갔다.
"댕겨왔냐? 쉬 왔구나. 그 사둔들 놀래지야? 춥겄다. 요리 와 앉거라."
친정어머니는 돌리던 문래를 멈추고 아랫목에 깔아놓은 이불을 들치면서 앉으라고 했다.
"괜찮혀요. 오널언 많이 푹허구만. 인자 봄 다 되얏넌가벼요."
원순은 어머니가 앉으라는 이불속을 마다하고 문 앞에 앉았다.

"엄니, 나는 인자, 어쩌야 헌다요? 시엄니 기실 때는 애들을 매껴놓고 장사라도 나갔는디, 인자는 어쩐디야. 나, 집에 없을 때는 엄니가 애덜 좀 봐주어야 허겄어요."

원순은 친정어머니에게 응석을 부리며 춘호, 춘보을 부탁했다.

"어쩔 수 있겄냐. 그렇게라도 혀야제. 그런디, 곧바로 장사 나갈래? 집에 있음선 마음이라도 좀 가라앉그먼 나가제 그러냐?"

친정어머니는 걱정스러워하면서 타이르듯 부탁을 했다.

"글씨요. 한 이틀 지나서 갈라고 허는디. 지난번에 못 판 것이나 팔아볼까 혀요. 그것이나 없으면 천천히 시작허겄는디."

"너, 알아서 혀라. 아그덜언 내가 어쩔게 혀바야제. 너무 걱정허지마라."

친정어머니는 뒷일은 걱정 말고, 하고 싶은 일이 있으면 생각대로 하라고 했다. 원순은 어머니에게 앞일을 상의하여 춘호, 춘보 문제를 부탁하고 애들을 데리고 집으로 왔다. 밥을 지어 영호상에 올리고 애들과 늦은 점심을 먹었다.

원순은 장사를 다시 시작하려고 해도 뱃속의 핏덩이를 어떻게 해야 할 것인가 하는 생각에 가슴속에는 항상 무쇠덩이가 꿈틀거리며 짓누르고 있었다. 어떤 뾰족한 해결책이 없어 답답하기만 했다. 그동안 입덧이 심하지 않아 남들이 눈치 채지 않는 것이 다행이라면 다행이었다. 그러나 몸이 불어나기 시작하면 아무리 숨기려 해도 남이 알아챌 것 같아 걱정이 이만저만 아니었다. 생각 같아서는 어떤 방법을 써서라도 지워버렸으면 좋겠지만 지울 방법이 없을 뿐만 아니라 생명을 너무 가볍게 여길 수는 없다고 생각되었다.

밤을 새워가며 궁리를 하다 얻은 결론은 모산 댁을 찾아가 전후사정을 이야기하고 처리하는 것이 도리라고 생각되었다. 먼동이 터오며 방문이 점점 밝아졌다. 어둑발이 가시기도 전에 일어나 밥을 지어 먼저 시어머니 영호상에 차려놓고 간단히 곡을 했다. 고향집 같으면 큰 소리로 곡을 해도 흉 될 것이 없지만 남의 집이라서 속울음으로 곡을 했다.

원순은 아침을 마친 대로 대바구니 짐을 지고 나섰다. 이 동네 저 마을을 다니며 대그릇을 팔면서 해 저름이 다 되어서야 서봉마을로 들어갔다. 마을에 들어서서 곧 바로 모산 양반 집으로 찾아갔다. 여러 마을을 거쳐 오면서 대그릇을 많이 팔아 남는 것은 대소코리 하나와 걸바구니와 곰방소쿠리 하나씩 남아 짐이 가벼웠다.

모산 댁 마당에 들어섰는데 아무 인기척이 없었다.

"지셔요? 아무도 없어요?"

조심조심 발걸음을 옮겨놓으면서 고개를 갸웃갸웃 살피며 불러봤지만 대답이 없었다. 못 올 데를 온 것 같은 기분이 들었다. 주인도 없는 집에 서성이고 있다가 누가 보기라도 하여 수상한 사람으로 여기면 할 말이 없을 것 같았다. 그렇다고 작정하고 찾아왔는데 그대로 나갈 수도 없었다. 소쿠리 짐은 마루에 내려놓고 마루에 걸터앉아 주인이 올 때까지 기다리기로 했다.

누가 이상한 눈으로 쳐다보는 것 같아 어색해서 좀이 쑤셨다. 마루에 앉아 기다리는 동안 별별 생각이 다 들었다. 더 생각해보고 올 것을 그랬는가, 임신사실을 알게 되면 모산 댁은 무어라고 말하며 모산 양반은 어떤 태도로 나올까, 반가워할 것인가, 아니면 펄쩍 뛸까, 아무래도 내외가 다 반길 것으로 생각되었다.

이 생각 저 생각에 잠겨있는데 모산 댁이 대문을 밀치고 들어왔다.

"아니, 이거 누구여? 새댁 아닌가? 어찌 요렇게 오랜만에 왔디야?"

모산 댁은 놀란 표정이면서도 반가워서 얼굴에 만면의 미소를 지으며 들어왔다. 그의 표정은 오랜만에 찾아온 딸을 맞이한 듯 쫓아와 손을 붙잡고 반겼다.

같이 들어온 모산 양반은 원순 쪽을 힐끔 한번 쳐다보고는 외양간으로 소를 몰아넣고 지게에서 쟁기를 내려 외양간 옆에 세워두었다. 원순은 모산 양반을 보고 무어라 인사를 하려고 머뭇거리다 말았다.
　"잘, 왔어. 기다렸는디. 먼 일, 없제?"
　모산 댁은 잡은 손을 놓지 않고 반기는 태도가 지나가는 겉치레 말이 아니라 진심으로 맞아주는 느낌이었다. 그동안 발길을 끊었던 사람이 분명 무슨 일이 있어 찾아온 것으로 짐작했다.
　"먼 일, 있었어? 그동안 통 안 오글래 먼 일 있넌 종 알았제."
　"이것 저것 허다 인자 나와 봤어요."
　원순은 모산 댁이 반기면서도 그동안 못 온 까닭을 물어보는 것이 부담스러웠다. 모산 양반하고 세 사람이 앉아서 진지하게 이야기를 하려고 했는데 자격지심에서 그런지 모산 댁이 무슨 낌새를 눈치 챈 것 같은 느낌이 들었다.

　날씨가 하루가 다르게 풀어져 농촌에서는 벌써 농사일을 시작했다. 모산 댁내도 오랜만에 밭일을 하고 들어온 것이다.
　"조금 이른가 싶지만 날씨가 탁 풀려, 봄 씨갓씨를 숭굴라고 밭얼 갈은디, 소가 겨우내 외양에만 있다가 들에 나가니 신이 나서 날뛰어 밭을 갈 수가 있어야제. 밭이라고 쬐끔인디, 이렇게 저물고 말았네. 그러고 있지말고 어서 방으로 들어가."
　모산 댁은 오랜만에 찾아온 친딸이나 동생을 대하는 것처럼 말조차 놓았다. 옷자락 흙먼지를 툭툭 털고 방으로 들어가며 원순을 들어가자고 했다.
　"해가 넘어강께 쌀쌀혀지는 것 같혀. 나 얼른 밥 혀오께 여그 앉아 있어."
　모산 댁은 바가지를 들고 광으로 들어가 저녁밥쌀을 가지고나와 부엌으로 나갔다.
　"왔어요?"

모산 양반은 바지를 털고 마루로 올라서며 원순을 보고 미소를 머금고 한마디 했다.

"밭, 갈았다고요?"

원순은 오히려 마음이 가라앉았다. 어차피 터놓고 해야 할 이야기가 있으니 어려워할 일도 아니고 그럴 필요도 없었다.

저녁을 먹고 세 사람이 한자리에 앉았다. 모산 양반은 화롯불을 다독이고 있었다. 모산 댁은 아랫목에, 원순은 뒷문 쪽에 앉아있었다. 모산 댁은 일어나 호롱불이 희미해지는 것을 보고 호롱딱지를 떠들고 석유를 확인했다.

"시구가 다 떨어져가네"

하면서 윗목 벽에 걸려있는 검은 까마귀 병에 담긴 석유를 호롱에 따라 부었다. 호롱불은 시들던 풀잎이 물을 만나 싱싱하게 살아나듯 금방 밝아졌다.

"참말로 신속허네! 사람도 죽어가다 요렇게 금새 살아나는 약이 있으면 좋을 것인디."

모산 댁은 꺼져가던 호롱불이 밝게 살아나는 것을 보고 군담을 했다.

침묵이 흐르고 있었다. 밖에서는 바람이 마당을 쓸고 지나가며 한기를 문틈으로 불어넣고 있었다.

"올해는 바람영등이 내렸는가벼. 물 영등이 내려야 우순풍조雨順風調혀서 풍년이 드는 것인디, 요렇게 바람만 탱탱 불어대니 숭년들면 큰일이구만."

모산 양반의 가문날씨에 대한 푸념이었다.

"금매 말이오. 바람만 요렇게 부니 불도 무섭고 그려요. 참, 새댁도 입 좀 열어바. 그동안 어디로 댕겼어? 우리 동네는 통 안 왔잖혀? 겨울이라 장사를 안 헌겨?"

모산 댁은 아무 말 없이 앉아있는 원순을 쳐다보며 이야기를 걸어왔다.

"아니요. 장사했어요. 댕긴대로만 댕길수 없어서 여그 저그 먼대까지 댕겼는디, 하도 꿈자리가 안 좋고 이상혀서 장사를 중단허고 집으로 갔더니 그날 밤 시엄니가 돌아가셨더라고요."

"으 – ㅇ? 저런! 그렇게 치상허고 그러느라고 오래 못 나왔구만?"

"참, 이상혔어라우. 소실터를 아실랑가 모르겄오."

"소실터? 말은 들어본 것도 같언디, 한 번도 안 가봐서 잘은 몰라. 왜? 소실터서 먼 일, 있었어?"

모산 댁은 잔뜩 호기심을 가지면서 또 다른 비밀이나 있는 듯 의심스런 눈초리로 원순을 쳐다보며 물었다.

"흰나부를 쫓어가다 봉께 우리 엄니가 앉아 있다가 저보고 오지 말라고 손으로 밀어내며 혼자만 가야 헌다고 나부 날아간 쪽으로 훨훨 날아가부렸어요. 꿈을 깨고 나니 하도 이상혀서 이른 새벽 그길로 집에 갔더니, 엄니가 돌아가셨잖아요. 그렇게 생생허게 선몽을 혀서 참말로 놀랐어요."

원순은 그동안 있었던 일을 대충 말하고는 임신에 대해서 말을 하려는데 입이 쉽게 열리지 않아 말을 빙빙 돌렸다. 모산 양반은 호기심 반 무관심 반으로 묵묵히 화로를 품어 안고, 김 굽는 적쇠 뒤집 듯 손을 앞뒤로 뒤집으며 이야기를 듣고만 있었다. 그러면서도 속으로는 무언가 색다른 이야기가 나오기를 은근이 기다리는 눈치였다.

"고상 혔겄네. 그 동안 몸은 암시랑 안 허고?"

모산 댁도 원순의 새로운 이야기를 듣고 싶었으나 막 대놓고 물어볼 수가 없어 원순이 수월하게 말할 수 있게 하려는데 묘안이 떠오르지 않았다. 침묵이 한참동안 흐르고 있었다. 호롱불이 꼬리를 흔들며 검은 연기로 춤을 추고 있었다.

"심지를 좀 낮춰야 허겄네. 불꽃이 너무 커 코 끄실리겄네."

모산 양반 말이 떨어지기 무섭게 모산 댁이 호롱불심지를 낮추어 불꽃을 줄이니 방안이 약간 어슴푸레 해졌다. 거무튀튀한 벽에는 세 사람의 그림자가 말소리에 따라 움직이고 있었다.

　"드릴말씀이 있는디요."
　원순은 한참동안 뜸을 들이다가 목이 가라앉은 소리로 말문을 열었다.
　"무슨…… 헐 말이 있어? 말혀봐."
　모산 댁은 기다렸다는 듯이 원순에게 시선을 고정시켜놓고 있었다.
　"저, 지 몸이 좀 이상혀요. 그래서 왔어요."
　"몸……이?"
　모산 양반은 긴장한 표정으로 귀를 쫑긋 세우며 침을 꼴깍 삼켜 목으로 넘어가는 소리가 들렸다.
　"몸이 어찧게 이상혀? 저…… 중우 언제 벗었는가?"
　모산 댁은 직감으로 감을 잡은 표정이었다.
　"석 달 째요. 건귀욕질이 나고, 입맛은 모래알 씹은 것 같혀서, 참기 어려운 것 봉게 꼭 그것 같혀요."
　달 보기가 끝나면 속옷을 갈아입는데 임신이 되면 월경이 없음으로 속옷 갈아입은 날을 헤아려 임신여부를 판단하는데 옷을 갈아입은 뒤로 석 달이 지났다고 했다.
　"아니, 고것이 참말이여? 거짓말 허는 것 아니제?"
　모산 양반은 펄쩍 뛰어오를 듯이 놀라며 입이 귀에 걸려 다물지를 못하면서도 참말일까 의심을 품으며 자기 귀를 후볐다.
　"참말이제? 허튼소리 허먼 안되야."
　모산 댁은 힘이 들어간 눈빛으로 원순을 쏘아보며 표정이 굳어지고 부드럽던 말소리도 갑자기 무엇을 따지는 말투였다.
　"아따, 이, 사람이 먼말을 그러코롬 싸납게 허는가? 거짓말 허겄어?"
　모산 양반은 벅차오르는 감격을 주체하지 못한 표정을 지으며 모산 댁을 어르는 말투로 가볍게 나무랬다.

"지가 멋 헐라고 거짓말을 허겠어요? 많은 생각을 혔어요. 지 혼자 감쪽같이 어쩡게 혀서던지 지우려고 혔는디, 시엄니 초상치고 어쩌다 넘어갔어요. 한편 생각허면 한번 생긴 목숨을 쉽게 생각헐 수가 없드라고요. 그려서 말씀을 드려볼라고 왔어요."

"암, 그리고 말고. 잘혔어. 잘혀. 하마터면 큰일 날 뻔 혔구만. 눈꼽만치라도 그런 잘못된 맘 묵으면 안된게, 조심혀야 혀. 알겄제?"

모산 양반은 가슴이 울렁거려 어찌할 바를 몰랐다. 모산 댁이 없으면 원순을 덥석 끌어안아주고 싶은 심정이었다.

"좀, 더 자상하게 말혀봐. 참말인가 보게, 자초지종을 이야기혀봐. 거짓말 아니제?"

모산 댁은 그동안 손이 없어 애를 태운 것을 생각하면 두말할 것 없이 좋은 일이지만, 한편으로는 같은 여자라는 처지에 시기심이 일어났던 것이다. 그러면서 무엇을 빼앗겨버린 허탈함을 메울 수 없어 어디에 대고라도 심사를 부리고 싶은 심정이었다. 그리고 의심 반 기대 반 속에 혹여나 거짓으로 속이고, 크게 대가를 바라지나 않는가 하는 의구심에 따지듯 물었던 것이다.

"기왕에 말이 나왔은게 다 털어놓께요. 지가 멋 때문에 거짓말얼 헌다요. 비락맞아 죽을라고요? 여그서 자고 감서 얼매난 울었는지 몰라라우. 혼자 사는 여자라고 그렇게 헐 줄은 몰랐어요. 허지만 힘없는 사람이라 어디 대고 말도 못허고 억울혀서 죽을가도 생각혔어요. 그렇다고 나하나 없어지먼 고것으로 끝나는 것이 아니고 어린 것덜얼 어쩔 것이오. 그래서 한동안 장사도 안허고 있다가 묵고 살랑게 헐 수 없어 다시 나섰어라우."

원순은 울먹이기 시작했다. 그 때 당한 일이 되살아나면서 서러운 마음을 주체할 수 없었다.

"물런, 억을허게 생각헐 수도 있지만 우리입장 쬐끔만 생각혀서 마음 가라앉혀요. 내가 서운치 않게 해줄게. 나 정말 세상을 다 얻은 것 같아! 이렇게 좋을 수가 있을까? 이것이 분명 꿈은 아니제? 춤이라도 벌렁벌렁 추고 싶은디. 그러고 당신언 무신 말얼 고렇게 혀? 새댁이 거짓뿌리로 헌다고 생각혔어? 당신 그러면 못써. 말조심 허라고. 알았제?"

모산 양반은 부인 모산 댁이 안중에도 없었다. 당장이라도 모산 댁을 어디로 보내버리고 원순과 단 둘이 있고 싶었다. 그리고 원순을 의심하는 것이 무척 불쾌하여 호되게 야단을 쳤다.

"기왕에 요렇게 된 것 몸조심혀야 혀."

모산 댁도 남편의 꾸지람에 현실을 받아들인 듯 가라앉은 말투로 조용하게 당부를 했다.

"그런디 말이요. 지가 들어내놓고 아이를 낳아 키울 수는 없어요. 날 때까지 숨기고 살아야 혀요. 그려서 생각 혔는디 아줌니가 임신을 헌 것으로 꾸며야 허겠어요. 그러고 아줌니가 낳아 키워야 허니께요. 글안허면 나넌 지워야혀요."

원순은 감쪽같이 서로 짜고 모산 댁이 난 것처럼 하자고 부탁했다.

"고렇게 될까? 어떻게 고렇게."

모산 양반은 기대가 부풀어 있으면서도 한편으로는 혹시 무엇이 잘못되지나 않을까하는 두려운 생각이 들면서 입이 바짝바짝 타들어가고 있었다.

"지, 몸은 지가 알아서 조심헐 것인게 너무 걱정 말어요. 조심헐 것은 아줌니가 참말로 잘 꾸며 넘딜 눈치 채지 못허게 혀야 혀요. 그러고 아줌니는 입덧도 허고, 달 수 맞추어 배가 부른 것처럼 부풀려야 혀요. 내가 애기 날 때쯤 여그 와서 해산얼 허고 가면 아줌니가 낳은 것으로 혀서 키우먼 될 것인게 고렇게 대비허셔요. 다른 데서 주어다 키운 자식이라고 말 듣는 것보다 진짜 핏줄인게 얼마나 좋아요. 우리 똑같이 말을 맞추고 허면 될 것 같혀요."

원순은 침착하게 앞으로 해야 할 일을 차근차근 조리있게 설명하고, 빈틈없이 함께하자고 당부, 또 당부했다.

"음, 참 좋은 생각이네! 젊은 사람이 어디서 그런 꾀를 냈어? 우리 꼭 고로코롬 허세. 당신 잘헐 수 있제? 지금 헌 말 명심허고."

모산 양반은 벌어진 입을 다물지 못하고 모산 댁에게 신신당부했다.

"말 나지 않고 잘 헐랑가 모르겄구만. 그려도 혀바야제."

모산 댁도 원순의 말에 전적으로 동조하며 주먹을 불끈 쥐는 자세로 굳게 다짐했다.

"그러먼 나는, 사랑에 가서 멋 좀, 알아보고 오널언 거그서 자고 올랑게 둘이 잘 자."

모산 양반은 안고 있던 화로를 밀치고 일어섰다. 검정솜바지, 검정조끼에 흰 명주저고리를 입은 모산 양반은 바지허리끈을 다시 고쳐 매고 나가는데 신이 난 듯 발걸음도 가벼이 콧노래를 부르고 있었다.

"당신, 사랑에서 자고 올라고요? 그럼사 새댁이 편하게 자겄제. 자고 와요."

모산 댁은 여자들끼리 스스럼없이 이야기할 수 있어 반가워했다. 모산 양반은 마을에서 제일 잘사는 언골 댁 사랑으로 발길을 향했다. 발걸음은 신명이 나 깡충거리듯 가벼웠다.

언골 댁네는 항상 상당한 현금을 집에 두고 사는 여유있는 집이었다. 아직 초저녁이라서 사랑방엔 짚으로 새기를 꼬는 사람, 망태를 만드는 사람 등, 많은 사람이 집일을 하고 있었다. 위아래 두 방을 미닫이로 연결하여 한방처럼 사용했다. 윗방은 대체로 머슴들이 짚일을 하는 까닭에 짚 검불로 방이 어질어져 있으나, 아랫방엔 연로한 어른들이 벽을 기대고 앉아 세상 돌아가는 이야기, 마을이야기들로 공론의 장이 되어 있었다. 아랫방에 호롱불을 따로 켜놓았으나 방이 크고 사람들이 방을 꽉 메우고 있어서 그런지 어둠침침하여 멀리서는 사람을 식별하기가 어려웠다.

방안은 담배연기가 자욱하여 숨이 콱 막혔다. 나이 지긋한 사람들은 길쭉한 담뱃대로 담배를 피우고 젊은 사람들은 짧은 곰방대나 아니면 신문지 또는 아이들의 다 쓴 노트를 알맞게 잘라 거기에 말아 계속 피워댔다. 종이로 말아 피운 담배보다 담뱃대로 피운 것이 더 지독한 담배냄새가 났다. 메주도 달아두어 메주 뜬 냄새와 담배냄새가 참으로 참기 어려운 역겨운 냄새로 절여있었다. 그러나 사랑방꾼들은 날마다 지내 와서 코가 무디어져 냄새를 맡지 못한 듯 아무렇지도 않은 것 같았다.

"왠 오소리를 요렇게 잡아? 문 좀 열어놔야 허겠네. 숨 막혀서 어디 한참이나 있겠는가?"

모산 양반도 담배를 피우지만 밖에서 있다가 담배연기가 꽉 찬 방으로 들어가니 숨이 컥 막혔다. 그래서 선뜻 들어서지 못하고 문을 반쯤 열어놓고 방으로 들어섰다.

"진지들 잡수셨는기요?"

모산 양반은 들어서며 늦은 인사를 했다.

"아따, 이사람. 어찌 자네가 모실을 다 오는가? 마누라 엉뎅이 깔아뭉개고 사는 사람이 사랑엘 나와?"

동쪽 사는 임동 양반이 반가워하면서도 농담으로 비아냥거렸다.

"집에 손님이 왔구만이라우."

"모산 양반 왔는가? 어서 오게나. 요리 앉소"

주인 언골 양반이 아랫목을 비켜 앉으며 자리를 권했다.

"한동네 삼서도 오랜만인 것 같네요. 저, 여그 앙글께요."

그는 사랑방에 자주 나오지 않고, 집이 마을서편 가양에 있어, 언골 양반을 자주 만나지 못했다.

"금매, 자네가 어쩌다 나온게 고렇게 되았네 그려."

"저- 어르신 좀 만나볼라고 허는디 안방에 가서 야그 좀 허실까요?"

"무신, 말을 헐라고 그려? 여그서 허면 않되야?"

"예. 긴히 부탁헐 말씀이 있어서요."

"그러세. 안방으로 가세."

언골 양반은 말이 떨어지기 무섭게 일어섰다. 모산 양반도 앉으려다 말고 언골 양반 뒤를 따라갔다. 언골 양반은 안방마루를 오르면서 헛기침으로 인기척을 했다.

"당신이요? 왜 요렇게 일찍 올라와요?"

언골 댁이 호롱불을 턱 앞에 당겨놓고 구멍 난 양말을 꿰매면서 꼼짝도 안하고 앉아있었다.

"손님 온게 방 좀, 치워."

언골 양반은 방으로 들어서며 말했다.

"아짐씨, 저 왔어요. 잘 지셨어요?"

모산 양반이 먼저 인사를 드렸다.

"어서 오셔요. 모산 양반이 이 밤중에 어쩐 일이디아."

언골 댁은 하던 바느질을 멈추고 반짇고리를 뒷문 쪽으로 밀치며 아랫목에 어질어진 방바닥을 손으로 훔쳐냈다.

"방이 심난허요. 요리 그냥 앉급시다."

언골 댁은 윗목으로 앉고 언골 양반은 아랫목 따듯한 자리를 권했다.

"저는, 여그가 좋네요. 그냥 여그 앉글께요."

모산 양반은 앞문 쪽에 앉았다.

"요리 와. 거그넌 사람이 드나들면 걸리잖혀."

언골 양반은 굳이 아랫목으로 내려앉으라고 발목을 끌어당겼다. 모산 양반은 언골 양반의 권에 못 이겨 앉은 채로 뭉그적거리며 아랫목으로 내려가 앉았다.

"여바, 머, 묵잘 것 없어?"
　언골 양반은 언골 댁을 쳐다보며 간단한 야식거리를 내놓으라고 했다.
"아무 것도 없넌디."
　언골 댁은 일어나기 싫은 표정을 지었다.
"아짐씨 괜찮혀요. 금방 밥 묵고 왔넌디, 멋얼 묵는다요. 그냥 앉거 계셔요."
　모산 양반은 밤에 찾아와 귀찮게 하는 것 같아 오히려 미안했다.
"아, 이 사람아. 고구마 씨 박고 남은 것 있잖혀."
　언골 양반은 약간 짜증석인 말투로 그러나 낮은 목소리로 가져오라고 했다.
"참, 고구마는 있지라우."
　언골 댁은 멋쩍은 표정을 지으며 건너 방으로 건너가 고구마를 가져와 깎았다.
"헐 말이 멋인가? 말혀보게."
"갑자기 돈이 좀 필요혀서요. 여수 돈이 있으먼 좀 빌려주셔요. 다음 장날 쌀을 내갈라고 허는디 우선 급혀구만요."
"얼마나 필요헌디?"
"쌀 두가마니 값만 있으먼 허겄는디요."
"큰 돈인디, 어디다 그렇게 이, 야밤중에 급혀?"
　언골 양반은 의아한 눈으로 모산 양반을 쳐다보며 물었다.
"니얼 아침 일찍 쓸 일이 있어서요."
"다음 장날 꼭 갚아야 허네? 조선대학교 댕기넌 만식이가 온다고 혀서 미리 준비해둔 돈이 있기는 헌디."

"암먼이라우. 다음 장날 쌀얼 내갈랑게 걱정 마시기라우."

모산 양반은 감사하게 생각하며 굽실 절을 했다. 기분 같아서는 자식을 얻었다는 말까지 하고 싶었지만, 소문이라도 나면 낭패가 될 것 같아 입조심해야 한다고 속으로는 다짐하고 다짐했다.

언골 양반은 벽장 속에서 돈뭉치를 꺼내서 천환다발 세 개를 모산 양반에게 건네주었다. 삼십만 환이었다.

"시어보소."

"맞겄지요."

모산 양반은 감격해서 떨리는 손으로 주섬주섬 조끼주머니에 넣었다.

"아따, 이 사림아! 돈이란 것은 부자간에도 시어주고 받는 법이어. 나중에 모자라네, 어쩌네, 허면 쓰겄는가? 서로 껄적찌근헝게 시어바. 멋이 그리 급헌가?"

언골 양반은 돈에 대한 거래가 분명해서 눈앞에서 확실하게 하는 사람이었다. 모산 양반으로서는 빌려주는 것만 해도 감사해서 그 앞에서 세어보는 것이 못 믿어하는 것처럼 예의가 아니라고 생각될까봐 차마 세어보지 못했다. 하지만 언골 양반이 기어코 세어보라고 하니 그냥 넘어갈 수가 없었다. 돈을 세는 동안 언골 댁이 고구마를 깎아 내놓았다.

"하나 들어보셔요. 인자 이런 것도 봄이라 몸이 급헌가벼요. 볼세 새싹이 삐죽삐죽 솟아남선 바람이 들어 속이 푸석푸석혀서 별 맛이 없네요."

"맛있구만이라우."

모산 양반은 돈다발을 조끼주머니에 넣고 언골 댁이 깎아주는 고구마 한 조각을 받아들었다.

부자는 다르다는 것을 느꼈다. 어떤 사람은 부자라도 제 것만 알고 돈이 있어도 선뜻 내주지 않는 것이 보통이지만, 언골 양반은 웬만하면 남의 어려운 사정을 헤아려 잘 들어주는 편이라 마을에서뿐만 아니라 인근까지도 인심이 후하다고 소문이 나있었다.

"어르신 참으로 고맙습니다. 그러면 사랑방으로 내려갈랍니다. 어르신께서는 여그서 주무실랑기요?"

모산 양반은 허리를 굽실거리며 일어섰다.

"나도 사랑에서 더, 좀 놀다 올라네."

언골 양반도 제쳐놨던 이불을 끌어 덮어 펴놓고 일어섰다. 두 사람이 사랑방으로 들어서니 짚일을 계속하고 있어 방은 어질어져 있고, 담배를 피워대는 바람에 여전히 숨이 막혔다. 아랫목 천장아래 걸려있는 오래되어 검붉게 찌든 벽시계가 열시를 알리는 종을 쳤다. 열시가 넘으면서 사람들은 하나 둘씩 집으로 돌아갔다. 언골 양반과 모산 양반 그리고 머슴인 30대 중반의 태수 세 사람만 남았다.

"어르신도 안방으로 올라가 주무셔야지요?"

"그럴까. 잘 때가 됐은게 올라가야제."

언골 양반은 안방으로 올라갔다.

"모산 양반은 안가셔요?"

태수가 수수비로 방을 쓸면서 물었다.

"어이, 집에 손님이 와서 여그서 자고 갈라네. 자네랑 항게 자세. 괜찮제?'

모산 양반은 태수에게 의향을 물었다.

"손님 왔어라우? 그러면 자셔야지요."

태수는 아랫방에 모산 양반 잠자리를 마련해주고 자기는 윗방으로 가려고 했다.

"어이, 태수. 자네도 여그서 항께 자세. 멋 헐라 따로 잘라고 허는가?"

"그려도 괜찮겄어요? 모산 양반 걸릴 것 같혀 여그서 잘라고 허는디요."

"이불도 그렇고 헝게 여그서 항게 자세. 자네가 귀찮으면 거그서 자고."

"아니요. 모산 양반이 좋다먼 같이 자고요."

태수는 다시 아랫방으로 내려왔다.

"그려, 함께 자세."

모산 양반이 태수를 불러들였다. 윗방에서 이부자리까지 가지고와 이불은 넉넉했다.

"아조, 불 끄고 눕소."

태수는 불을 끄고 이불 속으로 들어왔다.

"어르신은 사랑방 잠 잘 안허시잖혀요?"

불을 끈 방안은 칠흑같이 캄캄하더니 시간이 지날수록 희미하게나마 문살이 비쳐지면서 어슴푸레 해졌다.

"어려운손님이 오셨는가벼요?"

태수가 이불을 목까지 끌어당기면서 조용히 말을 걸어왔다. 적막에 잠겨있는 방안은 작은 소리에도 어둠이 출렁였다.

모산 양반은 어떤 손님이라고 말하기가 쉽지 않아 얼른 대답이 나오지 않았다. 실은 임신사실을 말하고 싶어 입이 근질근질 했다. 그러나 혹시 무심결에 말해버릴까 봐 입조심해야 한다고 입술을 깨물었다.

"처가 맥, 먼 족간 일간디, 젊은 사람이라 한방에서 자기가 어려워서 나왔어."

"그렸구만이라우?"

태수는 대답을 하는 둥 마는 둥 하며 이내 잠이 들었다.

모산 양반은 한참 동안 그날 일어난 일을 생각하며 설레는 마음에 쉽게 잠들지 못했다.

"꿈꾸셨어요? 무서운 꿈인가 봐요"

모산 양반의 끙끙거리는 소리를 듣고 태수가 흔들어 잠을 깨워 눈을 떴을 때는 방문이 밝아지며 날이 새고 있었다. 모산 양반은 한숨을 길게 쉬고는 일어나 앉으며 머리를 절레절레 흔들었다.

"이상허다."

"왜요?"

"아- 저- 밭을 가는디, 그 큰 놈의 부사리가 뒤돌아서 막 떠받을라고 허잖혀. 그려서 도망을 가는디 한없이 쫓아오지 않겄어. 용케 꼼뱅이가 길게 늘어져 그것을 거머잡을 수 있어서 어찧게 어찧게 떠받으면서도 그놈의 부사리를 잡았는디, 자네가 깨우는 통에 깨부렀어. 아따, 영금 봤네."

모산 양반은 틀림없이 태몽이라고 생각 하고, 새댁 말이 거짓말은 아니라는 확신이 들었다. 그리고 긴 고삐를 잡았으니 분명 아들이라고 생각되었다. 소에 대한 태몽 중에 고삐가 있으면 남자고, 고삐가 없으면 여자라는 말을 들은 적이 있다. 모산 양반은 혼자말로 중얼거리다가 옷을 주섬주섬 챙겨 입고 불이 나게 집으로 돌아왔다. 아직 이른 시간이라 안방여인네들은 일어나지 않았다. 여자들만 자는 방으로 불쑥 들어갈 수가 없어 싸리비로 마당을 쓸면서 헛기침으로 인기척을 했다.

"볼쎄 왔어요?"

인기척에 아침잠을 깬 모산 댁이 치마를 둘러 입으면서 마루로 나왔다.

"어제 밤, 이 얘기, 저 얘기, 허다가 잤더니 늦잠이 들어 당신오는 종도 몰랐오. 인자 봄인가벼. 몸이 노곤헌 것을 본께."

모산 댁은 늦잠을 잔 것이 민망했다.

"겨우내 놀다가 모처럼 밭에 나가 일헌 것이 몸이 되았던 모양이네. 내가 좀 늦게 올걸 그랬는가?"

모산 양반은 이래도 저래도 기분이 좋아 탓하기는커녕 너무 일찍 온 것을 미안하게 생각했다. 방에서는 원순이 이부자리를 개서 아랫목 시렁에 얹고 방을 치웠다. 그사이 모산 댁은 부엌으로 들어가 아침밥을 지었다. 모산 양반은 헛기침을 하면서 마루에서 머뭇거리다 방으로 들어왔다. 원순이 놀란 듯 일어나 뒷문 쪽으로 가서 허리를 구부정하게 수그리고 서있었다.

"잠자리는 불편허지 않았오?"

모산 양반은 친절하고 상양한 말소리로 원순에게 인사를 했다.

"잘, 잤어요. 어디 사랑에서 주무셨어요? 불편허셨을턴디. 저, 때문에."

"아니어, 아니어. 언골 댁내는 우리 동네서 제일 부잣집으로 사랑방은 소죽 방이라 아조 따숩고 깨끗혀서 아무 불편 없었어요. 외려 우리 집보다 더 났던디."

모산 양반은 너스레를 떨면서 원순의 마음을 편하게 어루만져 주었다.

"무신, 보자기라도 없오?"

모산 양반은 원순과 단둘이 있을 때 어제 밤에 빌려온 돈을 건네주고 싶었다.

"보자기는 멋 허게요?"

원순은 의아한 표정으로 모산 양반을 쳐다보며 말했다. 아침 세수도 못해서 얼굴이 푸석푸석하지만 모산 양반의 건강미 넘치는 체구에 텁텁한 표정이 원순은 친정오빠 같은 포근함을 느꼈다. 가뭇가뭇 돋은 턱수염이 남성의 믿음직한 매력을 더해주고 코밑수염은 강단있는 성격을 말해주는 것 같았다.

"보재기하나 가져와 봐요."

"멋 허게요?"

"쓸데가 있은게 그라제. 어서 가져와 봐요."

모산 양반의 재촉에 원순은 영문도 모른 채 밖으로 나가 바구니 짐에서 보따리를 풀어가지고 들어왔다. 서봉으로 오기 전에 새터에서 받은 쌀을 싸둔 보따리를 가져왔다.

"어디, 요리 주어봐요."

모산 양반은 원순이 들고 있는 보따리를 낚아채듯 빼앗아 빠른 손놀림으로 돈뭉치 싼 것을 보따리에 넣고 다시 단단히 묶었다.

"고것이 멋이다요?"

원순은 모산 양반이 넣어준 것이 무엇인지, 왜 그런지 아무 영문도 모른 채 받아 풀어보려고 했다. 모산 양반은 손사래를 치며 입을 가리고 작은 소리로 속삭였다.

"아무소리 마. 집에 가서 풀어 바요. 그리고 잘 간직 혀야 헌께, 함부로 허다가 잘못 되면 안 되야. 잘, 간수혀요."

모산 양반은 더 이상 말을 하지 않고 눈짓으로만 어서 치우라고 했다. 모산 댁이 알면 속이 불편할까 봐, 감쪽같이 모산 댁 모르게 원순에게 주고 싶었다.

"그리고, 참말로 몸조심 혀야혀. 내가 헐 수 있는디까지는 도와주께요, 몸 건강허고 묵을 것이랑 입을 것이랑 너무 걱정 허지마요. 그럴라면 가끔 찾아와야 허는디. 안 오면 나가 찾아갈 수도 없은께, 한 달에 한두 번은 왔으면 좋겠어요."

모산 양반은 신신당부를 했다.

원순은 더 이상 무어라고 할 말이 없었다. 주는 것이 무엇인지는 모르지만 상당한 값이 있는 것으로 짐작되었다. 또한 그 부피가 상당히 커서 돈이라고는 생각하지 못했다. 어차피 이집사람들과 함께 해야 할 일이라 모산 양반의 뜻대로 해야겠다고 생각했다.

원순은 모산 양반이 건네주는 것을 굳이 확인하지 않고 그대로 바구니 짐 속에 넣었다. 일면 궁금하면서도 만일 돈이라면 상당히 큰돈인데 이렇게 덥석 받아도 되는지, 가슴이 두근거리고 손이 떨렸다. 입을 막고 작은 소리로 부탁하며 건네주는 모산 양반의 성의를 생각해서 굳이

사양하지 않았다. 원순은 아침을 얻어먹고 팔다 남은 소쿠리는 더 팔기
도 그렇고 해서 모산 댁에게 주어버리고 쌀로 받은 보따리만 들고 집으
로 향했다.

　원순이 떠나고 난 모산 댁 내외는 미묘한 기류가 흐르고 있었다. 모산
양반은 천하를 얻어 하늘을 나는 것 같이 몸이 둥둥 떠있는 기분이었
다. 너무 기쁜 마음에 가슴이 벌렁벌렁하여 미친사람처럼 길에 나가 춤
이라도 추고 싶은 심정이었다.
　그러나 모산 댁은 가늠하기 어려운 이상한 감정이 가슴을 파고들었다.
품안에 있던 것을 빼앗긴 상실감과 오랫동안 바라던 귀한 것을 얻은 만
족감이 서로 상반된 감정으로 머릿속을 뒤흔들어놓은 것 같아 갈피를
잡을 수 없이 혼란스러웠다. 또한 마을사람들의 눈과 귀를 속이고 자신
이 실제로 임신, 출산한 것으로 감쪽같이 해낼 수 있을 것인가, 하는 불
안감에 몸에서 전율이 살짝 스쳤다. 생각할수록 자신이 없을 것 같았다.

　"이녘은 어떻게 생각혀? 이런 경사가 또 있는가? 우리평상에 자식
하나 없다가 요렇게라도 얻게 되었으니 난 가슴이 뛰어 가만히 있을 수
가 없구만. 어쩌먼 좋겄어? 말 좀, 혀바."
　모산 양반은 아내에게 들뜬 심정을 털어놓으며 부푼 심정을 주체하지
못했다. 한편으로는 앞으로 어떻게 해야 할 것인가 몰라 가슴이 벌집처
럼 어수선했다.
　"당신도 그려요? 내 몸은 아니지만 고렇게 기다리던 일이 되었는디
어찌 안 좋겄오? 그나저나 어찧게 혀야 감쪽같이 내가 난 것 맹기로 헐
지 걱정이네요."
　"사람이 큰일을 헐라먼 보통생각으로는 안 되는 뱁이여. 단단히 각오
허고, 오늘부터 이녘은 임신허고 입덧을 시작혀야 되야. 알겄제? 너무
자랑혀도 안 되고 은연중에 자주 만나지 않는 사람들 앞에서 시늉을 혀

바. 자주 만나고 친한 사람들이 먼저 알게 되면 의심헐지 모른게 하여
튼 조심허고 요령껏 혀야 혀."

"마음은 묵었은게 혀볼라고 허는디 잘 될까 몰라요. 이러다 거짓으로
들통나면 큰일인디."

"누가 넘 일에 고렇게 깔짝깔짝 캐고 따진디야? 그러면 그런갑다 허
겠제. 우리허기 미었어. 자신 있고 당당허게 허면 누가 의심 허겄넌가?
어중간허게 허면 의심받는거여."

모산 댁은 그 날부터 입덧연습을 했다. 밥을 제대로 먹지 못하고 깨질
거리며, 된장국을 끓이다가 구역질하는 시늉을 집에서부터 연습해보았다.
못할 것도 없었다. 그동안 살아오면서 마을사람들에게 믿음을 받고 조
신 있게 살아온 터라 믿지 않을 사람이 없을 것 같았다.

옥과 장엘 다녀오는 길에 호형호제하는 월산 양반 김찬영과 두메 양
씨 양서준 그리고 죽산 댁 아주머니, 네 사람이 함께 걸어오고 있었다.
오는 도중 다리쉼도 할 겸 주막에 들러 모산 양반이 막걸리 한주전자를
시켰다.

"정심에 묵었는디, 또 술 마실라고?

찬영이 그냥 가자고 했다.

"술기가 가신게 다리가 팍팍혀서 걸을 수가 없네. 한잔 허고 술짐에
걸어가세."

모산 양반은 원순의 임신사실을 생각하면 기분이 좋아 주체할 수가
없었다. 그런 기분을 속으로만 삭일 수 없어 누구에게라도 술을 사고
밥도 사고싶은 심정이었다. 그 기분으로 술을 사고 싶어 주막에서 쉬어
가자고 했다. 일행은 주막으로 들어가 마루며 토방에 걸터앉아 다리를
흔들고 팔을 내두르며 피로를 풀었다. 모산 양반은 술을 청했다.

주막집아주머니는 자락치마를 허리춤에 걷어 올려 허리띠로 질끈 묶

은 채 개다리소반에 술상을 차려 내왔다. 검은 얼굴에 밀가루를 바른 듯 진한 화장기가 역겨워보였다. 안주라고는 입이 아물어지지 않을 만큼 시디신 묵은 김치 한 접시에 콩나물 무친 것과 희멀건 무채가 나왔다.

"쬐꼼만 허시지오."
"아니오. 지는 못혀요."
죽산 댁은 깜짝 놀라면서 술을 따르는 모산 양반이 들고 있는 주전자를 잡고 딸지 못하도록 탈탈 떨었다.
"쬐금만 허랑게 그러요? 목도 마르고 헝게."
"아니오. 저 술 마시먼 못 걸어가요. 다리가 허든거리고 가슴이 벌렁벌렁 뛰어 못 견뎌요."
모산 양반은 죽산 댁 잔에 술을 따르다 말고 월산 양반의 잔에 가득 따랐다.
"그만 혀. 나는 점심 때 마신 술기운이 시방도 얼얼헌디. 쪼금만 허께."
"양샌도 한잔 혀야제. 자, 잔 받아."
양서준에게도 술잔을 채워주었다.
"되얏어요. 어르신도 혀야지요."
양서준이 모산 양반 잔에 술을 따랐다.
"그럼세. 함께 마시게 모두 잔 들어. 오널 기분 좋은 날 건강을 위하여 건배!"
모산 양반은 술잔을 들고 건배를 했다.
술잔을 맞대며 '건배'하고 복창을 하면서 술을 마셨다. 월산 양반은 반 쯤 마시고 내려놓으며 얼굴을 찌푸리고 고개를 절레절레 흔들었다. 그리고 묵은 김치 한 쪽을 입에 넣다가 깜짝 놀라며 뱉어냈다.
"아이고 시어, 초네, 초. 식초보다 더, 시어."
"음-, 시기는 시네. 더울 때는 어쩔 수 없제. 요새는 하루만 지나도 요렇게 시어져부러. 그냥 묵어야제, 어쩌겠는가? 우리식구 이런 짐치

보먼 아조 좋아허겄다."

모산 양반은 의식적으로 아내 모산 댁이 임신했다는 것을 공표하려고 맘을 먹었다. 양서준은 술을 마시고 신 김치를 먹으면서도 표정만 조금 변할 뿐 아무 말이 없었다. 연장자들 앞에서 술을 마시니 무어라 말하기가 민망했다.

"모산 댁이 요렇게 시디 신 지를 좋아헌다고?"

남정네들 옆에서 술 마시는 것을 보고 있던 죽산 댁이 의아한 표정으로 말했다.

"전에는 안 그렸는디. 요새 부쩍 신 것을 찾아요. 뜬금없이 살구가 묵고 싶다고 헌디, 봄철에 살구가 어디 있어? 요 짐치 좀 얻어다 집사람한테 주까?"

모산 양반은 슬쩍 임신사실을 흘렸다.

"혹시 머 있는 것 아니어?"

월산 양반은 친구 모산 양반의 어깨를 툭 치면서 의심스럽다는 투로 말했다.

"아따, 이사람 다 늙은 사람이 멋이란가? 그것이먼 얼마나 좋겄는가만……."

"아니지라우. 아직 단산할 나이는 아니잖혀요? 쉰둥이도 있다는디, 머가 아니어?"

죽산 댁은 정색을 하면서 임신이 가능하다고 했다.

"그럼사 얼마나 좋겄소만, 몬자는 안 그렸는디 요새 구토를 허고 신 것을 찾은 것 본게 조금은 이상허기도 혀요."

"이, 사람아. 잘 생각 혀바. 늦게라도 누가 알아? 사람은 요상헌거여. 나이 묵어갈 수록 신 것보다는 싱싱헌 것얼 좋아헌 법인디, 신 것을 찾으면 의심 되잖혀?"

월산 양반은 친구의 기분을 맞춰주려고 한껏 임신일거라고 했다.

"어이, 술이나 마셔. 헌디 혹시 몰라. 아내가 좋아헌게 쬐끔 언어가볼까? 아짐씨요. 짐치 한 접시 줄 수 있소? 우리 집사람이 하도 신 것을 찾아서요."

모산 양반은 안 듯 모른 듯 은근히 임신임을 암시했다.

"그러시오. 얼매 없지만 한 접시 주께요. 그런디 어디다 가져갈라요? 머, 쌀 것이 없는가?"

주모는 쌀 것을 마련하라고 했다.

"여그다 넣먼 되겠네."

모산 양반은 장보따리를 풀어 굴비두름 속에 넣어 돌돌 말면 될 것으로 생각했다.

"국물이 흐를턴디."

죽산 댁이 염려스러워 했다.

"뽈깡 짰응게 국물은 안 흐를것 같혀요."

주모는 생글생글 웃으며 김치뭉치를 모산 양반에게 건네주었다.

"고마워요. 아주머니. 여그 술 값 얼매요."

모산 양반은 만면의 웃음을 머금은 채 술값을 치렀다.

"이, 사람. 자네 경사 난 것이 틀림없네. 진짜 술 한 잔 거허게 사야 허겠는디."

월산 양반은 장에서 사온 짐 보따리를 양 어께에 짊어지면서 모산 양반을 얼렀다.

"금매 말이오. 그렀으면 얼매나 좋겠소."

죽산 댁도 월산 양반의 말에 맞장구를 쳤다.

"우리 안식구도 그런 것이 있을 때 꼭 신 것얼 찾더라고요. 틀림 없넌 것 같아요."

양서준도 덩달아 임신일거라고 말했다.

"에이, 아직 몰라. 너무 앞서가지마. 괜히 소문만 나먼 추접스럽잖혀?"

모산 양반은 생각한 대로 먹혀들어간다고 생각하며 속으로부터 터져 나오는 웃음을 참느라 숨이 막힌 듯 컥, 컥, 하면서 헛기침을 했다.

　"이 사람 속으로는 좋아서 어쩔 줄을 모름선 아닌 척, 궁을 떠는구만, 그려. 술 한 잔 거하게 사라고 헌께 그것 싫어서 그러제?"

　"에이, 먼 소리를 그렇게 헌디아? 참말로 고것이 사실이라면 술 뿐인 가? 내 인생이 확 바뀌분디. 허지만 아직 너무 좋아할 때가 아니어. 확 실허게 판명이 나면 동네잔치라도 험세. 아직 확실헌지 어쩐지 모름선 입방정을 떨면 못쓰는 법이어. 알겠제? 동네가서 괜히 이말 저말 허지마."

　모산 양반은 의도적으로 반신반의 혼란스럽게 하려고 꾸며댔다.
　그 뒤 서봉사람들의 입에서 입으로 하나 둘, 모산 댁이 임신했다는 소 문이 퍼져나가기 시작했다. 소문이 퍼짐에 따라 모산 댁은 의식적으로 입맛이 없는 척하며 무엇을 먹어도 깨질거리면서 비위를 삭이지 못하 는 듯 구역질을 했다. 사람들 앞에서는 더 심하게 하는데 조금도 어색 함 없이 누가 봐도 임신이라고 확신할만했다.
　한 달 두 달 지나면서 배도 조금씩 키웠다. 처음에는 수건이나 옷으 로 말아서 배에 대고 넓은 허리띠로 묶어 배를 살렸다. 다섯 달쯤 되어 서는 날씨가 여름으로, 더위를 참아내야 하는 고통이 기다리고 있었다. 배에 감고 다니는 보조물은 점점 두터워지고 더위는 더 심해지니 참기 힘들었으나 남들 앞에서는 치마끈하나 맘대로 풀지 못하고 꽁꽁 동여 매고 살았다. 참으로 그 고통이 이만저만 어려운 것이 아니었다. 임신 사실이 알려지면서 동네사람들뿐만 아니라 인근 다른 마을사람들까지 입에 침이 마르게 격려와 칭찬을 해주었다.

8

고향 가는 길

원순은 역몰에서 떠나야할 것 같았다. 임신사실이 알려지기라도 한다면 자신의 처신은 물론 친정부모, 동기까지 머리를 들고 살아갈 수 없다. 장사 길에서 돌아와 친정어머니를 찾아갔다.

"장사 나갔다더니 볼세 왔냐?"

일찍 돌아온 딸을 보고 친정어머니는 장사 길에 안 좋은 일이라도 있었는가 싶어 염려스런 눈으로 바라보며 말했다.

"이번에 쉽게 팔았어요. 근디 엄니 저, 인자 장시허기도 싫어 못허겄는디, 어쩌야 헌다요? 고향으로 들어갈까 혀요. 엄니생각는 어쩐가요?"

"아니, 아직 스끄럽다는디 어쩔게 간다냐? 너그덜 동네도 들어가 사는 사람이 있냐?"

"아직 우리 동네는 살던 못혀도 낮에 들어가 일은 헌데요. 연산 면에서 천막을 쳐놓고 마을사람들이 함께 살게 혀놨데요. 배급도 준다고 헝게, 인자 날씨가 풀리면 밭이라도 파서 씨갓씨를 심어야 헐 것 같혀요."

원순은 들은 대로 고향소식을 전하면서 어머니에게 들어가겠다고 한 것이다.

"아무리 그려도 아직 밤손님들이 들랑거린다고 허드라. 그 무서운 데서 어쩔게 살라고 그려? 조금 있다가 시상이 편안혀지면 들어가제 그러냐? 여그서 바구리장시라도 험선 살다가 조용혀진 뒤에 들어갔으면 쓰겄어. 멋이 그리 급혀서 그 무선디를 자청혀서 간다고 헌다냐? 다시 한번 더 생각혀 봐. 니가 집에 없을 때는 내가 춘호랑은 바주께 걱정 말고 장시나 혀."

친정어머니는 정색을 하면서 들어가지 말라고 했다.

"아니, 괜찮다고 혀. 살만헌게 사람들이 들어갔겄제. 시한 출 때 같으면 지발 들어가라고 혀도 못 간디, 봄이 왔응게 있는 전답 내 손으로 파묵넌 것이 떳떳허고 편헐 것 같혀. 그려서 들어갈라고 헝게 엄니 그런 종 알아."

임신 사실이 소문이라도 나는 날엔 모든 것이 끝장이다. 사람들 눈살이 무서운 것이라 소문이 나지 않으리라고 장담할 수 없다. 그래서 어머니 만류도 듣지 않고 고향으로 가겠다는 의지를 굳혔다.

"엄니, 그렇게 우선 짐은 놔두고 냄비하나만 챙겨가서 형편을 알아보고 올라고 그려요. 연산을 댕겨올랑게 엄니가 춘호랑 좀 데리고 있어요."

"그러마. 한번 가봐라만 웬만허면 시상이 좋아진 뒤에 들어갔으면 좋겄다."

친정어머니는 전쟁 통에 식구들을 잃고, 피난 나와서 겨우 목숨부지하고 살아온 딸이 얼마나 애잔했는가, 그런데 아직도 빨치산들 토벌작전이 진행되는 곳으로 들어간다는 것은 참으로 위험스럽다고 생각되었다. 어머니는 걱정스러워 들어가지 못하도록 말리고 싶었다.

"니얼이라도 갔다 올랑게요. 너무 걱정허지 마셔요. 다른 사람들도 산다는디 별일 있을라고요."

원순은 걱정하는 친정어머니 안심을 시키고 친정집을 나왔다. 완연한 봄 날씨였다. 마을 앞 논밭에는 보리 싹이 파릇파릇 봄 색을 토해내고, 양지 녘 언덕에는 아지랑이가 피어올랐다.

하루가 다르게 날씨는 풀리는데, 이 좋은 날, 집에 우두커니 있기엔 너무 아까웠다. 원순은 고향에 갈 채비를 차렸다. 양식이며, 간장 등, 기본부식재료를 조금씩 챙기고 냄비랑 바가지, 그리고 밥그릇과 수저를 준비해서 작은 보따리로 싸아두었다.

이튿 날 이른 아침 서둘러 연산으로 출발했다. 소재지 연산까지는 삼십 리가 다되는 먼 길이었다. 아무리 바삐 걸어도 한나절이 넘어 걸린다. 역몰 산들은 나무가 하나도 없는 민둥산이지만 고향이 가까워질수록 짙푸른 소나무 숲이 초록치마를 입은 여인처럼 포근하게 감싸 안아주었다. 낯익은 산하와 골짜기 논배미가 마음을 끌어안아주었다.

목울음이 울컥 나오면서 눈시울이 뜨거워졌다. 어머니품속 같은 고향에서 쫓겨나 방황했던 3여년의 고통은 가슴을 찢어놓은 듯 큰 상처로 남아있다. 고향으로 돌아가는 날이 언제 열리리라고 기대하는 것조차 사치스러웠는데, 이렇게 고향을 찾아가는 길이 열려 그 길을 걷고 있다. 꿈같은 현실이 눈앞으로 다가왔다. 삼십 리가 다 되는 먼 길에도 다리 아픈 것도 잊었다. 연산마을이 가까워질수록 발걸음은 가벼웠다.

구림면지역으로 들어서면서 잿더미에 파묻혀 숨죽이고 있던 마을들이 회생의 봄 싹이 돋아나듯 두서너 집씩 고개를 들고 일어서고 있다. 기어 들고나는 움막이지만 사막보다 더 황량한 죽음의 땅에서 생명의 냄새가 난다는 것은 경이롭고 환희할 일이다. 그나마 드문드문하게나마 인적을 느낄 수 있는 것은 감격의 통 울음이 터질 일이다.

연산마을은 황량한 폐허 속에서 움막을 치고 사는 사람이 있고, 면사무소나 지서가 개청되어 아직 미약하나마 행정력과 치안질서가 서있어 마음의 안정을 주었다. 유일하게 남아있는 건물이라고는 초등학교가 있을 뿐이며, 그나마 유리창은 거의 깨져 유령집처럼 음산해 보였다.

학교건물한쪽에 임시로 면사무소를 개설했다.

옛 면사무소와 금융조합 터가 연이어져있는 곳에 하얀 텐트 6동이 설치되어 이마를 맞대고 있었다. 아직 들어가지 못한 마을사람들을 위하여 설치해준 것이다. 천막주변으로는 돌덩이들을 삼각 내지 사각 형태로 놓아 냄비나 작은 솥을 걸어놓고 밥을 해먹고 있었다.
아이들 소꿉장난할 때 사금파리로 살림살이를 차린 것처럼 열을 맞추어 궁색하면서도 이색적인 광경 속에 간간히 마른 웃음이 흘러나왔다. 천막 앞에는 마을표지판을 세워, 같은 마을사람끼리 함께 지내게 했다. 피난살이 애환을 오순도순 나누며 살고 있었다.

원순은 시무골이라는 푯말이 세워진 텐트 문을 젖히고 들어갔다. 바닥은 사람들이 돌아다닐 수 있는 길을 남기고 헌 멍석이나 가마니 배를 타서 길게 깔라 그 위에서 생활을 하고 있었다. 텐트 안에는 아무도 없었다. 낮에는 시무골로 일하러 들어가 있었다. 점심때가 겨워 뱃속에서는 도랑물 나가는 소리가 나면서 시장했지만 그냥 굶었다. 쌀을 조금 가져왔지만 냄비를 어떻게 걸고 밥을 할 수 없었다. 그런 틈에서도 소재지라서 사람들이 모여들어 그들을 상대로 간단하게나마 식사를 할 수 있는 국수집하나가 있었다.

원순은 아무리 배가 고파도 돈이 없으니 국수한 가닥 사먹을 수 없었다. 국수집 앞에서 서성이다가 염치불구하고 안으로 들어갔다. 마침 국수 삶은 물을 버리려는 주인에게 사정을 해서 그 국물을 얻어마셨다.
간이 밴 국물은 건건하여 마실만했다. 밀가루가 풀어진 국물이라서 숭늉처럼 시장 면이 되는 것 같았다. 그 국물로 점심을 대신하고 옛 초등학교에 있는 면사무소를 찾아갔다. 사무실에 들어서니 밖에서 보는 허술함 보다는 면 직원들이 분주히 사무를 보고 있어 관공서의 엄숙한 분위기에 조금은 긴장되었다. 호적계 앞에 민간인 두어 사람이 서서 호적서기와 무엇인가를 이야기하고 있었다. 원순도 호적계 앞으로 가서 순서를 기다리는데 한참 만에 원순의 차례가 되었다.

"어찌, 오셨어요?"

"지는, 시무골 사람인디. 역몰로 피란 갔다 오널 첨으로 왔어라우. 저그 봉께 천막이 있는디, 거그서 산다면서요? 그려서 어쩧게 혀야 허는가 알아볼라고 찾아왔어요."

"그러셔요? 면에 신고할 것은 없고 해당부락이장에게 신고하고 이장이 없으면 책임자가 있을 것이오. 거기서 처리혀셔도 됩니다. 식량은 있으신가요? 식량이나 침구 등이 없으면 기왕 오신 김에 저쪽 사회계로 가셔서 구호품에 대해서 상담을 해보세요."

처음 사무실에 들어설 때는 관공서분위기에 긴장되었는데 호적서기의 자상하고 친절한 안내로 한결 마음이 누그러지며 편안해졌다. 원순은 사회계로 찾아갔다.

"지가, 사는 동네넌 시무골 인디요. 역몰로 피란갔다가 오널 첨으로 왔어요. 몸만 왔넌디, 어쩧게 혀야 헌다요?"

"그래요? 그러면 먼저 이장한테 말하고 오셔야 하는데요. 지금은 아무도 없을 것이니까 이리 따라 오셔요."

사회계직원은 뒷문으로 나와 임시로 지어놓은 천막창고로 들어갔다. 원순도 그 뒤를 따라갔다.

"원칙은 이장을 통해서 구호양곡을 배급하는데 오늘은 제가 주려니까 신분을 좀 말씀혀 주셔요. 어디 사시는 누구십니까?"

"시무골 살다가 순창 역몰로 피난 갔어요. 이름언 김원순이고요."

"알았어요. 그러면 지금 식량을 지급헐테니까, 우선 이것 잡수시고 이장한테 식구 수 등을 신고허셔요."

사회담당직원은 친절하게 대하면서 찧지 않은 수수 두되와 안남미 두

되, 그리고 얇은 담요 한 장을 주었다. 묵은 곡식냄새로 역겨워 구역질
이 나왔다. 입덧이 멈추는 듯싶었는데 시장한데다가 이상한 묵은 곡식
냄새가 비위를 자극했다.

"고맙습니다."

원순은 인사를 하면서 헛구역질이 나오는 것을 억지로 참느라고 무척
힘이 들었다.

"아주머니, 왜 그러세요? 체하셨나?"

면직원은 걱정스런 표정으로 물었다.

"미안혀요. 지가 비위가 약혀서 쪼금만 이상헌 냄새에도 구역질이 나요.
곧 괜찮혀질거요."

원순은 민망해서 몸 둘 바를 몰랐다. 면사무소를 나와 시무골이라고
표시되어있는 텐트로 들어가 한쪽 빈자리에 자리를 잡았다. 배급타온
곡식자루와 담요, 그리고 역몰에서 가지고온 식기류 등을 두고 텐트를
나왔다. 이장은 소재지마을 빈 터를 얻어 움막을 치고 살고 있었다. 이장
집을 찾아갔으나 이장이 집에 없었다. 다시 천막으로 돌아와 보퉁이를
풀어 냄비, 바가지, 밥그릇, 수저 등을 챙겨두고, 텐트 밖 빈자리에 큰
돌을 주어다 냄비를 걸었다.

해가 뉘엿뉘엿 하면서 고향 시무골에 갔던 마을사람들이 하나 둘씩
돌아오기 시작했다. 먼저 집안 일가인 두촌아저씨 내외가 들어왔다. 들
어오면서 원순을 보고 반가움에 손을 저으며 달려와 손을 꽉 움켜쥐면
서 눈물로 인사를 나누었다.

"아이고, 질부 아닌가? 그동안 어쩧게 살았어? 고상 많았제? 질부도
들어 올라고?"

"참말로, 얼매나 고상허셨어요? 고향으로 들어간다는 말을 듣고 어
쩐가 허고 와봤어요."

원순도 두촌 아주머니 손을 잡고 반가움에 눈물을 글썽거렸다.

"그리, 앉게나."

두촌 아저씨 내외는 원순을 가족처럼 반가워했다. 김 씨 집안 만춘 댁, 복골 댁. 오롱 댁이 바깥양반들과 함께 돌아왔다. 모두가 3년여 만에 만난사람들이다. 반가움에 손을 잡고 흔들며 안부를 묻고 인사를 주고받느라고 한참 소란스러웠다. 집안할아버지이신 산촌양반내외가 그 아들 건실아저씨와 괭이를 텐트 밖에 던져두고 안으로 들어왔다.

"할아부지, 할머니, 오랜만입니다."

"어이, 자네 왔는가? 어떻게 살았어? 고상 많았제?"

원순과 산촌할머니는 손을 잡고 흔들며 놓을 줄을 모르고 그동안 고생한 이야기로 끝이 없었다. 원순은 큰절을 올리려고 했으나 극구 사양해서 절은 못 올리고 손만을 흔들고 있었다.

"아니, 어디서 들은게 장질부가 어쩠담선, 참말인가? 그런 일 있었으면 연락이나 허제 그냥 넘어갔는가?

산촌할아버지는 원망하듯 섭섭하다는 표정으로 말했다.

"엉겁결에 어쩐 종도 모르고 그렸어요. 죄를 지었어요. 지가 집에 없을 때 갑자기 돌아가셨는디, 저는 시방도 얼떨덜혀요."

원순은 울먹이며 시어머니 돌아가신 이야기를 해주었다.

"어쩧게 살았는가? 젊은 것이 시엄니모시고 살다가 뜻밖에 돌아가셨으면 얼매나 놀랬겄어. 치상허느라고 고상혔지만 산소는 어떻게 묘셨는가?"

"어떻게 헐 수가 있어야죠. 푸진 놈의 바구리장시 좀 헌다고 집에 없었어요. 참말로 허퉁허고 절퉁혔어요. 누가 부고 갈 사람도 없고 또 일가들이 어디서 산종도 몰라서 그렇게 되얏구만이라우. 친정일가들이 서둘어서 친정 산에 쬐깐허게 모셨어요. 관도 못혀고 주검입성조차 변변히 못혀서 고것이 원이구만요."

원순은 울먹이며 시어머니 치상경위를 대강 이야기해드렸다.

"그러제. 그 난리 통에 별수 있었겄는가? 젊은 자네가 여자 몸으로 고렇게라도 치상허느라고 고상 많이 허고 애썼네."

산촌 할아버지의 말씀은 포근하면서도 섭섭함을 숨기지 않는 표정이었다.

"인자, 살라고 온겨?"

건실아주머니가 반가운 미소를 머금고 맞아주었다.

"아짐. 반가워요. 여그가 어쩐가 볼라고 왔어요. 봄도 되어 들어올까 허고 왔는디 이렇게들 많이 와있었구만요. 밭이라도 파서 농사를 지어야 묵고 살제라우."

원순은 3년여 만에 만난 일가들이나 마을사람들이 어찌나 반가운지 눈물부터 나왔다.

"성용 아제랑 성숙이 시누는 어디 있어요?"

원순은 건실아주머니네 아이들의 안부도 물었다.

"우리도 여그 온지 며칠 안되야. 갸들은 피난 살던 구룡에 아직 남아 있어. 시상이 더 조용허고 사람이 살만허게 되먼 움막이라도 마련혀서 갸들얼 데려올라고 혀. 핵교를 댕긴게, 그런디 여그넌 아직 핵교가 없어."

"그랬구만이라우? 지는 어쩌야 헌대요? 춘호나 춘보가 아직 어려서 핵교도 안 댕긴게 그냥 데려와야 허겄지요?"

"그렇겄네. 그런디, 아직 밥 혀묵을 것도 아무 것도 없제? 오널 저녁은 반찬은 없지만 우리랑 함께 묵세."

"아니어요. 냄비하나 갖고 왔어요. 그리고 쌀도 쬐끔 갖고 왔어요. 또 면에 갔더니 매쑤시 좀허고 알냉미를 두어 되 주더라고요. 냄비랑 있응게 지가 끓여묵을라고요."

원순은 한사코 사양했다.

"그러지 말고 우리랑 그냥 묵어, 이사람아."

"종일 일허고 와서 될턴디, 그러먼 지가 허께요. 양식이나 내주실랑기요?"

"그려, 요리 오소."

건실아주머니는 밖으로 나가 구호양곡으로 배급받은 생 매수수를 서너 줌을 솥에 담아왔다.

그것으로는 다섯 사람이 먹기에는 너무 적었다. 돌확에 갈아 뜨물을 만들고 일하면서 캐온 쑥을 많이 넣어 죽을 쑤었다. 죽이라고 하지만 곡기는 숭늉수준이었다. 오직 덜 갈아진 수수 알이 퍼져서 희끗희끗 할 뿐 건더기로는 쑥이 태반이어서 죽 색은 검푸렀다.

쑥만 삶아놓은 것 같아 그 맛은 쌉쌀했다. 그래도 음식이라고 한 술 두 술 떠먹으니 허기는 가셨다. 산촌할아버지 댁은 구룡 마을로 피난 갔는데 피난민이 너무 많이 몰려들어 방이 모자란 터라 헛간이나 외양간 같은 곳에 바람막이만 하고 사는 사람이 많아 숭늉 한 그릇 얻어먹는 것도 어려웠다고 했다.

원순은 이튿 날 역몰로 나왔다. 텐트생활이 힘들겠지만 그래도 똑같이 고생했던 사람들과 함께 애환을 나누며 사는 것이 마음의 상처를 위로받을 수 있을 것 같았다. 또한 넉넉지는 않아도 구호양곡으로 연명은 할 수 있을 것 같았다. 그래서 들어오기로 마음먹고 나왔다. 우선 역몰에 살던 살림은 대부분 그대로 두고 간단한 식사도구와 이불과 옷가지만 가지고 오기로 했다. 그래야 새 학기에 학교가 개설되면 춘호 입학도 시킬 수 있을 것 같았다.

바쁜 때가 아니라서 동생 원순이 고향으로 돌아가는데 친정오빠 원표가 덩치가 큰 이불 짐과, 무거운 것을 지게에 지고 함께 나섰다. 원순도 작은 보퉁이를 머리에 이고 춘호, 춘보의 손을 잡고 텐트촌을 찾아왔다. 친정마을을 완전히 떠나는 것은 아니지만, 미지의 땅으로 들어가는 기분이 들어 새로운 삶에 대한 기대와 희망이 부풀었다.

　봄 날씨는 하루가 다르게 풀려 산에는 진달래가 피를 토해놓은 것처럼, 만산에 불이 붙은 듯 붉게 물들고, 들녘 언덕엔 풀잎이 파릇파릇 돋아나 푸른 요를 깔아놓은 것 같았다. 그 푸른 싹들이 희망으로 커나가고 있었다. 젊은 원순으로서는 한 여인으로서 꽃 시절, 봄에 대한 아련한 마음으로 가슴이 부풀어 오르면서도 한편으로는 미지의 세계로 들어가는 불안감도 지울 수가 없었다. 소재지 텐트촌에 사는 마을사람들은 들어오는 원순을 반가이 맞아주었다. 먼 족간 시숙 조종문 이장은 원순을 마을 이적부에 올려 각종 구호품을 배급받게 해주었다.

　피난지에서는 이고지고 다니는 대바구니장사로 보잘 것 없었지만, 그래도 먹고사는데 큰 보탬이 되었고 친정부모님이 살아계셔 알게 모르게 도움을 받을 수 있었다. 뿐만 아니라 역몰엔 피난민이 원순네 한집 뿐이어서 마을사람들의 도움도 남달라 굶지는 않았다. 그러나 귀향을 하고부터는 구호양곡에 의지하고 살아야 하는데, 세 식구가 그것만으로 먹고 살기엔 태부족이었다. 따라서 산이나 들로 나가 산나물을 뜯어다 식량 대용으로 먹고 살았다. 생 수수 등 잡곡일지라도 먹을 만큼은 주어야 하는데 모자란 것을 면에서도 뻔히 알지만 절대량이 부족하니 별 도리가 없었다. 그나마 춘호, 춘보가 철모르는 어린애지만 그 씁쓸한 쑥죽일망정 먹기 싫다고 투정하지 않고 잘 먹어주는 것이 고마울 따름이었다.

　천막에서의 고달픈 생활이지만 같은 처지에 있는 마을사람들과 가슴을 열어놓고 애환을 이야기하며 서로를 따뜻하게 위로해주는 것으로 배고픔과 여자로서 감당하기 어려운 일들을 극복해낼 수 있었다. 같은 마을사람이라는 것 하나만으로도 모두가 일가친척이고 형제였다.

낮에는 고향마을 시무골까지 걸어 들어가 묵정밭을 괭이로 파서 일구고 곡식을 심어 가꾸느라고 무쇠도 녹아내릴 것 같은 고단함으로 숙주나물이 되어 돌아왔다. 그런 힘든 일을 하는데도 원순의 뱃속에서는 새 생명이 이상 없이 자라고 있었다. 다행히 입덧이 가라앉아 남에게 들어나지 않는 것이 얼마나 다행한 일인지 모른다. 그 생명의 발짓이 느껴지며 원순의 몸은 눈에 띠게 불어나고 있었다. 몸이 불어나면서 삼복지절의 숨 막히는 더위가 감내하기 힘든 고통이었다. 그런 더위를 무릅쓰고 외부로 들어날까 봐 띠로 배를 칭칭 감아 불러오는 배를 숨겼다.

 여름무더위가 고개를 숙일 무렵 선들바람이 불어오면서 공비소탕작전이 끝났다. 그 지긋지긋한 전장의 흔적들이 잔인하게 할퀸 자국으로, 깊게 파인 상처들로 처절하게 남아있지만 총성이 멎으면서 시무골에도 평화의 서광이 비치기 시작했다. 불지옥 같았던 땅에도 사람들이 들어가 살 수 있게 되었다. 불탄 집터엔 질로 자란 잡초와 나무들이 우거져 발하나 들려놓을 자리를 내주지 않았다. 사람들이 살지 못하는 틈을 타서 어디서 날아왔는지 싸리나무, 버드나무, 오동나무 등 온갖 푸나무들이 싹을 틔우고 무성히 자라 밀림의 산이 되어있었다.

 텐트에서 지내다 시무골로 들어와 폐허가 된 집터에 임시로 움막을 치고 살기 시작했다. 원순도 친정아버지와 오빠가 움막을 지어주었다. 움막이란 것이 사람이 사는 집이라고는 하지만, 짐승우리와 다르지 않았다. 불탄 집터의 방 모서리에 네 개의 기둥을 세워 억새로 지붕을 이고 흙으로 바람막이를 하면 그것으로 집이 되었다. 기어 들고나는 작은 움막이지만 누구의 눈치 볼 것 없이 살 수 있는 내 집이라는 생각에 눈물이 나도록 아늑했다. 금쪽보다 귀하고 소중한 내 집이다. 집 없이 살아본 사람이 아니고서는 집의 소중함을 알지 못한다. 그런 초라한 거처일망정 고대광실이 부럽지 않았다.

움막으로 들어가면서 역몰에 남겨두었던 세간도 다 가져와 새 삶을 꾸려가게 되었다. 천막살이 하면서 전답을 새로 개간하고 씨앗을 들여 가꾸었던 콩이며 고구마, 그리고 벼들이 어느새 자라 가을바람이 불어올 무렵엔 이삭이 패 알알이 익어가고 있었다. 내 논에서 내 손으로 심어 가꿔 탐스럽게 패 오른 벼이삭들이 자식처럼 보기에도 아까웠다.

그런 보람에 종일 논밭에서 힘든 일을 해도 고되다는 생각이 들지 않았다. 다만 배가 불러오면서 거동이 거북하고 불편한 것이 큰 짐이었다. 마을사람들이 눈치를 챌까 봐 외나무다리를 건너는 심정으로 배를 묶은 채 펑퍼짐한 통치마로 가리고 살아왔다.

나날이 고통의 연속되었다. 다행히 마을사람 그 누구도 원순의 임신 사실을 일아 채지 못한 것이 천만다행이었다. 배를 동여매고 일을 할 때는 태아가 무척이나 답답했겠지만 원순의 입장을 알고 있는 듯 태동을 거의 하지 않았다. 밤에 잠자리에 들어 감아놓은 띠를 풀어주면 제 세상을 만난 듯 발길질을 하며 심하게 태동을 했다. 낮 동안 웅크리고 있으며 못다 한 태동을 한꺼번에 다 하려는 듯 배속을 온통 휘젓고 돌아다니는 것 같았다.

9

새 생명의 탄생

추석을 지나면서 가을추수가 시작되는데 원순의 몸은 만삭이 되었다. 출산이 임박해옴에 따라 깊은 잠을 잘 수가 없었다. 태동이 잦아지고 배가 아래로 푹 처져 내리면서 출산이 가까워진 것을 예고했다. 출산을 위해서는 서봉으로 가야하는데 그러자면 춘호, 춘보를 어디에 맡겨야 하는가, 그것이 마음에 걸렸다. 애들만 집에 남겨둘 수 없었다. 친정에 맡기는 것도 어려워, 마을에서 맡아줄 사람을 찾아야 했다.

산촌할머니내외와 건실 아저씨 내외, 그리고 아들들이 있어 맡길 수 있을 것 같았다 여러 여건을 보면 거기만한 집이 없어 부탁해야겠다고 마음먹었다. 밤에는 진통이 서서히 시작 되고 있었다. 그날이라도 출산이 될 것 같은 예감이 들었다. 일찍 들에라도 나가버릴까 봐, 날이 새면서 곧바로 찾아갔다. 건실아주머니는 벌써 일어나 부엌에서 밥을 짓고 있었다.

"아짐, 사정 좀 헐라고 왔어요."

"무신, 일인가?"

"지가, 어디 좀 댕겨올 데가 있넌디, 아그덜땀시 어쩔고 혀서 왔어라우. 이르면 이삼일 걸릴 터지만 늦치 잡고 한 열얼정도 집을 비워야 허겠어요.

그려서 말인디, 산촌할머니가 우리 집에 오셔서 우리 아그덜 좀 봐주었으면 혀서요."

"먼, 일로 고렇게 집을 오래 비어?"

"친정으로 혀서 몬자 장시 댕기던 데를 가봐야 허겄어요."

"그려, 그럼 그려야 허제. 어머니가 가있을랑게 걱정말고 댕겨와."

건실 아주머니는 흔쾌히 원순의 말을 들어주었다.

"아짐. 고마워요. 그럼 잊어불고 댕겨오겠어요."

원순은 고마워하면서 정중하게 인사를 드리고 가벼운 발걸음으로 집을 떠났다. 틀림없이 오늘 내일사이 출산이 될 것 같은 느낌이었다. 아침을 해먹고 춘호, 춘보에게 외가로 해서 장사 다니던 마을을 다녀온다고 말하고 나왔다. 그리고 산촌 할머니에게 부탁했으니 그동안 보채지 말고 말 잘 듣고 있으라며 신신당부를 했다. 원순은 곧바로 서봉 마을로 향했다.

가을로 들어선 들녘은 꾀꼬리 빛나는 벼들이 선선한 미풍에 살갑게 일렁이고 있었다. 원순은 3년여 동안 장사를 한다고 문턱 밟듯 다니던 길이어서 익숙했지만 가지 않아야 할 길을 가는 것 같아 마음이 착잡하고 큰 죄 값을 치르러 가는 기분이었다. 육십여 리 먼 길을 걸어 서봉에 이르렀을 때는 해가 서산에 기울고 있었다. 이마를 맞대고 소곤거리듯 쪼그리고 앉아있는 초가집들에서 하얀 연기가 하늘로 피어오르는 광경이 먼 옛날이야기 속의 아늑한 그림 같았다.

마을에 들어가면 사람들이 알아볼 것 같아 뒷길로 숨어들어갔다. 장사할 때처럼 대바구니 짐을 지고 있으면 의심받지 않을 터지만 빈 몸인 것을 본다면 마을사람들이 의심스런 시선으로 볼 것 같았다. 그래서 가급적이면 마을사람들 눈을 피하기 위하여 발걸음을 늦출 대로 늦추어 땅거미가 고샅을 채운 뒤에 모산 댁 집으로 들어갔다.

모산 댁은 호롱불을 켜놓고 저녁을 먹고 있었다. 대문을 살며시 밀고 들어가 마당에서 인기척을 했다. 모산 댁 부부는 밖의 인기척을 듣지 못하고 있었다. 원순은 친정집에 온 것처럼 스스럼없이 마루로 올라섰다. 어차피 짊어진 멍에, 어려워할 필요도 그럴 이유도 없었다.

오히려 당당하게 마루로 올라서는 발소리를 일부러 크게 내며 헛기침을 했다.

"누구여?"

하면서 모산 댁이 방문을 열었다.

"저, 왔어요."

원순은 모산 댁이 일어서기도 전에 방으로 들어섰다.

"어쩐, 일이디아? 어찌 요렇게 갑자기 온디야. 먼, 일 있어?"

모산 댁은 적이 놀란 표정으로 일어서며 원순의 손을 잡아 맞아주었다. 모산 양반은 입 안에 밥을 한입 먹음은 채 원순을 바라보고만 있었다.

"몸이 좀, 요상혀서 왔어라우."

"몸이 요상허다고?"

모산 댁과 모산 양반이 이구동성으로 놀란 목소리로 물었다.

"그려서 왔어라우."

"어쩌간디? 멋이 잘 못 된것언 아니제?"

모산 댁은 아랫목자리를 비켜주었다.

"걱정헐 일언 아니어요."

원순은 다리에서 힘이 일시에 빠져나갔다. 종일 무거운 몸으로 걸어와 지칠 대로 지친 터라 친정집 같이 몸을 턱 부리면서 다리를 뻗고 앉았다. 긴장감이 풀려 몸과 마음이 축 늘어졌다. 염치도 부끄러움도 잊고 버선을 벗고 발을 주물렀다.

"심, 들었제? 몸도 무거운디 종일 걸어와서."

모산 댁은 원순의 다리를 따뜻한 손으로 주물러주었다.

"나 좀 바라. 밥 챙긴담선 요로고 있네. 나 밥 채려오께."

모산 댁은 주무르던 손을 놓고 일어나 부엌으로 나갔다.

"어쩌요? 그동안 고상 혔제? 별 일은 없고?"

모산 양반이 애잔한 눈길로 바라보며 안부를 물었다.

"심은 좀 들었지만, 먼 일은 없었어라우."

원순은 피곤해 아랫목 벽에 비스듬히 기대앉아 낮은 목소리로 친정아버지에게 어린양 하듯 대답했다.

"그러면, 먼 다른 일이 있능겨? 그동안 아무 기별도 없고, 오지도 않혀서 무척이나 궁금혔넌디, 요렇게 불쑥 찾아온께 마음이 덜컹 혔제."

"암만 혀도 곧 해산할 것 같혀서요. 어저께부터 아랫배가 살살 아푸고 태동도 아주 심해지면서 아픈 것이 차꼬 자자지고 있어요. 그러다 밤새라도 나와불면 큰일 아니어요? 그래서 부랴부랴 왔어라우."

"그렸구만. 잘 왔어. 암, 와야제. 밥 채려올 때까지 그리 기대고 편히 쉬어요."

모산 양반은 갑자기 힘이 솟아나며 생기가 돌았다. 오랫동안 소식을 몰라 마음속으로 걱정을 많이 했는데, 일순간에 비구름이 걷혀 하늘이 맑아진 것 같았다. 마음근심이 지워지며 날아갈 듯 기분이 한껏 상기되었다. 50평생이 다 되도록 오매불망 기다리고 바라던 일이 이루어지는 순간, 다시 긴장이 되면서 가슴이 두근거렸다.

'드디어 왔구나! 딸이든 아들이든 가릴 것 없이 내 핏줄이 태어난단 말이어!' 모산 양반은 속으로 되뇌며 몸이 풍선이 되어 둥둥 하늘로 날아오르고 있었다.

"요, 상으로 오제. 새로 상 채리기가 멋혀서 그냥 밥만 가져왔은게. 시장 허겠구만."

모산 댁은 밥을 고봉으로 담아왔다.

"아, 이사람아. 밥만 가져오면 어떻게 혀. 시장헐 것인게. 어서 가서 달걀이라도 쪄와. 시방 새댁이 어떤 종이나 알아? 몸을 부리게 생겼다. 그렇게 잘 묵어야 혀.”

모산 양반은 역정을 내며 밥상을 제대로 차려오라고 했다.

“그려? 미차 못 생각 혔구만. 그러면 쬐금만 기다려. 내 얼른 혀갖고 올랑게.”

모산 댁은 민망한 듯 얼른 부엌으로 다시 나가 새 음식을 마련했다. 모산 댁이 나가서 음식을 장만하는 동안 원순은 피곤하여 따뜻한 아랫 목에 기대어 있다가 설핏 잠이 들었다. 모산 양반은 아무 말도 못하고 원순을 물끄러미 바라보고 있었다. 모산 댁은 구수하게 된장국을 끓이 고, 작은 뚝배기에 보글보글 계란찜을 해왔다. 원순이 눈을 떠보니 된 장국이며 계란찜이 입맛을 당겼다. 시장한 탓도 있지만 된장국이 유독 구수했다.

저녁상을 물리고 이런저런 그동안 살아온 이야기를 하고 있는데 원 순의 진통이 점점 잦아지며 밤새 해산이 될 것 같았다.

“당신은 나가서 깨끗한 짚 좀 가져와요. 아무래도 곧 해산을 할 것 같 은게.”

모산 댁은 원순의 손을 잡아 편안하게 뉘며 배를 쓸어내렸다. 모산 양 반은 아내의 부탁대로 곧 바로 밖으로 나가 깨끗한 짚을 챙겨 검불을 빼서 들고 있었다. 참기 어려운 진통이 밀려왔다. 원순은 두 번의 출산 경험이 있지만 두렵기는 마찬가지였다.

아랫배를 칼로 휘저은 듯 숨이 뚝뚝 끊어지는 것 같은 진통이 더욱 빠르게 이어졌다. 이를 악물고 참는 원순은 너무도 힘든 시간이었다. 떳떳한 출산이라면 진통을 참는데 소리라도 지르지만, 남이 알까봐 아 무리 참기 힘든 진통이라도 숨을 죽이고 참아야 했다.

“여그 좀 .여그 좀. 문질러 주어. 응, 응, 응……”

숨소리도 크게 낼 수 없어 이를 악물고 있으니 이빨이 으스러지는 것 같았다. 원순은 모산 댁에게 아랫배를 문질러주도록 손을 끌어 잡아당겼다.

"수건! 수건!"

원순은 소리가 나지 않도록 수건으로 입을 틀어막았다. 모산 양반은 방에 들어오지도 못하고 마루에서 마음조리고 있었다.

"여그, 짚 거져다 놨응게."

모산 양반은 마루에서 방안의 동정을 살피고 서있었다. 모산 댁이 방문을 열고 짚 다발을 들여와 방바닥에 얇게 깔면서 원순에게 그 짚자리로 눕도록 했다.

"아이고. 으-음. 응-응."

출산의 고통은 상상을 초월한 생살이 찢어지는 아픔이지만 이를 악물고 참았다.

"뜨거! 뜨거! 여그 좀 문질러 주어! 으으응. 으-음."

원순은 아랫배가 터지는 듯, 옥문이 파열되는 것 같았다.

"쬐끔만 참아! 곧 나올 것인게. 참아. 그리고 심얼 모아. 모둠 심을 써야 나와."

모산 댁은 속말로 안심을 시키면서도 원순 못지않게 힘을 쓰느라 이마에서는 비지땀이 흐르고 있었다. 모산 양반은 마루에서 혼자 헛힘을 쓰면서 발만 동동 구르고 있었다. 초가을이라지만 밤공기가 싸늘하게 가슴으로 파고들어 학질 걸린 사람처럼 떨고 있었다.

"나, 들어가면 안될까? 옆에서 손이라도 잡아주면 도움이 될턴디."

모산 양반은 밖에서 떠는 것도 떠는 것이지만 방에서 진통을 이겨내는 소리가 너무 힘들어하는 것 같아 그냥 놔두고 있을 수가 없었다.

"안돼요. 남자가 어찌게 산실을 다 들어온디아! 그냥 밖에 서 있던지 사랑방으로 가던지 혀요."

모산 댁은 방으로 들어오려는 모산 양반을 들어오지 못하게 말로 내쳤다.

"들어오게 혀요. 우리 삼시랑은 아부지가 있어야 순산을 혀요. 애들 날 때도 애 아부지가 같이 심을 써주어 낳았어요. 아이고! 으음-."

원순은 수건을 입에 문 채 모산 양반이 들어와 손이라도 잡아달라고 말했다.

"그려, 그러면 좋고. 허기사 아부지가 있어야 나오는 삼시랑이 있다고 허둥만, 참말인가벼. 예, 예, 어서 들어오시오."

모산 댁이 급한 목소리로 모산 양반을 불러들였다.

원순은 치마조차 벗고 홑이불로 가슴과 배를 덮고 있으면서 부끄러운 것도 생각할 겨를이 없었다. 모산 양반은 원순의 머리맡에 앉아 격려의 말을 하면서 손을 잡아 힘을 보태주었다.

"쬐끔만 참고 모둠 심을 써봐."

모산 양반은 땀을 뻘뻘 흘리며 몸부림치는 원순을 안타까워 하면서도 속으로는 '조금만 더. 조금만 더.' 하며 좋아서 가슴에 물레방아가 돌고 있었다. 마음 같아서는 보듬아 번쩍 들어 아기 어르듯 얼러주고 싶었다.

"옥문이 열린다! 쬐끔만 더 막심 쓰먼 나올 것 같혀. 되얏어. 모라지물이 터졌어!"

모산 댁은 다급한 소리로 그러나 아주 낮게 원순의 아래에서 일어난 상태를 감격에 찬 목소리로 원순에게 마지막 모둠 힘을 쓰도록 부추겨주었다.

"모라지물이 터졌은게 인자 다 되얏어."

모산 댁은 챙겨둔 걸레로 방바닥에 흥건하게 쏟아지는 양수를 닦아냈다. 숨이 끊어지는 듯 마지막 힘을 쓰며 엉덩이를 쳐들고 모산 양반의 머리카락을 사정없이 쥐어뜯으며 끌어 당겼다. 모산 양반은 원순이 끌어당기는 대로 끌리며 손으로는 원순의 허리를 받쳐 함께 힘을 보탰다.

"비쳤어! 문은 열렸은께, 시방 막심을 써야혀! 되얏다. 되얏어! 머리가 보인께 쬐금만 더."

모산 댁이 감격하면서 오히려 더 숨이 넘어갈 듯 된 힘을 썼다. 3시간여 동안 진통 끝에 드디어 그 숨 막히는 출산이 끝났다. 새 생명의 탄생은 어미라는 다른 생명이 죽음의 문턱까지 가서야 얻을 수 있다. 경외롭고 고결한 창조다. 어찌 허수히 여기랴, 하늘이 내린 생명은 곧 축복과 희망이다.

아기는 벌겋게 상기된 얼굴로 새 생명의 탄생을 알리는 고고의 성을 지르며 세상의 첫 공기를 마음껏 드려마셨다.

"응애- 응애-."

아가는 야무진 울음으로 세상에 태어났음을 알렸다.

"고추다! 고추! 요놈, 어디서 옴선 요렇게 소란을 떠냐?"

모산 댁은 우선 아기를 수건으로 쌓아 양수를 닦아주면서 고추를 쓰다듬어주었다.

"멋이여? 고추여? 참말로 고추? 어디 봐. 으음-메 참말로 고추네!"

가슴이 터지도록 탄복하고 감격하는 사람이 모산 양반 말고 또 어디 있으랴, '이것이 꿈이여! 생시여!'모산 양반은 벌렁거리는 가슴을 어찌할 바를 모르고 큰 고함이라도 지르며 동네방네 뛰어다니며 알리고 싶었다.

"조용히 혀. 누가 알겠오. 이 밤에 작은 소리라도 두새거리면 엿듣고 누구라도 찾아올란지 몰라요. 그렁께 큰소리 내지 말아요."

모산 댁은 모산 양반이 너무 좋아하다 큰 소리라도 지를까 봐 걱정이었다.

"알았어, 알았응게 걱정 마."

모산 양반도 곧바로 목소리를 낮추고 입을 막았다. 그러나 벌어진 입은 좀처럼 다물어지지 않았다. 희미한 불빛에 뚜렷하게 분간하기 어렵지만 얼굴의 윤곽이 갸름하고 코가 오똑한 것 같았다. 모산 양반은 자기 자신의 분신이 태어났음을 새삼 느끼면서 세상을 다 얻은 듯 가슴이 터질 듯 벅차올랐다. 원순은 산이 무너져 내린 것 같았다. 온 몸에서 힘이 쭉 빠지면서 자신의 모든 것이 일순간에 어디로 날아가 버린 듯 허통했다. 몸뚱이가 있는지 없는지조차 가늠이 되지 않았다.

원순은 입에 문 수건을 뱉어내고 긴 한숨을 내쉬며 초죽음이 된 몸을 뒤척여봤다. 들독 같았다. 나갔던 정신이 돌아와 옷을 벗고 있는 것을 알게되자 이불로 몸을 감싸 감추었다. 모산 양반은 아기를 들여다보느라 정신이 팔렸지만 원순으로서는 남자 앞에 알몸을 들어 내놓은 것이 민망해 어찌할 줄을 몰랐다.

모산 댁은 부엌에서 물을 데워 들여와 아기를 목욕시켰다. 원순도 수건으로 아랫도리를 닦아내고 우선 치마만 입었다. 모산 양반과 모산 댁은 씻긴 아기를 수건으로 쌓아 원순 곁에 뉘었다.
모산 양반은 아기의 고추를 들여다보며 입을 다물지 못했다. '세상에 이런 일도 있구나!' 정말로 꿈만 같았다. 허벅지를 꼬집어 봤다. 아픈 것이 분명 꿈은 아니고 환상도 아니었다. 나이 50이 다 되어서야 그것도 금쪽보다 더 귀한 아들을 얻었으니, 길을 걷다 보물을 주은들 이만하랴, 아들하나 얻으려고 온갖 짓을 다 해도 못 얻는데 굴러온 복덩이가 이런 횡재를 안겨주었으니 어찌 마음이 들뜨지 않겠는가, 틀림없이 선영의 음덕이라고 생각했다.

모산 댁은 부엌으로 나가 밥을 짓고 미역국을 끓여 윗목에 삼신상을 차리고 절을 하며 빌었다.

"삼시랑 할머님네가 태워준 저 어린생명 명줄이 하늘에 닿게 혀주시고, 어미도 아무 탈 없이 벌떡 일어나게 혀주시오."

삼신할머니께 손을 비벼 치성을 끝내고 상을 원순에게 돌려놓으며 첫 국밥을 먹도록 했다. 모산 댁의 정성어린 보살핌에 원순은 무거운 몸을 일으켜 밥상 앞에 앉았다.

"어서 묵어. 참말로 애썼구만. 요렇게 순산 헌께 얼매나 다행인가? 삼신할메가 도와준 것이여. 그렇게 어서 많이 묵어."

모산 양반은 들뜬 마음이 진정되지 않고 울렁거리며 무엇을 어떻게 해야 할지 몰랐다. 그냥 원순을 꼭 안아주고 싶었다. 그러나 그럴만한 여유를 허락해주지 않았다.

날이 새면서 원순은 무거운 몸을 추스르고 일어나 떠날 채비를 했다. 핏덩이와 헤어져야 한다고 생각하니 천근이나 되는 몸을 가누기 어려움보다 마음이 더 무거웠다. 태산이 무너져 내린 것 같이 허망하고 애잔함이 원순의 마음을 아프게 짓눌렀다. 그러나 어쩔 수 없는 것이 현실이다. 당장의 괴로움과 아픔을 한탄하고 있을 수는 없지 않은가, 몸이 으스러지고 부서져도 떠나야 한다.

이른 아침 먼동이 트기 전에 사람들의 눈을 피해 도망치듯 빠져나왔다. 쏟아지는 눈물을 주체할 수가 없었다. 아직 인생의 절반도 살지 않은 젊은 나이에 겪어야 했던 시련이 그녀에게만 주어지는 것 같아 더욱 절통했다. 전쟁의 후유증이 언제 치유될 기약도 없이 이어지는 고난을 극복해나가야 하는 운명이 밉고 서러웠다.

귀한 생명을 탄생했으면 많은 축복을 받아야 하건만, 큰 죄인이 되어 남몰래 도망쳐야하는 자신이 저주스러웠다. 서봉마을이 시야에서 멀어지면서 초가을 아침햇살이 먼 산등성이부터 들판으로 내려오고 있었다.

들녘 황금빛 벼논엔 이슬 머금은 이삭들이 아침 선잠에 눈을 비비는 듯 서걱거리며 조용히 일렁이고 있었다. 이 좋은 날 버림받은 사람이 되어 절해고도로 추방되어가는 저주의 길 같았다. 밝은 햇살조차 받지 못하고 어디론가 숨어야 할 것 같은 두려움이 그녀를 벌벌 떨게 했다. 너무도 고요한 가을아침 모든 산야가 원순의 거동 하나하나를 감시하며 저주를 퍼붓고 있는 것 같았다.

온 세상 시선이 자신에게 집중되어있는 것 같았다. 다리가 빠지는 것 같은 통증과 몸이 삶아놓은 콩나물처럼 흐느적거려도 어느 평평한 자리에 주저앉아 쉴 수조차 없었다.

보이지 않는 시선에 쫓기는 사람의 흐느적거림은 영락없는 행려병자였다. 젖꼭지 한번 물려보지 못하고 던져놓고 온 핏덩이가 눈앞에 어른거려 발길이 무겁기만 했다. 눈을 비비며 고개를 흔들어도 좀처럼 지워지지 않는 환영은 원순을 더 이상 걸을 수 없게 했다. 높은 언덕을 손으로 짚고 서서 정신을 가다듬었으나 몸조차 바람에 흔들리는 갈대처럼 흐느적거렸다. 할 수만 있다면 머리고 가슴이며 온 몸뿐만 아니라 마음까지 산골 맑은 개울물로 한 점 찌꺼기 없이 씻어냈으면 개운할 것 같았다.

그러나 이른 아침이라서 얼굴 씻는 것만도 찬이슬 냉기가 몸을 움츠려들게 했다. 하지만 살기위해서는 머뭇거리고 있을 수는 없다. 이를 악물고 휘청거리는 다리를 걷어잡아 한발 한발 옮겨 걷기 시작했다.

이른 아침 출발했지만 점심때가 다 되어서야 순창에 도착했다. 더는 걸을 수 없었다. 역몰 친정으로 향했다. 파김치가 되어 친정집으로 들어가니 친정어머니가 얼굴이 백지장이 되어 들어오는 원순을 보고 자지러지도록 놀랐다.

"아이, 야야, 이, 먼 일인디. 요렇게 뜻밖에 옴선 사색이 다 되었냐?

먼, 일이냐?”

“나, 좀 쉬어가야 허겄어요. 몬자 바구리 팔고 외상이 좀 있어 받으로 갔다 오는 길인디, 어찌 몸이 풀림선 기운이 하나도 없어 들어왔어요.”

원순은 말하기도 힘들어 하면서 방으로 들어가 고목 쓰러지듯 벌렁 누워버렸다.

“그려, 어서, 고리 편히 누워라.”

친정어머니는 요를 깔아주면서 다리를 주물러주었다. 원순은 마음이 진정되었다. 어머니 품 포근함에 몸도 풀렸다. 원순은 3일을 꼼짝하지 않고 누워서 쉬고 집으로 돌아왔다. 가슴에 낙인으로 찍혀있던 어린 핏덩이의 환영이 하얀 천에 짙게 베어든 핏자국처럼 지워지지 않을 것 같았는데 시간이 그 망령을 서서히 씻어내 주었다.

가을걷이가 끝나고 초겨울첫눈이 내릴 무렵 출산후유증이 치유되고 몸도 마음도 어느 정도 일상으로 돌아왔다. 그러기까지는 거의 두 달이 넘어 걸렸다. 참으로 고난의 세월이었다. 피난살이 3년, 죽음의 함정에서 빠져나온 이 겨울, 이제는 행복이라고 말할 수 있겠다.

움막이지만 내 집에서 내가 심어 가꾼 식량으로 먹을 수 있다는 것이 얼마나 행복한 지를 새삼 느꼈다. 전쟁소용돌이에 휩싸이지 않고 피상적으로 겪은 사람들은 애들 소꿉장난 같은 생활이라고 하찮게 여길 것이다. 원순네로서야 쫓기는 삶의 불안에서 탈피하여 마음의 안정을 기할 수 있는 것이 얼마나 큰 행복인가, 하루를 살아도 참다운 삶을 사는 것 같았다. 다만 핏덩이 생각이 가슴속에 주먹 같은 응어리로 남아 원순의 밤잠을 설치게 하는 일이 한날 한밤이 아니었다.

그 누구에게도 말할 수 없이 혼자서 속으로만 고통을 감내하며 살아가는 피할 수 없는 그 멍에를 어느 날이나 벗어던질 수 있을까, 눈에 흙이 들어가야 잊혀질 것 같았다.

돌잔치

모산 양반은 잠을 제대로 잘 수 없었다. 세상에서 제일 고귀한 것을 얻었으니, 이것이 행복이고 이것이 사람 사는 보람이라고 생각했다.

그러나 한편으로는 원순이 마음에 걸렸다. 핏덩이만 남겨놓고 산후조리도 제대로 못하고 떠나보내야 했으니, 사람치고 차마 할 짓이 아니라고 생각되었다. 원순과 모산 양반네의 관계를 들어낼 수 없는 현실이 너무도 안타까울 뿐이다. 자기 욕심을 채우기 위해 젊은 여인에게 정신적 육체적으로 희생을 강요한 것이 생각할수록 큰 죄의식으로 느껴왔다. 그나저나 출산을 하고 산후조리를 잘해야 산모가 건강한 것인데 피도 마르기전에 무리하게 먼 길을 걸어 떠났으니 몸이 온전할까, 몸이 잘못되기라도 한다면 그 책임을 어떻게 져야 하는가, 뜻하지 않게 아들을 얻었는데 물질적으로는 물론 정신적으로도 아무 보답을 못했으니 마음의 짐이 너무 무거웠다.

그 말을 일러가면서 금덩이 옥동자를 잘 기르는 것이 조금이나마 원순에게 무언의 보상이 될 것이라고 생각되었다. 그런데 모산 댁이 아이를 키워보지 않아 큰 어려움이 될 것 같았다. 모산 양반은 원순에 대한 보답은 시기를 봐서 해주리라 다짐했다. 잘 키우겠다는 마음이야 꿀떡보다 더하지만, 현실에서는 모유를 먹이지 않고 애를 키운다는 것이 얼마나 어려운 일인지 가늠할 수가 없었다. 우유를 먹인다는 것은 농촌에서는 날마다 쌀밥에 고기반찬을 먹는 것보다도 더 어려운 일이다. 도시의 특권층이나 먹는 특식이고 귀한 먹을거리가 아니던가, 보통사람은 우유가 있다는 것조차 알지 못하는 지경이었다.

쌀을 곱게 갈아 미음을 만들어 먹이는 것이 최선을 다하는 길이었다.

쌀가루로 죽을 누그름하게 끓여 먹이는데 설탕을 넣으면 모유에 버금했다. 그러나 설탕이 귀할 뿐만 아니라 값이 워낙 비싸서 웬만한 사람은 설탕을 먹을 수 없었다. 모산 양반으로서는 아무리 귀하고 비싸다하더라도 어떻게 얻은 자식인데 돈을 아끼겠는가, 천금을 주고라도 구입해서 먹여야 한다고 생각했다. 그는 광주로 나가서 설탕을 포대로 사왔다. 핏덩이는 그나마 성질이 온순하여 미음만 먹으면서도 보채지 않고 소화도 잘 시켜 큰 시름을 덜어주었다.

아기를 보면 볼수록 자기를 닮은 것 같아 신기하기만 했다. 이 세상에 나서 자기 후사하나 남기는 것이 인간으로는 최후의 목표고 조상에 대한 최소한의 도리라고 생각했다. 50이 다 되도록 아내가 출산을 못해 이미 포기하고 있었는데, 하늘이 무심치 않게 이 복덩이를 안겨주었으니 어찌 기쁘지 않으랴, 세상의 모든 것을 다 얻은 것이라고 여겨졌다. 하늘로 뛸 듯 부푼 기분을 어디 대고 자랑할까,
아기이름을 순도라고 지었다. 장순도! 베풀 장張, 순박할 순淳,길도道 자로 항렬자는 도道이며 순창으로 통한다는 의미를 부여하여 이름을 지은 것이다.

그가 작명을 할 수 있는 학식이 있는 것은 아니지만 언젠가는 출생의 비밀을 알려야 한다는 생각에 그 원인과 근거를 남겨두고자 그렇게 이름을 지었다. 모산 댁도 자기 배 아파서 난 자식은 아니지만, 한 여자로서 출산을 해보지 못한 서러움에 대리모를 통해서나마 자식을 얻을 수 있게 된것이 세상을 다 얻은 것 같은 기분이었다.
조금도 남의 자식이라는 생각을 하지 않고 자신의 배 아파 난 자식 이상으로 지극정성을 다해 키웠다. 젖이 부족한 사실에 대해서는 노령의 출산에서는 흔히 있을 수 있는 일로 마을사람들도 다들 의심 없이 인정해주었다. 더하여 젊은 사람들은 자기 아기먹인 젖이 남아 순도에

게 먹여 주는 사람도 있었다. 순도는 태어 날 때부터 가리는 것 없이 잘 먹었다. 남의 젖이나 색다른 음식을 먹어도 탈 없이 잘 삭였다.

순도는 어미젖 한 모금 먹어보지 못하고 미음만 먹었지만 무탈하게 무럭무럭 자랐다. 한 돌 안에 일어서고 걸음마도 한 걸음씩 발을 떼놓으며, 말도 쉬 배워 엄마, 아빠를 불렀다. 모산 양반내외는 순도 재롱에 폭 빠져 집안에 웃음소리가 끊일 날이 없었다. 이 귀한 아들의 돌이 돌아오는데 부모로서 기대와 축복은 물론, 마을사람들에게 한껏 자랑하고 싶어 크게 돌잔치를 해야겠다고 생각해왔었다. 돌잔치라고 하지만 집에서 준비하면 큰 부담이 되는 것은 아니었다. 수수경단과 백설기 떡을 하고 닭을 잡고 미역국을 끓여 마을사람들에게 대접하는 것으로 준비하는데 모산 댁은 신바람이 났다.

"어이, 순도 돌이 돌아왔는디 그 사람한테 연락혀야 허는 것 아니어? 우리만 허자니 마음에 걸리는디. 얼굴이라도 한번 보는 것이 어띠어?"
모산 양반은 원순에게 알리는 것이 도리라고 생각되어 모산 댁에게 넌지시 의향을 물었다.
"이녁, 시방 제 정신으로 허는 소리요? 순도가 뉘 자식인디? 동네사람들은 아무 의심 없이 내가 난 것으로 알고 있넌디, 괜히 불을 지를라고요? 글고, 거그넌 잊어부러야 혀요. 거그 생각허고 있넌 것, 나넌 섭섭허고 불쾌혀요."

모산 댁은 펄쩍 뛰면서 그런 말은 입도 뻥긋 못하게 했다.
"허기사 그렇겄네. 내 생각이 짧았어. 다시는 그런 생각 안허께."
모산 양반은 마음한구석에 한 조각 아쉬움이 남아 좀처럼 지워지지 않아서 했던 말이다. 그러나 아내의 심정을 거스르는 것뿐만 아니라 만일 원순이 오기라도 해서 혹여 순도 출생의 비밀이 들어나기라도 한다면 천년만년 공든 탑이 무너지는 것보다 더 큰일이다.

아무리 어미로서 안타까울지언정 순도에게나 장 씨 집안을 위해서는 잊어버려야 한다. 원순을 보듬어주는 것은 기회를 봐서 다른 방법으로 해주는 것이 서로를 위하는 현명한 일이라고 생각 되었다. 하지만 마음 뿐이지, 원순을 찾을 길이 없으니 오랄 수도 없고, 달리 보답하는 것도 어려운 일이다. 마음속으로는 간절하게 보고 싶어 안타까울 뿐이었다.

모산 양반은 신명이 나서 대문 밖 고샅까지 청소를 하고 마당에 멍석을 깔아 손님을 맞이했다. 늦둥이아들 돌잔치라서 마을사람들은 거의 빠짐없이 찾아와 음식을 먹으며 축하를 하고 색동저고리에 채워준 주머니에 축하금도 넣어주었다.

돌상을 차리고 돈과 삼색실과 연필을 놓고 순도에게 집으라고 했다. 순도는 이것저것 물긋물긋 쳐다보다가 돈을 잡으려다 말고 연필을 잡았다. 마을사람들은 환호했다. 공부를 잘해 큰 인물이 될 것이라고 있는 말, 없는 말, 보태가면서 칭찬에 칭찬이 이어졌다. 떡과 술과 기름진 안주로 걸게 차린 상을 받아 술잔을 나누며 마을사람들의 하루가 순도 돌잔치로 즐겁게 지나갔다.

"참, 애 많이 썼네. 그 핏덩이 젖도 없이 이렇게 잘 키웠으니 이보다 고마울 데가 또 있겠는가?"

모산 양반은 아내를 꼭 껴안아주면서 위로해 주었다.

"이 대낮에 먼, 짓이디아? 어디, 나만 애 썼소? 당신도 똑 같이 혔제. 밤에 울면 미움을 디워 먹이면서 당신도 똑같이 애 썼지요."

모산 댁은 그동안 어린것 키우느라 어려웠던 일들을 회상하며 남편의 위로에 콧등이 찡해지면서 눈물이 핑 돌았다.

"됐어! 됐어! 이만큼이나 키웠은께, 인자 밥 묵어도 돼야. 큰 걱정언

덜었어. 요렇게 잘 키운 것은 순전히 이녁이 고상헌 덕이여. 우리마나 님 내가 그 공 알아주께."

모산 댁의 등을 다독여주면서 뜨겁게 위로와 애정을 표해주었다. 모 산 양반 내외가 껴안고 있는 것을 순도가 시샘하며 가랑이를 잡고 끙끙 거렸다.

"요놈이, 우리 요런 것 시삼 내네. 이 나쁜 놈!"

모산 양반은 순도의 볼을 살짝 때리며 넉살을 피웠다. 순도는 기어코 두 사람 사이로 뚫고 들어와 갈라놓고 말았다. 그런 순도가 귀엽기만 했다.

원순은 몸이 무겁고 허리가 몹시 아팠다. 가만히 날짜를 짚어보니 벌 써 일 년이 지나 핏덩이의 돌이 되었다. 핏덩이를 떼놓고 도망쳐 나온 것이 천륜을 거스르는 죄 값으로 생각했다. 원순은 그 핏덩이 생각이 나면서 마음이 무겁고 우울해졌다. 그 집에서 금지옥엽 귀하게 키우고 있을 터이지만 젖 한 모금 먹여보지 못하고 미음 죽으로 키웠을 것을 생각 하니 상처에 소금을 뿌린 듯 가슴이 쓰렸다.

그리고 혹여 젖을 먹지 못하여 병치레나하고 있지는 않는지 생각할 수록 가슴이 메어졌다. 생각 같아서는 당장이라도 찾아가 한번 보고 싶 지만, 그럴 수 없어 담장 없는 감옥에 갇혀있는 것 같은 자신이 가련했 다. 그러나 어찌하랴, 평생 보지 않고 살리라 다짐했는데 불쑥 찾아가 면 그 집안은 세상이 뒤집어지는 혼란이 일어날 것이다.

그런 모험을 감수하고 찾아갈 수는 없다. 이성을 찾아 이를 악물고 이 겨내야 한다. 앞뒤 가리지 않고 찾아가 지금까지 지켜온 비밀이 들통 난다면 그 집안이나 자신에게 일어날 사태가 예상이나 되는가, 마음 다 잡고 참아내야 한다. 원순은 참기 어려운 때는 허벅지를 꼬집었다. 더 심하면 바늘로 살을 찌르기도 했다. 시간은 마음을 무디게 하여 차츰 그 굴레를 벗어나게 해주었다.

종부의 짐

원순의 상처도 하나 둘 치유되어갔다. 모든 삶이 어느 정도 정상화되기까지 10년이 넘어 걸렸다. 피난 갔던 사람들이 거의 돌아오고 새로 성주 하여 폐허의 마을이 재건되면서 활기를 찾기 시작했다. 보릿고개 나락고개를 완전히 벗어나지 못했지만, 굶주림을 달래려고 산야에서 풀뿌리 나무껍질로 살아온 피난살이에 비하면 큰 부자가 된 것이다.

또 한해가 꼬리를 내리고 겨울로 치닫고 있었다. 가을걷이도 끝나고 김장만 남았다. 김장과 겹치는 일이 종중행사로 일년에 한번 모시는 시제가 있다. 음력10월 보름이면 전국각지에 흩어져 사는 일가들이 시제에 참여한다. 많게는 100여명이 올 때도 있었고, 적게는 30~40명이 참여했다. 난리 중에는 시제를 제대로 차리지 못했다.
전쟁이 끝나고 마을이 완전히 복구되면서 시제에 참여한 사람이 해마다 조금씩 늘어나고 있었다. 10월 초부터는 한 마을에 사는 일가들이 서로 협력해 제수를 준비해왔다. 11대조부터 7대조까지는 종부인 원순의 책임 하에 준비하여 제사를 주관해왔다.
음력10월 보름날이 도선산 시제이고 그 아래로 내려오면서 시제를 지내므로 10월 17일까지 3일간은 꼼짝 없이 시제에 매달렸다. 그리고 대 문중회의를 한다. 회의는 대체로 종중운영과 종토관리문제와 앞으로 종중운영방안이 토의되었다.

종회장은 남원당숙이었다. 종회를 개최했는데 참석한 사람이 50여명이었다. 회장이 개회를 선언하고 회의를 주재했다. 체구가 큰 남원 당숙이 근엄하게 좌정하고 있으면, 촌수가 높거나 연세가 많으신 어른들까지도 회장을 존중하여 회장의 진행에 적극 따르고 지원했다.

종회는 남자들만 참석함으로 원순은 참석하지 못하고 뒤에서 음식을 준비해서 대접하는 일을 했다.

　"일가 어르신들 올해도 이렇게 많이 참여하여 성황을 이루게 되어 감사의 말씀 드립니다. 선조님들께서도 기뻐하실 것입니다. 우리집안은 300년이 넘게 한 마을에서 조 씨 일촌을 이루고 살아오면서 이루어온 업적이 많습니다. 아쉽게도 전쟁동안 많은 피해를 입고 참기 어려운 고난과 수모를 겪으면서도 우리의 미풍양속인 조상을 모시는 일에 한 치의 소홀함 없이 잘 해왔습니다. 앞으로 우리는 모두가 한 식구라는 생각으로 조상을 모시는 일에 함께 해주셔야 하겠습니다. 너나없이 똑같은 책임의식을 갖고 임해주시기 바랍니다. 오늘 여기 참여하신 일가어르신들께서 종중발전을 위한 고견을 말씀해주시기바랍니다. 다음은 재무께서 경과보고와 결산보고를 해드리겠습니다."

　"재무, 종영입니다. 먼저 재산사항을 말씀 드리겠습니다. 논이 야전들에 서마지기, 성매들에 너마지기. 그리고 소재지 지나 치상골 마을에 다섯 마지기가 있습니다. 부동산은 변동이 없습니다. 올해 우리마을에 있넌 논에서는 뭇갈림으로 일곱 마지기에서 쌀 열가마를 거두었습니다. 치상골 다섯 마지기는 선자로 받는디, 마지기당 쌀 한 가마씩 다섯 가마니럴 받아 총 수입언 열다섯 가마니였습니다. 그 중 열 가마니로 시제를 모셨습니다. 선산을 모시고 있넌 임야넌 3정보로 변함이 없습니다. 밭은 서마지기인디, 선자로 콩 한가마를 받아 벌초 때 식사비로 쓰고 있습니다. 작년에 시제지내고 남은 쌀 세 가마와 장리로 받은 한 가마, 그리고 올해 시제지내고 남은 다섯 가마니와 합쳐 아홉 가마니가 있어 장리쌀로 놓겠습니다. 이상으로 결산보고럴 마칩니다."

　재무 종영은 원순의 팔촌 시아주버니로 마을이장을 맡고 있다. 성격이 꼼꼼하여 빈틈이 없는 사람이다. 키는 170cm가 되지 않지만 50이 넘은 장년으로서 문중 일에도 의욕적으로 솔선해서 참여하며 종사에 많은 기여를 하고 있는 사람이다. 얼굴이 갸름하고 눈이 작은 편이어서 첫인상이 호감을 주지 않는 것이 흠이기도 하다.

"결산보고에 의문 있습니까. 의문 있으면 말씀해주십시오."
회장이 종원들을 향해 의견을 물었다.
"없습니다."
여러 종원들이 이구동성으로 찬성해주었다.
"그러면 경과보고는 이것으로 마치고, 좋은 의견이나 건의사항이 있으면 말씀혀 주셔요."
회장이 말했다.
"저, 부안서 온 영만입니다. 너무 오랜만에 참석하여 면목이 없습니다. 회장님이하 종중을 운영하신 일가님들 수고 많으셨습니다. 결산내용은 잘 한 것 같습니다. 한 말씀 드리고 싶은 것은 전쟁 전에 제실얼 짓는다고 종재를 모은 것으로 알고 있었넌디, 어떻게 되었는가 해서 말씀드립니다."
전쟁 후 처음 참석한 먼 족간 아저씨로 성격이 깐깐하여 따지기 좋아하는 사람이다.
"그것은 혼란기에 누가 챙기덜 않고 지내와서 지금은 유야무야 되얏제. 시방 와서 누가 책임져라 허기는 멋혀서. 그러고 있어요."
회장이 그동안 사정을 말해주었다.
"그래도 그렇치. 모든 일가덜이 십시일반으로 모았던 자금얼 아무 이유도 없이 유야무야헌다는 것언 문제가 있넌 것 아닌가요?"
영만 일가는 그 종재의 행방을 밝히고 싶다는 뜻을 강한 의지로 말했다.
"듣고 봉게 고것이 그렇구만. 그 내용을 잘 아는 사람이 소상히 알려주었으면 좋겠는디, 다른 일가덜 생각은 어떠시오?"
순창읍에서 온 시룡굴 대부가 궁금증을 알고 싶다고 했다.

"그 내용얼 잘 아는 사람은 없을 것이어. 내가 아는 대로 말 허겄습니다. 그 전쟁 나던 해는 가을부터 통탕거려서 시제도 못 지냈지요. 그 전해에 문중회의 때 이야기 혀서 결정된 내용언 쌀 스무 가마니인가 있다고 혔어요. 사십 가마니넌 되어야 지각(제각)얼 지을 수 있다고 허면서 더 모투자고 혔넌디, 전쟁이 나붐선 관여헌 사람덜이 죽어부러 챙기덜 못혔지요. 그때는 모든 종재럴 종손인 수만 조카가 괄리허고 있었어요. 다른 사람은 잘 모를 것인게 말얼 헐 수가 없을 것이요. 기왕에 말이 나왔으니 종부럴 불러 물어봐야 헐 것 같아요."

얼굴이 검게 그을린 건실 아저씨가 좁은 미간을 실룩거리며 말했다. 키는 작지만 몸이 똘똘 뭉치고 다부져 농사일은 누구에 뒤지지 않은 상일꾼이었다. 많은 일가들이 종부를 불러 내용을 알아보자고 했다.

회장인 남원당숙이 안방으로 올라왔다.

"질부, 옛날에 종재가 있었넌디, 그 종재럴 수만 조카가 관리혔지. 그것이 어찌 되었는가 알아보자고 허니, 질부가 가서 야그럴 혀주어야 허겄네. 먼, 서류 같은 것 없제?"

"지넌, 아무 것도 몰라요. 그 때 애비 야그로넌 순열이 시숙님허고 영철 아제가 함께 먼 일얼 헌다고 빌려주었다고 허는 말얼 들었어요. 먼 서류가 있었던 것 같았어요. 그런디, 난리통에 불나서 다 타부렀지요."

원순은 자세한 내용을 알지 못했다.

"그러면, 질부가 가서 그런 내용얼 이야그 혀주어야 허겄네. 항게 가세."

남원당숙은 원순을 회의장으로 대리고 왔다.

원순은 벌벌 떨렸다. 한번도 그런 곳에 나가본 적이 없어 많은 사람들 앞에 선다고 하니 가슴이 두근거리고 입에 침이 바싹바싹 말라가고 있었다. 혀가 굳어 말이 잘 나오지 않았다.

"아까 내가 말한 것, 질부가 아는 대로 말좀 혀보소."

남원당숙이 원순을 앞으로 나와 아는 대로 말하라고 했다.

"어르신들 안녕하신교. 지가 멋얼 모른디 말허라고 헌게 깝깝허네요. 더구나 오래전 일이라 잘 생각이 나지 않아요. 그때 애 아범한테 들넌 것언 일가덜 몇 사람이 쓸데가 있다고 혀서 빌려주었다고 혔어요. 요 웃동네 살았던 순열이 시숙님허고 영철이 아제한테 빌려주었다고 혔어요. 그 때만 혀도 산 짐성이 많은께 개럴 사서 산양얼 헐란다고혀서 빌려주었다고 혔어요. 먼 보징서류를 본 것 같언디, 난리 통에 다 없어져불어 아무것도 없어요. 또 빌려간 어른들이 돌아가셔부려 어따대고 야그 할 사람도 없고 그렸어요. 지넌 고것 뱃기 몰라요."

원순은 아는데까지 자상하게 말했다.

"그러면 누가 책임을 져야 허는 것이여? 빌려간 사람덜이 다 죽어부렀넌디."

산촌 대부께서 걱정하는 어투로 말했다. 연세가 많아 얼굴에 주름이 많고 깡마른 편이지만 너무 고지식하리만큼 성품도 깐깐한 어른이시다.

"그래도 없던 일로 헐 수는 없잖어요? 적잖은 돈인디……, 이런 일얼 없던 일로 해버리면 앞으로 종재럴 어떻게 관리 허겄어요. 기왕 말이 나왔은게 결말얼 내야 헐 것 같아요. 일가 어르신들 안 그런가요?"

영만 일가가 결말을 짓자고 강하게 말했다.

"그려. 그렇게 혀야 혀. 어영부영 넘어갈 일이 아니여."

멀리서 사는 일가들이 사정을 잘 모르면서 종재가 없어졌다는 말에 의구심을 갖고 있다가 내용을 밝히자는 말에 이구동성으로 동조했다.

"그러면, 어떻게 헐까요? 좋은 방안얼 말씀혀 보셔요."

회장이 진진한 표정으로 말했다.

"지 생각은, 가져간 사람이 죽어 없으면 준 사람이 책임을 져야 헐 것 같아요. 우리는 그 사람덜한테 주었넌지, 어쨌넌지, 모르지 않어요? 준 사람도 없어서 더욱 난감허지만, 그래서 어렵기는 혀도 아짐씨가 계신 게 아짐씨가 책임져야 헐 것 같습니다."

영만 일가는 원순이 책임져야 한다고 주장했다.

"저, 사람언 전쟁 통에 못 당할일 당허고 겨우겨우 살아왔넌디, 어찧게 혼자 책임진다. 그것은 너무 무리헌 일이여. 잘 덜 생각혀보세."

촌수 높으신 산촌 대부의 말이었다. 많은 이야기가 나왔지만 결론을 내리기는 쉽지 않았다.

"질부, 자네 생각언 어떤가? 어디 말이나 혀보소."

회장이 난감한 표정을 지의며 원순의 의향을 들어보려고 했다.

"지가, 어찧게 책임얼 지었어요. 그 돈, 보도 못허고 또 쓴 사람언 따로 있넌디, 우리보고 책임지라고 헌게 너무 황당혀요. 좋은 방법얼 생각허시기요. 우리가 관리허다가 난리만 아니면 요렇게 될 리가 없잖아요? 난리통에 요렇게 된 것얼 지는 책임 못지었어요."

원순도 결연이 반대 입장을 말했다.

"몇날 며칠얼 이야기 헌들 결론이 나올 것 같지 않으니 오널언 이것으로 끝내고 다음에 다시 야그 허기로 헙시다. 어쩌신가요?"

회장이 말했다.

"저, 손부가 난리 통에 얼매나 고상 허면서도 우리 종중얼 위해 애쓴 종이나 아는가? 전쟁 통에 누구나 종중에 관심이나 가진 사람 있었어? 이 손부넌 그 어려운 속에서도 선영얼 다 챙기고 지키고 그렸어요. 그런 공언 생각허덜 않고, 알도 모르는 종재럴 책임지라고 허는 것은 너무 허는 짓이여. 내 생각에는 기왕에 지금까지 요렇고 지내왔은게 없던 일로 허는 것이 좋을 것 같소."

여러 이야기를 다 듣고 있던 금상할아버지가 말씀했다.

"나도 금상 아재허고 같은 생각인디, 그렇다고 내 의견을 강요허는 것언 아니고 개인적인 의견이니까 여러 일가님들의 의견을 모아봅시다."

회장 남원당숙이 개인의견을 말했다.

"이러다가넌 몇날 며칠을 해도 결론얼 내지 못헐 것 같으니 올해넌

이것으로 끝내고 내년에 다시 한번 야그혀보는 것이 어떻가요?"

영만 일가가 오랜만에 참석해서 전쟁전의 이야기를 꺼냈다가 원로 어른들의 반대의견에 세 불리를 알아채고 다음으로 미루자고 했다.

"그럽시다. 오래동안 야그 허다보면 오해도 생길 것 같은게 다음에 이야기 허기로 허고 오널언 이것으로 끝내지요."

시롱굴 대부도 다음으로 미루자고 하니 이의를 단 사람이 없었다. 그렇게 해서 회의가 끝나고 식사와 술을 마시며 환담으로 한해 종중회의를 마무리 했다.

그 이듬해도 같은 이야기가 있었으나 결말을 못 냈다. 이 문제를 처음 제기한 영만 일가는 자기의 뜻을 관철하려고 다른 일가들을 설득해서 삼년 차 회의에서는 종부인 원순이 책임지도록 결론이 내려졌다.

쌀 스무 가마니 10년이 넘었으니 이자를 계산하면 원금보다 많을 터이지만 난리로 인한 불가피한 사정을 감안해서 이자 열가마니와 합쳐 쌀 설흔 가마니로 계산했다. 그래서 야전들에 있는 위토 서마지기 논 아래에 원순네 논 서마지기가 있는데, 그 논을 한 마지기당 쌀 열 가마니로 치고 종토로 내놓으라고 결정이 났다.

원순으로서는 청천벽력이었다. 전쟁으로 가족 잃고 가산이 풍비박산된 상태에서 죽지 못해 목숨부지하고 살아나왔다. 이제 겨우 터를 잡고 안정된 삶을 살아가고 있는데, 가장 믿고 의지해야 할 종중에서 그동안 수고했다고 상은 주지 못할망정 이런 덤터기를 씌우다니 있을 수 없는 일이라고 생각되었다. 원순은 억장이 무너지는 시련을 또 겪어야 했다. 아무리 어려운 여건에서도 종중을 위하여 최선을 다해왔는데, 그 대가가 이런 것인가, 자식은 어리고 여자 홀몸이라고 종중에서조차 얕잡아보고 하는 짓이라고 생각했다. 심정 같으면 모든 종사를 내팽개치고 멋대로 하라고 하고 싶었다.

그러나 어쩔 수 없었다. 참고 받아들여야 한다고 스스로를 타일렀다. 명색이 종부인데 종사를 스스로 버린다면 어찌 되는가, 더구나 자식이 있는데, 자식이 크면 종손으로서 그 체면이 어떠하겠는가.

"참자. 참자. 참자."

원순은 밤잠을 설치면서 생각하고 생각한 끝에 논 서마지기 없는 샘 치고 종중에 내놓기로 결정했다. 자신의 운명을 탓하고 자신의 부덕을 부끄러워할 뿐이다. 마음을 깨끗이 비우고 논 서 마지기를 종중에 넘겨 주고 나니 오히려 떳떳하고 당당하게 종중에 대해서 할 말을 할 수 있었다.

10

시련과 환희

전쟁후유증이 완전히 치유되기까지는 20년이 넘는 세월이 지나서였다. 그래도 무엇보다 의식주 해결로 안정된 일상생활을 하게 됨으로서 그나마 아린 상처가 아물게 되었다고 할 수 있다.

원순은 그 사이 중년의 나이가 되었고 춘호, 춘보도 훌쩍 커있었다. 원순은 성년이 된 춘호, 춘보를 볼 때마다 그들을 겨우 초등학교만 졸업시킨 아쉬움이 가슴 한구석에 뽑아내지 못한 응어리로 남아있었다.

그러나 그 어려운 시절 굶어죽지 않고 살아나기 위하여 몸부림친 것을 생각하면 아들들을 상급학교에 진학시키지 못한 것이 그렇게 부끄러운 일은 아니었다. 오히려 형편이 어려운데 무리해서 중고등학교를 보낸다는 것은 너무 과분한 욕심이라고 생각되었다.

불가항력인 것을 어디 대고 탓하랴, 누구의 도움도 기대하지 못하는 원순으로서는 어쩔 수 없는 선택이었다. 그런 어려움 속에서 자식들이 건강하게 자라준 것만으로도 감사하고 고마울 따름이었다.

춘호는 20세가 넘으면서 헌헌장부가 되어 원순의 큰 기둥이 되었다. 자식들이 자람에 따라 원순은 어느 새 노티가 나는 장년의 여인이 되어 있었다. 세월을 비켜갈 수는 없었다.

50을 넘어서면서 인생의 무상함을 느끼며 허무감이 들기도 했다. 하지만 장성한 자식들을 바라보면서 그동안 겪었던 고난에 대한 보상으로 삼을 수 있었다. 인생의 황금기 30-40대가 꿈에서도 생각하고 싶지 않은 시련의 상실기였다면, 부덕이 충만한 50대 여인으로서 원순은 그나마 행복한 삶이라고 스스로 자위自慰했다. 젊은 시절 절망의 미로에서 허덕였지만 억순이로 들풀처럼 살아와 밝은 양지길이 열렸으니 마음껏 행복을 구가하리라 마음먹었다.

가을걷이를 하느라 진득이 앉아서 밥 먹을 새도 없이 서대야 했다. 벼 베고, 콩 거두고, 타작하느라 새벽별을 보고 일어나 저녁별을 보고서야 집에 들어왔다. 몸뚱이가 무쇠덩이라도 녹아내릴 것 같이 고된 가을철이다. 보리를 가느라고 허리가 휘게 나붓대다 땅거미가 들어서야 집에 들어왔다. 용산리에 사는 금상할머니가 와있었다.

바쁜 철에는 특별한 경우가 아니면 손님으로 남의 집에 가지 않는 것이 보통인데 불시에 찾아온 것이다.

"할머니, 이 바쁜 철에 어쩐 일인기요?"

원순은 뜻밖이라는 생각에 속으로는 놀라면서도 곁으로는 반가운 표정으로 맞았다.

"오널 보리 갈았다고? 가을일 허느라고 애 많이 써쌓네. 이따 야그 허겄지만 춘호한테 좋은 혼처가 있어서 왔어. 영감이 어찌나 갔다 오라고 들쫓아서 요렇게 왔네."

금상할아버지가 쫓아 보내 왔다는 불평어린 말투로 말하면서 바쁜 철에 찾아온 것이 미안하다는 표정이었다.

"아, 그렸어라우? 잘, 오셨어요. 그나저나 방으로 들어가시지요."

원순은 금상할머니를 방으로 모셔드리려 했다.

"아따, 이 사람아. 괜찮네. 치울 것 있으면 같이 치우고 들어가세."

금상할머니는 두리번거리며 비를 들고 토방을 쓸고 마루며 토방에 아무렇게 흩어져있는 짚소쿠리랑 바가지 등을 치워놓았다.

"그냥 지셔요. 지가 얼른 밥 허께요. 그냥 놔두고 쉬어요."

원순은 부엌으로 들어가 밥을 지었다. 금상할머니는, 밥솥에 불이라 도 땜세. 하면서 원순의 뒤를 따라 들어왔다.

금상할머니네는 피난 갔다가 들어오지 않고 용산에 주저앉았다. 고향 에 밭떼기 하나 없으니 굳이 고향이라고 들어올 이유가 없었다. 품팔이 를 해먹고 살아도 산중보다는 들녘이 일거리가 많아 들어오지 않는 것 이다.

금상할아버지는 재종조부로 전쟁 때 원순의 많은 피해를 누구보다 애 석해 하면서 그때부터 춘호, 춘보는 친손자처럼 책임지겠다고 누누이 말해왔다. 집안행사나 설, 추석명절에는 잊지 않고 찾아와 종손부로 혼 자 살아가는 원순을 고마워하면서 위로를 아끼지 않았다. 춘호가 쟁기 를 지고 소를 앞세우고 들어왔다. 춘보는 괭이며 삽 등, 농기구를 지고 들어오는데 흙투성이가 되어 원숭이처럼 눈만 뻥하니 지쳐보였다. 원순 을 도와 부엌에서 밥솥에 불을 때는 금상할머니를 보고 부엌까지 찾아 들어가 정중히 인사를 올렸다.

"할머니, 오셨어요? 방으로 들어가시지요."

"아니다. 너그덜 어서 씻그라. 인자 춘호가 어런이 다 되얏구나. 어서 장개를 들어야 되겠다."

금상할머니는 불을 계속 때면서 춘호를 한껏 칭찬했다.

춘호와 춘보는 소죽솥에서 더운 물을 떠 찬물과 섞어 세수를 하고 방 으로 들어가 호롱에 불을 붙였다. 방 가운데 벌렁 누운 것은 춘보였다.

"아따, 되다. 이 가실 언제나 끝날 것인가?"

춘보는 지쳐서 힘이 다 빠져 초죽음이 된 몸으로 누워서 긴 한숨을 쉬었다.

"일, 많이 혔다. 나락은 모래쯤 묶으면 된게, 그러먼 큰일은 거의 다 끝난디 먼, 걱정부터 허냐?"

춘호는 동생 춘보 어깨를 주물러주면서 위로해주었다.

"머? 일이 다 끝난다고? 성언 쉽게도 말허지만, 나락 묶으면 지게로 져와아 허잖혀? 그 일이 보통 힘드는거여? 나는 지게질이 질로 힘들고 허기 싫은 일이어. 생각만 혀도 혀가 빠지는 것 같혀."

춘보는 지레 겁부터 내고 있었다.

"나락 져오는 것은 너 혼자 허라고 안 헌게 너무 걱정 허지 마. 놉 언어서 허먼 하루에 끝날 수 있어."

춘호는 한사코 춘보의 걱정을 풀어주려고 했다. 저녁상을 물리고 아랫목에 앉아있는 금상할머니 주변으로 둘러 앉아 중대발표를 듣는 청중처럼 귀를 세우고 있었다.

"이, 바쁜 철에 내가 온 것은 춘호 혼처가 있어서 왔다. 구자실 양씨 집안으로 살림은 넉넉하지 않지만 홀어메허고 사는디, 워낙 성씨를 지키고 사는 집안이라 놓치기 아까운 혼처란다. 처녀가 참허다는 소리를 듣고는, 할아부지가 맨발을 벗고 나섰단다. 구자실 양씨 허먼 순창에서는 내노라 허는 집안으로 그런 자리로 혼사 허는 것을 큰 자랑으로 삼는다는 것은 너도 알고 있을 것이다."

금상할머니는 장황스럽게 설명을 했다. 오직 가문하나 보고 하라는 것이었다.

"할머니, 그려도 요새 세상에 어찌 성씨만 보고 헌다요? 가품이랑 얼굴도 봐야 허는 것 아닌기라우?"

원순으로서는 성씨만 앞세우는 것이 마음에 걸렸다.

"그렇고말고 혀? 첫째, 사람이 좋아야 허고, 얼굴보는 것은 말헐 것도 없제. 그렇게 알아볼대로 알아보고, 또 찾아가서 선도 보고 혀야제. 우선 자리가 났은게 한번 생각 혀봐."

금상할머니도 성씨만 보자고 허는 것은 아니었다.

"그 처녀, 다른 것도 좀 알아요?"

듣고만 있던 춘호가 말했다.

"멋얼? 아니어. 우리도 잘 몰라. 구자실에서 우리 동네로 시집와 사는 사람이 있는디, 그 사람이 말혀서 안 것이어. 니 야그럴 혔더니 말을 허드라고. 그 쪽에서는 어서 혔으먼 허고 생각헌디아. 그렇지만 요새 같이 바쁜디 어디 선 보로 간다고 허겠어? 일이 좀 끝나면 한번 보게. 안 그런가? 우리 춘호 각시는 성품 좋고 가품도 좋은 자리 골라서 결혼 시킨다고 할아부지가 입에 붙이고 살아왔어."

"할머니, 고마워요. 저희를 요렇게 생각혀서 서들어준게 참말로 고맙구만이라우."

원순은 마음에서 울어나는 진심어린 말로 고마움을 표했다. 금상할머니는 하룻밤을 자고 돌아갔다.

산에 붉게 물들었던 단풍은 산 정상에서부터 하루가 다르게 바람에 흩날리며 빠른 걸음으로 산 아래로 내려오고 있었다. 잎이 떨어진 감나무엔 붉은 감들이 주렁주렁 매달려 능청거렸다. 석양빛에 물든 감나무는 분홍치마를 입은 여인처럼 아름다웠다. 논밭에 가득했던 곡식을 거의 거두어들여 집안에서 타작하고 말리고 정선해서 저장하는 일로 가을도 서서히 막을 내리며 겨울 문으로 들어가고 있었다.

금상할머니가 돌아가고 보름 후쯤 원순은 덕동작은어머니와 춘호 색시 선을 보러가기 위해 금상할머니 댁을 찾아갔다. 거기서 하룻밤을 자고 세 사람은 순창에서 남원 행 버스를 타고가다 독집 – 남원과 오수의 갈림길 큰 바위 아래 주막집–에서 내려 십 리가 넘는 길을 걷기 시작했다. 물을 건너고 산을 넘어 숨을 헐떡이며 구자실을 찾아갔다. 남원 양씨 집성촌으로 백여 호가 넘는 큰 마을이었으나 사방이 큰 산으로 둘러싸여 얼핏 보기에는 마을이 있을 것 같지 않은 험한 산골이었다. 길이 험해서 외부와 단절되다시피 한 마을이었다.

산 고개를 넘을 때마다 지친 세 여인은 주저앉아 걸을 기력을 잃었다.

"금상아짐, 이런 험헌데에 처자가 있다고 혔어요? 이런 동네를 어찌 알았다요?"

덕동작은어머니가 말은 하면서도 지쳐서 맥이 다 빠져있었다.

"우리넌 아는 사람이 없는디, 우리 집 양반이 양반혼사 헌다고 어찔게 알았는가벼."

금상할머니도 지쳐 맥이 탁 풀린 말투로 대답을 했다.

"가서 선 볼 것도 없네. 질부생각은 어쩐가? 이런데서 미너리 얻으면 오고가는디 얼매나 고상허겠는가, 애기라도 낳먼 어찔게 업고 다녀. 선 볼 것도 없이 그냥 돌아가고 싶네."

덕동 작은어머니는 선을 보기도 전에 물 건너간 기분이었다.

"글씨요. 작은어머니 말씀이 맞을 것 같네요. 요렇게 댕기기가 힘든디 어찔게 허겠어요? 우리 동네 시무골도 십리씩이나 걸어 나와 차를 타는디, 첨 길이라 그런지 여그넌 더 먼 것 같혀요. 허지만 여그까지 왔다가 그냥 가겠어요? 기왕 왔응게 심들어도 한번 보고 갑시다."

원순도 교통이 너무 불편해서 마음이 뜨악해졌다.

"손부 말이 맞아. 여까장 왔다가 어찔게 그냥 간당가? 그리고 그 집에서는 기달코 있을턴디 여그서 돌아가불면 말이 아니제."

금상할머니는 원순의 말을 거들었다.

구자실 마을이 내려다보이는 고갯마루에서 쉬어앉아 있으니 땀이 갰다. 삿갓봉우리 같은 우람찬 산 아래 초가집들이 옹기종기모여앉아 오순도순 이야기를 나누고 있어, 정감을 불러일으키는 아담한 마을이었다.

마을로 들어와 물어물어 처자 집을 찾아들어갔다. 마을동편 언덕에 이엉을 이지 않아 허리 굽은 노인처럼 용마루가 구부러진 집이었다.

사람이 드나들면 머리에 닿을 듯 낮은 처마가 이 집 형편을 말해주었다. 사립문도 허름해서 숭숭 구멍이 나있어 문을 열지 않아도 밖에서 집안을 다 들어다볼 수 있었다. 집만 봐도 가난이 줄줄 흘러내리는 것 같았다.

아버지는 일찍 돌아가시고 어머니 혼자 딸하나, 아들하나 믿고 품팔이로 살아온 터라 살림이 얼마나 어려운지 한눈에 알아볼 수 있었다. 사립문을 밀고 들어선 세 여인들은 이미 마음이 돌아서 있었다. 아무리 성씨가 양반이고 가품이 있는 집이라 하여도 정도가 맞아야지 양가의 형편이 너무 기우는 것이었다. 마당에 들어서니 모퉁이에서 모녀간에 밤을 까고 있다가 들어서는 원순 일행을 선보러 오는 손님으로 알아차리고 마당으로 나와 정중히 맞아드렸다.

"어서, 오시지요. 용산에서 오셨지요?"

앞장서서 맞아들이는 오십대 중반으로 보이는 여인의 행색이 너무도 초라해 보였다. 아무리 살기가 궁핍해도 선보러 온다는 사실을 알았을 텐데, 때 국물이 저려 흰 저고리가 검은 저고리가 된 것을 입고 있었고, 검정치마는 헝겊을 대고 숭숭 기웠으나 치마 갓이 허름허름해서 곧 헤질 것 같아 보는 사람이 민망했다.

처자는 송화색 인조저고리에 검정 치마를 입었는데 그 어머니처럼 때 국물이 흐르지는 않았다. 지붕은 삭을 대로 삭아 골골이 파인 자국으로 말라죽은 강아지풀이 바람에 꼬리를 살래살래 흔들고 있었다. 마루도 없어 토방에서 바로 방으로 기어들어가는 구조였다. 방문조차 바르지 않아 창호지가 누렇게 변한 채 문구멍이 숭숭 뚫려있었다.

큰 문구멍을 신문지로 덕지덕지 발라 대낮인데도 사람 얼굴 분간하기가 어려울 정도였다. 죽석방자리라서 방바닥을 문지르다가 잘못하면 댓가시가 박힐 것 같았다.

"먼 길, 오시느라고 고상 많으셨어요. 원체 험헌 산중이라 걸어댕기가 참 힘들어요. 자리는 누추허지만 편히 앉그셔요."

처자어머니는 집이 누추해서 민망해 하는 표정이 오히려 안쓰럽게 보였다.

"말로 듣는 것보다 참말로 산중이네요. 그려도 여그서 순창까지 장에랑 댕긴기요?"

작은어머니가 물었다.

"하먼이라우. 좀 멀기넌 혀도 잘덜 댕겨요. 그러고 여그넌 생자가 많아요. 꽃감도 많고, 밤은 아조 많은 데라, 그런 생자 갖고 산게 산중이라도 부촌소리 듣고 살아요. 우리야 없는 살림이지만 전에는 요 동네서 천석궁이 나왔다고 허드라고요. 난리 통에 집들이 다 타부렀는디 인자는 새로 성주덜얼 혀놔서 집들도 다 잘 지었어요."

처자어머니는 입에 침이 마르게 마을자랑을 하지만 정작 자기 집은 너무도 초라해서 보는 사람이 안쓰러웠다.

"그렇구만이라우. 동네 들어온게 훈짐이 나네요."

덕동 작은어머니는 예의상 주인의 말에 장단을 맞춰 동조해주었다.

"목이 마른디, 물 좀 묵을 수 있을까요?"

금상할머니가 물을 청했다.

"아, 그러셔요? 나조께 봐. 요렇게 앉거만 있네."

처자어머니는 문을 열고 딸에게 물을 떠오라고 시켰다.

처녀는 물 세 사발을 둥근 상에 받쳐 들고 방으로 들어와 손님들 앞에 놓고 윗목에 다소곳이 앉았다.

"아이, 인사 올려라. 먼데서 오신 손님들이시다."

처자어머니가 인사를 시켰다.

"안녕허셔요."

처자는 다소곳이 묵례를 올리며 가는 목소리로 인사를 했다.

원순은 처녀의 머리끝에서 발끝까지 세세히 살펴봤다. 방년芳年의 나이로 밉상은 아니었다. 얼굴은 도리넓적하고 미소를 머금은듯하여 심성도 온순하고 부덕이 있어보였다. 언사나 행동거지도 조신해 보였다.

"아이, 얼른 정심을 허그라."

처자어머니가 처자에게 일렀다.

"아니요. 정심헐 것 없어요. 우리 장에서 간단허게 입맛 다시고 나섰어요. 우리 시방 가야헝게 정심헐 것 없어요."

작은어머니가 극구 말렸다. 선보러 가서 밥을 먹으면 혼사를 승낙하는 것으로 생각하게 되기 쉬워 점심을 얻어먹을 수가 없었다.

"우리, 갑시다."

작은어머니는 금상할머니를 쳐다보면서 일어나고 있었다.

"손부생각은 어쩐가? 다른 사람보다 손부 자네생각이 질이여."

금상할머니가 원순에게 물었다.

"멋이 어뗘요. 그냥 가야지요. 갈 길이 멀지 않혀요? 서둘러야 허겠네요."

원순도 서둘러 작은어머니를 따라 일어섰다.

"아무리 그려도 요렇게 가시먼 어쩐데요? 혼사문제야 둘째치고라도 찾아오신 손님을 그냥 보내면 도리가 아니지요. 때가 지웠은게 점심은 묵고 가시지요."

처자어머니는 일어나는 원순의 손을 잡아끌어 앉히려 했다. 처녀 또한 엉거주춤하게 서서 말리고 싶은 심정으로 머뭇머뭇 하고 있었다.

"그럼, 살펴가셔요. 참말로 서운헌디 말도 못허겠네요."

처자어머니는 말리지 못하여 미안해하고 있었다.

"안녕히 가셔요."

처자도 공손히 인사를 했다.

"폐가 많았습니다."

세 여인은 함께 인사를 했다.

원순 일행은 마을을 빠져나와 마을 앞 고갯마루에 올라 쉬면서 구자실마을을 다시 내려다보았다.

"어쩐가? 집안이 가난혀서 그렇지, 처자 얼굴은 그만허면 허고, 행동거지도 조신헌 것 같구만. 아부지가 안계시지만 조백이 있는 집이라 이 동네가 교통이 불편헌 것 말고는 처녀하나만 보면 괜찮은 것 같네. 자네덜언 어쩐가?"

금상할머니는 처자가 마음에 든다면서 원순의 의향을 떠보고 있었다.

"아이고 못 쓰겄오. 처자는 촌사람으로 순허게는 생겼고 얼굴도 반반허지만 그런 집으로 우리 춘호를 어떻게 장가 보낸다요. 가난도 웬만혀야지, 글고 댕기기가 요렇게 어려운디, 처가라고 한번 올라면 얼매나 힘들어. 사람하나만 본다고 허지만 지 생각은 너무 기우는 것 같혀요."

작은어머니는 이 혼사를 확실하게 반대한다고 했다.

"저도 마음이 썩 내키지 않혀요. 너무 멀어 댕기기가 어려운 것도 그렇고, 가난이 죽죽 흐르는디, 처가라고 찾아와도 밥한 그릇 떱뜻하게 묵을 수 없겄잖혀요. 어떻게 요런대로 우리 춘호럴 장개보내 것능기요?"

원순도 분명히 마음에 들지 않았다.

"금매, 그렇기는 허지만, 성씨가 요렇게 괜찮은데가 어디 쉬운가? 돌아가서 집안어른들이랑 상의허고 나도 집에가서 하나씨헌테 소상히 이야기 헐랑게 잘 한번 생각혀 보세."

금상할머니는 미련을 못 버리는 것 같았다. 독집까지 걸어 나와 순창까지 차를 타고 와서 금상할머니는 용산으로 가고 작은어머니와 원순은 시무골로 돌아왔다.

원순은 집에 도착하여 저녁을 작은어머니랑 함께 먹으면서 밥상머리에서 춘호에게 선보고 온 정황을 설명하고 춘호의 의향을 물었다. 춘호는 두말할 것 없이 싫다고 했다.

원순은 작은어머니가 맘에 들지 않는 기색이어서 다른 집안 어른들과 의논할 필요가 없다고 생각했다. 그래도 작은어머니의 생각을 물어 확인을 했다.

"작은어머니는 어찔게 생각허시는지요?"

"으-응. 못 쓰겄데. 너무 가난혀. 인자는 꼭 성씨하나만 보고 혼사를 헐 것 아니어. 집안형편을 어찔게 안보고 헌디야. 우리 그냥 없던 일로 알고 잊어버리세."

작은어머니는 원순보다 더 반대하는 입장이었다. 선을 보고 연락이 없으면 성사되지 않는 것으로 알기 때문에 가타부타 아무소식도 전하지 않았다.

그런데 금상할머니 집에서는 다른 생각을 하고 있었다. 금상할머니가 돌아가 금상할아버지에게 선보고 온 내력을 자상하게 말해주었다. 금상할아버지는 사뭇 다른 생각을 했다.

"그만 허면 쓰겄다. 좀 가난허면 어쩌서. 그리고 처자 댈고 와불면 되는거여. 처갓집 댕기기가 불편허다고? 그렇게 좋은 양반 혼사를 깨는 법이 어디 있다냐? 댕기기 불편허다고 허지만 일 년에 한두 번 갈 것을 걱정혀? 남원양씨 허면 이 지방 토반인디, 그런 집안 쉽지 않혀. 내가 서둘란다. 춘호 그놈은 째깐헐 때부터 내가 책임진다고 혔는디, 이런디 놓치기 아까워. 갸들이 멀 알간디? 내가 이야그 허면 된게 임자는 준비나 혀. 사성을 보낼라면 저구리감얼 넣어야 헝게 임자가 구해 봐"

금상할아버지는 혼자 결정해 버렸다.

"그려도 어찔게 그렇게 갸덜 말도 안 듣고 영감이 혼자 정헌다요. 춘호한테도 물어보고 처자 집에서도 이쪽에 선이라도 볼라고 헐 것 아니오. 너무 급허게 서둘지 맙시다."

금상할머니는 신중하게 하자고 말렸다.

"그럴 것 없어. 내 말이면 다 된게 그리 알아."

"나는 모르겠오. 알아서 허구려.

금상할머니는 반신반의하면서 발을 빼는 듯 섭렵하려고 하지 않았다. 금상할아버지는 춘호네 의향을 묻지도 않고 처음 혼담을 이야기해준 구자실 양반을 찾아가 결혼이 성사되었다는 사실을 처녀 집으로 연락해 줄 것을 부탁했다.

구자실 양반은 안동 권씨로 용산마을에서 말마디나 하는 유학자였다. 금상할아버지는 춘호 어려서부터 관심이 많았다. 종손인데다 전쟁으로 집안어른들이 희생되어 남원당숙과 금상할아버지가 집안을 이끌어가는 어른이었다. 집안어른들은 대부분 장손이 출생할 때부터 관심을 갖고 있어서 생일생시를 알고 있었다. 그렇게 생일생시를 알고 있어 춘호네에게 물어보지 않고도 사주단자를 쓸 수 있었다. 사성보에 사주단자와 양단저고리 한감을 싸서 구자실 양반에게 전해주도록 했다.

음력 섣달 보름께 금상할머니가 해가 저물어 산그늘이 마을을 덮어오고 있을 때 숨 가쁘게 찾아왔다. 춘호는 소죽을 끓이느라 소죽가마솥에 불을 때고 있었다. 금상할머니는 헐떡거리면서 춘호에게 다가와 급한 소리를 했다.

"바빠서 이 일을 어쩌끄나? 날이 급허게 났단다."

거두절미하고 하는 말이 무슨 뜻인지 알아들을 수 없었다.

"할머니. 무신 말씀이오? 날이 급허게 났다니요? 먼 날이 급허게 나요?"

춘호는 영문도 모르는 말이라서 웃으면서 장난기 섞인 말투로 물었다.

"아-니, 결혼 날이 대목에 났으니 안 바쁘겄냐? 섣달 스무살이란다."

"예? 장가는 머고, 날은 무신 날이 났다는 거요? 할머니네 막내 형식이 장가요?"

"형식이넌 무신 놈의 형식이. 니, 말이다. 니, 저번에 구자실 양씨네 허고 혼담이 있어 선까지 보지않았냐? 그 혼사를 정허고 날을 봤넌디 그렇게 날이 났디아. 설 대목은 되는디 앞으로 한 열얼도 안 남아서 얼매나 바뿌냐? 그래서 저녁때 늦게라도 나서서왔다. 서둘야 허겠다. 너그 어매는 어디 갔냐?"

"할머니. 누가 내 결혼 헌다고 혔대요? 우리는 잊어부렀어요. 아무 생각도 없고 또 조건도 안 좋트만 어떻게 그런 결정을 누가 혔대요?"

춘호는 상기된 말투로 약간 언성을 높여 항의조로 말했다.

"너그, 하나씨가 정혔단다."

춘호의 놀란 표정에 금상할머니도 당황한 기색이 역력했다.

"먼, 그런 일이 다 있데요? 나, 그런데로 장가 안 간다고 혔어요. 그런디 우리한테 물어보지도 안 허고 결혼을 그렇게 정헌다요? 나는 모르는 일인게 알아서 허셔요."

춘호는 비웃으며 냉소적으로 금상 할머니에게 쏴 부쳤다.

"아니, 그것이 먼 말이다냐? 니가 그러면 어쩌라고. 이미 그렇게 결정 났넌디, 깨기가 쉬운일이 아니제."

"그러면 저는 멋이요? 아무리 나를 위헌다고 혔지만 한마디라도 말을 허고 정혔어야지요. 우리넌 허새빈가요? 시키먼 시킨대로 혀야헌다요? 나넌 몰라요."

춘호는 찬물을 퍼붓듯 쌀쌀하게 말했다.

금상할머니는 저녁을 먹고 원순의 집으로 작은어머니와 남원당숙모를 불러 자초지종을 이야기하면서 결혼을 시켜야 한다고 강변을 했다. 그러나 춘호, 원순은 물론 다른 사람도 완강하게 거절했다.

"금상아재가 너무 허셨네요. 여그 이야기도 들어보고 혀야 허는디, 머가 그리 급혀서 서둘렀는지 모르겠네요. 어디 난리라도 처들어온다요? 그나저나 이 일을 어쩌면 좋아. 큰일 났네."

남원당숙모는 금상할아버지가 단독으로 혼사를 성사시킴으로서 닥쳐올 문제에 대해 크게 걱정했다.

이튿날 아침, 금상할머니는 머쓱한 표정으로 얼굴을 펴지 못하고 서둘러 돌아갔다. 그러나 해가 넘어갈 무렵 다시 찾아왔다. 거의 울상이 되어 원순과 춘호에게 통사정을 했다. 그러나 그들은 들어줄 리가 없었다. 금상할머니는 하루가 멀다 하고 다시 왔다 가고, 왔다 가고를 반복했다.

그러나 원순과 춘호는 물론 집안에서도 금상할아버지가 너무 지나쳤다고 질책을 하며 마음에도 없는 결혼은 할 수 없다고 중론이 모아졌다. 금상할머니가 여러 날을 오가면서 결혼 날은 넘어가고 말았다.

설을 지내고 정월 초승께 개최하는 문중회의에 금상할아버지가 참석했다. 문중회의에서도 금상할아버지의 일방적인 혼사결정을 책망하면서 해결방법을 모색했으나 뾰족한 방법을 찾아내지 못했다. 최종으로 금상할아버지가 춘호네 집으로 찾아가 통사정을 했다.

"이, 일이 요렇게 난감허게 될 줄 어디 알았냐? 너럴 위해서 헌다는 일이 요렇게 되었구나. 인자 생각혀본께 내가 잘못했다. 허지만 한 번 업질러진 물인디, 어쩌겄냐? 니가 쬐끔만 생각을 달리허면 되는 일인디, 어쩌냐? 도저히 안 되겄냐?"

금상할아버지는 춘호를 붙잡고 하소연하며 늘어졌다.

"할아버지. 저럴 생각혀서 허신일이라고 헝게 우선 고마운 생각은 들지만, 아무리 그려도 몬자 말 한마디쯤은 혔어야 허는 것 아니요? 물론 할아부지가 지가 미워서 그렇게 혔다고는 생각허지 않지만 결과가 요렇게 되었는디, 지가 어쩔게 헌다요? 혼사가 무신 애덜 장난인가요? 저넌 아무 짓도 헐 수 없어요. 할아부지가 허신일인게 알아서 허시고 인자 그만 귀찮게 허셔요. 저도 심정이 나서 죽겄어요."

춘호는 언성을 약간 높이며 원망하는 투로 말했다.

"허허! 니, 입장이 그렇다면 별 수 있냐? 허지만 일은 내가 저질렀어도 끝은 니가 맺어줘야 헐 것 같다. 니가 모른 체 헌다면 일은 커지고

동네방네 소문은 안 좋게 날 것인게, 어렵지만 니가 좀 나서서 해결혀야겄다. '

"아무 잘못헌 것도 없넌디 지가 어떻게 나선다요? 지는 모른께 할아부지가 알아서 혀요."

춘호는 냉정하게 거절하며 일어서 나가려고 했다.

"아이, 야야, 좀 앉거라. 내가 요렇게 통사정을 헌다. 말 그대로 니 잘못한 것 하나도 없는 거 나도 알아. 그러나 내 입장이 말이 아니니 니가 나서면 해결의 길이 보일 것 같다. 그래서 요렇게 너한테 사정허는 것이다."

금상할아버지는 비굴할 정도로 증손자에게 낮은 자세로 빌다시피 하면서 거의 울부짖는 표정이었다.

"할아부지. 지가 어떻게 해결을 헌대요? 저라고 무슨 수가 있겄어요? 해결헌다고 허다가 수모만 당헐 것 같언디."

춘호는 당차게 거절을 하면서도 금상할아버지가 측은하게 느껴졌다.

"아이, 내가 사정헌다. 우리마을로 가서 그쪽 사람덜얼 만나서 단판을 지어보먼 어쩌겄냐?"

금상할아버지도 더 이상 춘호의 결혼을 추진할 생각은 없었다. 파혼을 하되 그 후유증을 최소화하고자 하는 심정이었다.

춘호는 금상할아버지의 간곡한 부탁을 더 이상 거절하기가 난감했다. 자기를 위하여 선의로 했다는 것을 생각하면 마음의 부담이 컸다.

"할아부지. 이번 일에 저넌 무척 섭섭헙니다. 저도 인자, 지 일언 지가 헐 수 있고, 또한 지가 혀야 헙니다. 그런디, 지 결혼을 저허고 말 한마디 상의도 없이 결정을 해버리다니요. 너무 섭섭한 생각까지 들었어요. 시상에 인륜지대사인 결혼을 본인도 모르게 결정허는 경우가 어디 있데요? 부모라도 그리 못헐턴디 할아부지가 혼차 정해버린 것언 아조 잘 못혔어요."

"그렇게 되어 입이 열 개라도 헐 말이 없다. 내가 늙어서 노망혔넌갑다. 참말로 잘못 혔다. 애비도 없어, 내 깐에는 너를 책임지고 좋은 자리 장가보낸다고 생각헌 것이 요렇게 돠얏구나. 인자 늙어서 망녕든 영감이라고 생각허고. 이 일은 니가 좀 직접 해결해주어야 헐 것 같다."

금상할아버지는 춘호에게 크게 사과하면서 눈물까지 글썽거렸다.

"춘호야. 그렇게 허자. 할애비라고 험선 너 잘못되라고 헌 짓은 아닌께, 우리 함께 풀어보자!"

금상할아버지는 원순과 춘호에게 혀가 닳도록 부탁했다.

"알았어요. 그러먼 지가 어떻게 혀 볼께요, 할아부지. 지난번 얼핏 들었는디, 거그는 양반이라고 맞선을 못 보게 헌담서요? 지가 맞선을 보자고 허께요. 그러면 먼 말이 있을 것 아니겠어요? 할아부지가 가셔서 그 맞선부터 봐야헌다고 혀보셔요."

춘호는 여자 편에 반대할 수 있는 구실을 찾아낸 것이다. 구자실 남원 양씨들은 양반이라고 성씨께나 지키는 집안이라서 선뜻 맞선에 응하지 않을 것이라는 생각이 떠올랐다. 금상할아버지나 원순도 좋은 생각이라고 여기고 그렇게 해보기로 했다. 금상할아버지는 용산으로 돌아가서 구자실 양반을 찾아가 맞선을 볼 수 있도록 주선해 줄 것을 부탁했다.

"아니, 나는 금상 양반이 절친한 사이이고 또 집안손자라고 험선 혼인걱정을 허길래 말혔던 것인디, 난감허게 되었구만. 그 쪽에서 맞선은 천하없어도 안보일 것이네."

구자실 양반은 귀찮아하며 큰 부담을 느끼고 있었다. 금상할아버지는 묘책을 찾았다고 속으로 쾌재를 부르며 다시 부탁했다.

"물런, 양반이라고 허는 사람덜언 말로는 맞선은 안 보인다고 험선 선뜻 허락허지는 못허지만 지금은 다르지 않은가? 당사자가 꼭 선을 바야 헌다고 허는디, 어쩔 것인가? 어려워도 친구가 수고한번 더 혀주시게.”

　금상할아버지는 함정에서 빠져나온 듯 기분이 날아갈 것 같이 홀가분했다. 혼자 혼사를 결정해 놓고 춘호가 반대를 하니 처지가 말 못하게 난감했는데 춘호의 맞선작전으로 여건이 반전되어 꿀릴 것이 없는 듯 당당해지기도 했다. 금상할아버지와 춘호의 맞선요구에 구자실 양반은 하는 수 없이 처자 집을 다녀왔으나 역시 예상한 대로 맞선은 불가하다는 분명한 의지만 확인하고 돌아왔다. 구자실 양반은 당사자인 춘호가 직접 그 쪽 사람들과 단판을 지으라고 했다. 이 말을 전해들은 금상할아버지는 춘호 집으로 가서 전후사정을 이야기하고 함께 가서 해결하자고 춘호에게 통사정을 했다.

　“할아부지. 암만 생각혀도 지가 그 동네까지 가는 것은 무리가 아닌가 싶네요. 지가 멋이 아쉬워서 그런다요? 전, 몰라라우.”
　춘호는 빈정거리듯 거절했다.
　“아이. 나 좀 살려도라. 우리는 끝꺼정 맞선만 요구허자. 그 쪽에서는 결코 맞선은 안된다고 헐 것이여. 그것을 구실로 파혼할 수 있는 명분이 충분히 되는 거여. 그것도 당사자인 니가 주장허는 것을 누가 잘못헌 짓이라고 헐 것이냐? 내가 이러다 명대로 못살 것 같다.”
　금상할아버지는 속이 검게 탄 심정에서 우러나오는 다급한 부탁이었다.
　“그러먼 날자를 잡아서 알려주셔요. 지가 매고 난 상여꾼이 될랑게 할아부지는 걱정 마셔요.”
　춘호는 결연한 결심을 하고 금상할아버지를 안심시켰다.
　“고맙다. 춘호야. 두고두고 이 노망헌 영감탱이럴 탓허그라.”
　“할아부지, 별 말씀을 다 허시네요. 걱정 마셔요.”
　춘호의 말과 얼굴빛에는 자신감이 넘쳐있었다.

금상 양반은 집으로 돌아와 춘호와 결정한 바를 구자실 양반에게 알려 찾아갈 날짜를 잡았다. 예정한 날이 되어 금상할아버지, 구자실 양반, 춘호, 세 사람이 구자실 마을로 찾아갔다. 금상할아버지나 춘호는 초행이었다. 남원 행 버스를 타고가다 중간에서 내려 산 넘고 물 건너 십여 리 길을 터덕거리며 걸어갔다.

"아니, 이런데도 사람이 산당가? 참말로 험헌 데도 있네. 시무골보다도 더 산골이어. 오라야, 이런 종 알았으면 아무리 양반이라도 말도 못허게 혔을 턴디, 내가 너무 경솔혔구나!"

금상할아버지는 진심으로 마음에서 우러나오는 후회를 했다.

"아니어. 차꼬 댕겨쌓먼 댕길만 혀. 어디는 걸어서 안 댕긴가? 나가 결혼헌 지 사십년이 넘었지만 첨에는 힘들드만 맘 묵고 댕긴게 힘든지도 모르겄어. 어이, 젊은이. 왠만허먼 이번에 정혼허고 가세."

구자실 양반은 혼처가 괜찮다는 말로 장광설을 떨었다. 춘호는 아무 말도 안했지만 다른 조건이 맞고 설령 맞선을 본다고 해도 파혼하기로 마음을 굳혔다.

춘호 일행은 마을중앙에 큰 대문이 있는 기와집으로 구자실 양반의 안내를 받아 들어갔다. 행랑채에는 방이 여러개 있는데 방마다 세살창문이 반듯반듯하여 밥술께나 먹으며 가풍을 지키는 분위기가 물씬 묻어났다. 그들이 들어간 방 윗목에는 고풍스런 십장생병풍이 펼쳐있고, 아랫목에 70대로 보이는 어른 세분이 의상을 정중히 갖춰 입고, 근엄한 자세로 앉아있었다. 윗목에는 사오십 대 장년 세 분이 어른들 앞에 예를 갖추고 앉아서 춘호 일행을 기다리고 있었다. 춘호 일행이 방으로 들어서자 장년들은 일어서고 어른들은 앉은 채 맞아주었다.

"어서 덜, 오시오. 먼 길 오시느라 고상덜 허셨습니다."

좌장격인 제일 연로한 어르신이 느릿한 말씀으로 품위 있게 맞아드렸다.

"초면입니다. 인사드립니다."

금상할아버지가 춘호에게 손짓하여 함께 인사를 드렸다.

어른들은 앉은 채 반절로 장년들은 큰절로 상호 인사를 나누었다.

"고모부님이 고생하셨네요."

장년 한분이 구자실 양반에게 공치사 인사말을 건넸다.

"아니, 좋차고 헌 일인디, 요렇게 말썽이 나 참 난감허네."

구자실 양반의 투정 섞인 말이었다. 그 곳 어른들은 춘호를 처음 보고 헌칠한 키와 웃는 낯빛에 호감을 갖는 분위기였다.

"각설허고 오늘 이 자리는 기왕에 정혼된 것을 못허네, 어쩌네 혀서 모인 자린디, 젊은이 생각언 어떻허는가? 우리집안 수백년동안 이 동네를 지킴선 살아왔지만, 이런 일은 듣지도 보지도 못했네. 이미 정한 날언 넘겼지만, 인자 설도 지났응게 바쁠 것도 없어. 찬찬히 다시 시작 허면 될 것 같언디. 따듯한 봄날에 혼례를 치루면 좋을 것 같네."

좌장의 어르신이 젊잖게 느릿느릿 조리있는 말로 춘호에게 물렀다.

"저는 조춘호라고 헙니다. 보잘 것 없고 부족함이 많은 저를 택해주 셔서 감사 합니다. 허지만 세상이 바뀌었는데, 요새 세상에 맞선도 안 보고 결혼을 헐 수는 없다고 생각했습니다. 서로 얼굴이라도 한번 보고 정하고 싶습니다. 집안가풍 때문에 어려울 터이지만 어르신들께서 너 그렇게 맘 잡수시고 허락해 주십시오."

춘호는 기죽을 것도 없어 당당하면서도 또박또박 공대말로 아뢰었다. 그 쪽 어른들이나 장년들은 당황한 기색이 역력했다.

농촌에서 농사나 지어먹고 사는 허접한 청년으로 얕잡아보고 말로 기 선을 잡으려고 했었다. 그런데 춘호가 조리 있으면서도 정곡을 찌르는 말로 상대가 할 말이 궁색하도록 분위기가 돌아가 오히려 먼저 기선을 잡혀 할말이 없는 것 같았다.

"남녀칠세부동석인데 어디 알지도 못한 남녀가 단 둘이서 맞선을 본단 말이어? 그런 쌍놈의 짓이 어디 있단가? 우리집안에서는 절대 그런 짓 못헌게, 아새 그런 말은 허덜 말게."

건장한 장년의 위압적인 말투였다.

"물런, 요새도 성씨께나 지킨다는 집안에서는 맞선을 안보이고 있지만, 시상이 많이 변했는디, 언제까지 고집부리고 전통만 따질 것입니까? 타인 열사람이 열 말을 해도 당사자한마디가 중요허고 맘이 있어야 혼사가 성립되는 것 아닌가요? 남들이 대신 살아줄 수는 없는 일이 혼사 아닙니까?"

금상할아버지는 세태에 맞는 현실적인 문제를, 바른 자세로 앉아 조목조목 말했다.

"우리친구들 결혼한 사람이 여럿 있지만 연애도 허고, 중매로 결혼헌 사람언 다들 맞선을 보고 당사자덜이 최종적으로 결정을 했어요. 함께 살 사람 얼굴한번 못 보고 결혼헌다는 것은 요새 사람으로서는 받아드릴 수 없는 일입니다. 애꾸눈인지 째보인지는 알고 혀야지 않습니까? 평생 동안 함께 살 사람을 신방에 들어서야 곁눈질로 훔쳐본다는 것은 옛날 말이지요. 그렇게 결혼한 뒤에사 안 맞다, 어쩐다 허면 그런 부부가 행복허겠습니까? 지 생각이 짧고 경망하다고 생각할지 모르지만 저는 맞선 안보고 결혼할 수 없으니 선처해 주십시오."

춘호는 조금도 스스럼없이 자기가 하고 싶은 말을 했다.

"허허! 젊은 사람이 좀 당돌허구만. 우리 때넌 맞선 안보고 결혼했어도 평생 서로 존경험선 사는데 무신 문제가 되야. 부모가 자식 결혼을 정해주면서 자식 잘못되라고 허겠어? 오히려 맞선보고 결혼이 성사되지 안허면 남자야 괜찮지만 여자는 멋이여? 그래서 맞선을 안보이는 것이여. 어느 누가 곰보 빠구를 속여 결혼을 시켜서 어쩔라고, 매파가 양쪽 집 사정 다 알려주고 그렇게 정헌 것인게 걱정헐 것 없어."

좌장어르신 오른 쪽에 탕건만 쓰신 노인이 타이르듯, 훈계하듯, 강한 어조로 말했다. 코밑수염을 길렀는데 그림 그려놓은 듯이 끝이 위로 솟구쳐, 인상이 깐깐하고 성격이 날카로울 것 같았다.

"요런 말씀 드리면 쌍놈들 짓이라고 생각헐 것 같습니다만, 요새는 연애도 허는디 맞선 한번 보넌 것이 그렇게 허물이 된답니까? 이것저것 따지지 말고 저 지금 와 있응게 지금이라도 처자 집에 연락해서 준비 허라고 하여 성사되게 혀주십시오."
춘호는 조용한 말씨로 타이르듯 부탁을 했다.
"젊은이 안 되겠구만. 어른들 말씀 들었으면 다소곳이 듣고 따를 일이지 무신 놈의 말이 고렇게 많혀? 맞선은 죽어도 안 되야. 그러고 이미 정혼이 되어 준비 중인게 맞선보고 못허겄다고 구실 찾는 것 아니어? 좋게만 헐라고 혔넌디, 안 되겠구만 당숙님께서 한말씀 허시지요."
윗목 왼쪽에 앉아있는 눈매에 심술이 들어보이는 장년이 협박성어투로 말했다.
"참, 난감허구만…… ."
좌장어르신은 할말이 별로 없는 듯 답답해하는 표정이었다.
"어르신 말씀 이해 못하는 배 아니지만, 저는 무엇입니까? 결혼헐 저는 속 다 빼놓고 어르신들께서 정했으니 무조건 따라오라 이런 말씀이신가요? 저, 이렇게 못 났지만 고렇게는 못헌게요. 좋을대로 허십시오."
춘호는 상기된 얼굴로 결연히 선언하듯 말했다.
"춘호 너, 고렇게 강하게만 말헐 것이 아니다. 좋은 말로 서로 타협혀야 일이 풀린 것이다. 그건 그렇고, 저 애가 저렇게 완강허게 말헌게 어르신들게서 너그러운 마음으로 일을 풀리도록 허심이 어떤지요?"
금상할아버지는 조용히 춘호를 나무라며 호소력 있게 부탁했다.
"지가 끼어들 게제가 아닌 것 같지만, 저, 청년생각이 저렇게 완고하니 어떤가요? 한번 허락허시는 것도 좋을 것 같언디요."

구자실 양반도 춘호편을 거들어주었다.

"자네, 시방, 무신 말을 고렇게 허는가? 권 서방네 집안도 맞선보고 혼사를 허는가?"

좌장어른 왼쪽에 앉은 어른이 귀자실 양반을 나무랐다.

"글씨 말이오. 요새는 맞선보는 사람이 많응게 요렇게 당사자가 말을 허는디, 그래서 허는 말입니다. 당숙께서 너무 오해는 마셔요."

구자실 양반은 변명하듯 하면서 멋쩍어했다.

"그나저나 요렇게 팽팽히 맞서서는 아무것도 못혀. 우리 갸는 인자 이 결혼 못허면 평생 신세 망치는 것인디, 책임 져야 혀. 이불이야 멋이야 혼수를 다 장만 혔는디, 이 사단이 났응게 우리는 어쩌란 말이여. 아 그 쪽에서 사성을 보내지 않았어도 우리가 어거지를 쓰겄어요? 다 그 쪽 책임인게 알아서 혀요."

장년 중에 얼굴이 곱상하고 선비풍이 풍기는 사람이 타이르듯 하면서도 말속에 뼈가 있었다.

"남자가 잘나면 열 여자도 거느린다는 것이여. 한번 어른들이 정한 혼산게 젊은이가 마음먹으면 되는 일인데 이렇게 배배 꾀이게 하는구먼."

현직 면직원이라는 장년한사람이 타이르듯 부탁하는 말이었다.

"그러세요? 살다가 맘이 안 맞으면 다른 사람허고 살아도 된다는 말로 들립니다. 그러나 나넌 열 여자 거느릴 능력도 없어요. 그래서 정 그렇게 처자가 앞으로 결혼도 못허고 불상허게 살아야 헌다면 지가 책임 지겄습니다."

춘호의 결의차고 당당한 말에 좌중 모두가 놀란 표정으로 춘호를 쳐다보았다.

"아, 그럴 것이면 멋헐라고 여태 입씨름혔어? 그럼 잘 되얏구만. 인자 말씨름은 이것으로 끝내고 혼사준비나 헙시다."

좌장 왼쪽 어른이 희색이 만면하여 호탕한 말씨로 재촉했다.

"아니오. 결혼한다는 것이 아니고요. 지금까지 어르신께서 하신말씀을 들으면 그 처자는 오갈 데 없는 불쌍헌 사람이 된 것 같혀요. 그렇게 오갈 데 없는 사람이면 지가 우리 집에 모시고 평생 살릴 수 있어요. 그냥 우리 집으로 보내주셔요. 저의 어머니 연세도 있으시고 헝게 집안일도 돕고 허면서 동생으로 삼고 한 식구로 살게요."

춘호는 자기혈육을 너무 홀대하고 인간적으로 대하는 것 같지 않아 동정심을 발로하여, 그리고 야박스런 어른들에게 비아냥하듯 자신있게 말했다.

"머시어? 사람을 무시혀도 분수가 있지. 결혼도 안허고 평생을 데리고 산다고? 어디가 그런 경우가 있어? 젊은 사람이 헌다헌다 하니께 너무 시건방지구만"

장년한사람이 언성을 높여 금방 멱살이라도 잡을 듯이 주먹을 불끈 쥐면서 노발대발했다.

"여러 어르신께서 그 처자신세를 한탄허면서 버림받은 사람으로 낙인을 찍듯 허신게 드리는 말씀인데요, 정말 어르신들 말씀처럼 선 한번 봤다고 신세를 망친다는 말씀은 너무 지나치시고요. 이 개명된 시상에 그런 꼴이 어디 있답니까? 사실이 그렇다면 어떻게든지 제가 책임진다는 말씀입니다. 한 인간이 나로 인해 신세를 망친다면 얼매니 불행한 일입니까? 그 불쌍한 사람을 꼭 결혼을 해야만 구제헌 것입니까? 오갈데 없는 사람, 함께 살아주는 것이 사람이 할 도리라고 생각헙니다. 그래서 드리는말씀일 뿐 다른 뜻은 없습니다."

춘호도 약간 언성을 높여 조금도 기죽지 않고 오히려 당당하게 주장했다.

"젊은이 말이 전혀 틀린 말은 아니라고 생각되지만, 우리집안의 가풍이 그렇다는 것을 이해해주기 바라네. 그러니, 요렇게 말씨름만 허다가는 해가 넘어가도 똑 같언 소리만 나오고 해결기미가 없으니 오늘은 여그서 끝내고 서로 좋은 생각 혀갖고 다음에 더 진지하게 이야기허기로 허제."

좌장어르신의 조용하고 점잖은 말씨로 결말을 내렸다.

"고렇게 허시지요. 우리 길도 먼게 그냥 갈랍니다."

금상할아버지는 정중하게 인사를 드리고 일어섰다. 춘호와 구자실 양반도 함께 일어나서 묵묵히 마을을 빠져나왔다. 십여 리 길을 걸어 남원에서 오는 차를 타고 순창에서 내려 금상할아버지와 구자실 양반은 용산으로 가고, 춘호는 시무골 집으로 왔다. 춘호는 저녁에 덕동 작은할머니, 남원할아버지등 대소간 어른들을 모시고 구자실 다녀온 전말을 소상히 말씀드렸다.

"잘, 허고 왔다. 그런 수악헌대로 혼인허기가 싫더라. 그런디 좋자고 허는 일이지만 금상아재가 너무헌 거여. 니가 가서 말 잘 허고 왔다. 애 많이 썼다."

덕동할머니는 춘호 등을 두드려 주면서 크게 칭찬해주었다.

"집안어르신들께 죄송해요. 자식 결혼시킨다고 요렇게 시끄럽게 혀서 드릴말씀이 없구만이라우."

원순은 어른들께 정중히 사과했다.

"아니어, 이 사람아, 질부가 잘못혀서 그렸능가? 금상아재가 아무리 좋은 자리라도 여그 와서 상의를 혔어야 허는디 혼자 맘대로 헐라다가 이 사단이 난 것 아닌가. 다 잘혀보자고 허다가 그런 것잉게 인자 훌훌 털어부리고 오해가 있으면 풀어부리게나."

남원당숙이 점잖게 타이르는 말이었다.

춘호도 이 일을 잊고 일상으로 돌아왔다. 그 보름 후 쯤 금상할아버지께서 춘호에게 한번 다녀가라는 전갈이 왔다. 춘호가 찾아갔을 때는 구자실 양씨 집안과 어느 정도 타협이 끝나있었다.

"춘호야. 별수 없구나. 구자실에서 전갈이 왔는데 처자집이 원체 어려운게 다소 혼수준비에 들어간 비용을 보태주었으면 헌다고 허드라. 니 생각은 어떠냐?"

"할아부지. 그럴 필요가 있능기요? 아무 잘못도 없이 혼수비용을 변상헌다는 것은 좀 그러네요."

"물런 고렇게 생각헐 수 있지만 어쩔든, 내가 잘못혔서 생긴 일이다. 내 형편이 웬만허먼 너한테 이런 말 안 허겄다. 내가 그냥 없는 사람 동냥 한 푼 준다고 생각허고 처리허겄다만 니가 알다시피 우리형편이 너무 어럽다. 니가 어떻게 혀야헐 것 같다. 나럴 좀 도와주어야겄다."

"얼매나 요구헌대요?"

"고렇게 많지는 안헌 것 같드라만, 이불 값허고 다른 비용 좀 혀서 쌀 두가마니정도 생각헌 모양이더라."

"그것도 또 대부님 혼자 결정허신 것인가요?"

"아니다. 그쪽에서 고렇게 전갈을 보냈다고 구자실 양반이 말허드라. 오해 말고 들어라. 그 처자가 홀어매허고 삶선 무척이나 어려운갑드라. 없넌 사람 도와주었다 치고 그냥주먼 좋겄다."

"글씨요. 저 혼자 결정헐 일이 아니고 엄니랑 타엽혀야 않겄어요? 지는 대부님 입장 생각혀서 좋은 쪽으로 해결허고 싶기도 혀요."

"니가 영 못헌다먼 어쩔 것이냐? 아무리 어려워도 내가 빚이라도 내서 혀야겄다."

"그럴 필요는 없어요. 엄니한테 말혀서 잘 되도록 허께요. 너무 걱정 마셔요."

"고렇게만 혀줌사 참말로 고맙지야."

춘호가 어느 정도 긍정적으로 생각하는데 대해서 금상할아버지는 한시름 놓는 듯 한숨을 길게 쉬고는 얼굴색이 환해지는 것 같았다. 춘호는 집에 돌아와 어머니와 타협해서 쌀 두 가마 값을 보내주기로 하고 깨끗이 결말을 냈다. 그러고 나니 삼년 묵은 체증이 내려간 듯 막혔던 속이 확 트였다. 원순과 춘호는 결혼이란 마음먹은 대로 쉽게 되는 일이 아니라는 것을 새삼 깨닫게 되었다. 그렇게 시끌시끌하게 끌어오다 파혼에 따른 비용을 다소나마 지불하고는 찜찜한 생각이 들기도 했지만 마음은 홀가분했다. 어려운 문제가 해결되었다는 점에서 무거운 짐을 벗어버리는 기분이었다. 그러면서 당분간 결혼이야기는 입에 담고 싶지 않았다.

혹독했던 겨울이 물러나고 만물이 생동하는 봄이 꽃으로 산하를 꾸며 났다. 그러나 꽃 시절을 즐길 새 없이 춘호네 세 식구는 농사일에 전념했다. 농사일에 매달리다 보니 철이 언제 지나는 것조차 느낄 새가 없었다. 모심고 논매며, 두태 하종하다 어느덧 여름이 지나갔다.
무더위와 장마를 이겨내고 한숨 돌리는가 싶은데 풍요의 가절이 되어 들녘엔 황금물결이 일렁이고 있었다. 또 한해가 속절없이 다시 못 올 뒤안길로 그림자처럼 사위어들고 있었다. 풍요의 가을인데도 속마음은 소중한 것을 잃어버린 듯 허전했다.
원순은 그간의 모든 고생을 떨쳐내고 안정된 생활에 마음의 여유가 생겼다. 인생의 황금기 삼사십 대가 꿈에도 생각하고 싶지 않은 시련기였다면 오십 대는 넉넉하고 완숙한 여인으로 큰 근심 없이 행복한 삶을 누릴 수 있었다.

지난해는 춘호 결혼으로 생각지도 못한 어려움에 시달리면서 결혼이야기를 꺼내기도 싫었지만 적령기에 들어선 춘호 결혼을 마냥 뒤로 미룰 수는 없었다. 멀리 남원 갓바우가 친정인 아랫마을 사는 아주머니가 친정마을에 좋은 규수가 있다며 일러왔다. 전주 최 씨로 가문이 벌족하지만, 규수어머니가 일찍 돌아가신 바람에 홀아버지 밑에서 자랐으나 올케언니에게서 집안일을 배우고 농사일도 거들면서 나름대로 부덕을 쌓았다는 훌륭한 처자라고 했다. 특히 농촌이나 산중 같은 곳에 대해서도 가리지 않는다는 점을 강조했다. 흥정은 붙이고 싸움을 말린다는 옛말처럼 중매할머니는 처자를 자랑하며 좋은 점만 이야기했다.

원순은 집안어른들을 불러 모시고 의견을 모았다. 혼자 결정할 수도 있지만 한양조 씨 주부공파 12대 종손부를 맞이함에 있어 대소간 어른들의 의견을 묻는 것이 집안의 전통이고 절차였다.

"오늘 집안어르신들을 모신 것은 춘호한테 혼담이 들어와서 요렇게 모셨그만이라우. 남원 갓바우에 전주 최 씨 집안인디 가문은 그런대로 괜찮은가 싶은디오, 처자엄니가 일찍 돌아가셔 홀아버지 밑에서 자란 것이 흠이라먼 흠 같혀요. 어르신들 생각은 어쩌신지?"

원순은 처자에 대한 개략적인사항을 설명했다.

"질로 몬자 질부생각이 중허제. 전주 최씨먼 성씨는 혈만허고 질부말마따나 어메 없는 것이 마음에 걸린구만. 아부지는 멋 허는지 들어봤어?"

제일로 믿고 의지하며 살아온 남원당숙의 말이었다.

"자상한 것은 잘 모르지만 아매 농사으면서 장날은 소전에 다닌다고 허죠?"

"소전에 다닌다고? 소 거간꾼이구만. 옛날어른들은 소전에 들어가지도 않혔어. 소를 사고팔 때도 머슴만 들여보냈는데, 요새는 양반상놈이 없다고 허지만 어찌 좀, 그렇네."

산촌대부께서 조금 언짢다고 말했다.

"왜라우? 거간꾼은 안된당게라우? 요새 거간꾼이 돈 잘 번대요."

본촌 아저씨는 별 상관이 없다고 말했다.

"옛날 양반상놈 찾을 때는 그렸지만 요새는 어디 양반상놈 따진기요? 성씨가 전주 최 씨 같으먼 괜찮을 것 같혀요. 고기잡는 사람들한테도 함부로 말 못 놔. 처자아부지 허는 일이 욕묵을 일은 아닌게 제 생각으로는 괜찮을 것 같은데 어르신들은 어떻게 생각허셔요? 질로 처자가 어쩐지럴 잘 알아보는 것이 중헌게요."

집안에서 제일 권위 있고 세상물정을 아시는 남원당숙의 말이 의외로 직업의 귀천을 개의치 않는 개방된 생각을 가지고 있었다.

"대치 그려. 시상이 얼매나 변혔는가? 멋얼 혀묵던지 도독질만 안혀 먼 되제. 아부지가 먼 일얼 하는가까지 개릴라먼 아무것도 못혀. 질부 가 잘 생각혀서 허게나."

덕동 작은어머니가 남원당숙 말을 듣고는 괜찮다는 생각으로 말했다.

"젊은 사람덜언 어쩐가?

남원당숙이 집안 젊은 사람의 의견을 물었다.

"인자는 그런 옛날생각허먼 시집장가 못가요. 요렇게 개명된 시상에 부모직업을 따져요?"

재종 시동생 봉식의 말이었다. 40대 초반으로 듬직한 체구에다 생각 은 누구보다 개명되고 트인 사람이다.

"가품이나 잘 알아보고 처자성품이 좋아야 헌게, 그런 것이나 알아볼 대로 알아봐야 헐 것 같혀요."

재종 시동생 동수도 거들어 말했다. 10여 년 전 동수 결혼 때만 해도 결혼상대를 선택할 때는 제일 먼저 성씨를 봤고, 그리고 가문과 가족관 계를 위주로 했다.

세상이 바뀌면서 도시바람이 불어 웬만한 처녀들이 방직공장이나 봉 제공장으로 직장생활을 하면서 농촌총각들의 결혼이 어려워졌다. 더구 나 대부분의 농촌은 물론 교통이 불편한 산골에 사는 총각은 결혼하기 가 여간 힘들지 않았다.

"그렇겄다. 젊은 사람덜 생각이 옳아. 종부 자네가 결정허게."

좌장이신 산촌대부가 결론적으로 말했다.

"알았구만이라우. 지가 잘 생각혀서 혀야겄네요."

원순은 말을 마치고 부엌으로 나가 간단한 술상을 차려왔다. 집안어른들의 의견을 들었으니 먼저 중매할머니 말만 믿을 것이 아니라 직접 처자집안내력을 알아봐야겠다고 생각했다. 그쪽엔 아는 사람이 별로 없는데 다행히 갓바우에서 가까운 지당으로 시집간 여동생 삼순이 생각이 났다. 원순은 처음 하는 자식혼사라서 고민이 많아지면서 밤잠을 제대로 잘 수가 없었다.

　젊은 청상으로 생사를 넘나들던 전쟁의 고난을 이겨내고 잿더미 위에서 일어선 일들을 생각하면 꿈만 같았다. 이제 그 미로를 빠져나와 생활이 안정되면서 무거운 짐을 내려놓은 듯 몸도 마음도 가벼워졌다.
　자식들 공부를 못 시킨 것이 못내 아쉽지만 심성이 곱게 자라준 것이 고마울 따름이다. 이제 자식에게 의지하고 살아도 될 만큼 성장해준 것이 큰 보람이었다. 앞으로의 삶을 그려보면서 즐거운 고민에 잠겨 밤잠을 설친 것이다. 아침엔 제법 쌀쌀한 가을이었다.
　간밤에 서리가 눈처럼 내리고 첫 얼음이 얼어 초겨울기분이 들었다. 원순은 밥상 앞에서 춘호에게 지당 삼순이 이모네 집에 다녀온다고 말하고 아침을 먹는 대로 서둘러 집을 나섰다. 시무골에서 남원 주생까지는 100리가 넘었다. 원순은 곶감 한 접과 고사리를 한 근 쯤 가지고 길을 재촉했다.

　그 곱던 단풍이 된서리에 낙엽으로 떨어지고, 산자락엔 잎을 털어낸 나목들이 을씨년스럽게 떨고 서있었다. 물결처럼 넘실대던 풍요의 곡식들을 거두어 들여가 텅 빈 논밭엔 쓸쓸한 초겨울바람에 흙먼지와 섞여 흩날리고 있었다. 오직 생명의 흔적으로 갈가마귀 떼가 소란스럽게 우짖으며 논둑밭둑을 갈아업고 다녔다. 멀리 산자락 언덕배기밭에선 모닥불을 피워놓고 마지막 농사일을 하는지, 하얀 연기가 모락모락 피어오르고 있었다.

잔풍한 날씨에 피어오른 연기줄기가 고요하게 잠들어있는 초가집들과 어울려 한폭의 산수화였다. 순창으로 나가 남원을 거처 지당 동생 집에 도착할 때는 점심 때가 훨씬 지났다. 동생 집에서는 마당에서 베를 매고 있었다. 마당 한쪽에 도투마리를 설치해 바디에 꿴 명실가닥을 마당 끝가지 길게 늘여 뻗혀놓고 풀을 먹여 밑에 피워놓은 잉걸불에 말려 도투마리에 감는 일을 하고 있었다.

시어머니는 가는 솔뿌리로 만든 솔로 실 한 올 한 올에 풀을 먹이고, 동생 삼순은 풀기가 마른 실 가닥을 도투마리에 감으면서 뒷손을 봐주고 있었다. 대문을 들어선 원순을 본 삼순은 눈을 비비며 원순을 뚫어지게 쳐다보더니 하던 일을 내려놓고 뛰쳐나와 맞아주었다.

"서-엉! 큰 성 아니어?"

"응, 내다. 요렇게 빈손으로 온다."

"어쩐 일이어? 우리 집을 다 오고……."

"그렇게 되얏어. 사둔 어르신 안녕하셨능기요?"

"사둔. 어서 오서요."

삼순의 시어머니도 하던 일을 멈추고 일어서서 원순을 반가이 맞아주었다.

"근디, 어쩐 일로 큰 성이 우리 집을 다 찾아온디아. 참말로 반갑구만요. 먼 일이 있는 것은 아니제?"

삼순은 너무 반가워 눈물을 글썽였다.

"그려. 너도 보고 싶고 그첨 저첨, 왔어. 그간 별일은 없었제?"

원순은 꼭 붙잡은 삼순의 손을 풀면서 베 맨 쪽으로 걸어갔다.

"어서, 허든 일, 혀."

원순은 베 매는 불 앞에 앉아 바디를 오르내렸다.

"그냥 두셔요. 오시느라 다리 아푸실턴디, 저 마루로 가서 쉬셔요,"

시어머니는 원순이 거드는 일을 말리면서 솔로 풀을 매기고 골고루

묻도록 실 가닥을 손으로 주물러 문질러 내렸다.

"괜찮혀요. 명이 좋았능가벼요. 어찔게 요렇게 가늘게 자샀어요? 참말로 솜씨가 좋구만요."

원순은 가는 명실을 바디구멍과 함께 들여다보면서 칭찬을 했다.

"멀요. 참, 아가. 사둔 점심혀야제. 여그넌 나 혼자 헐랑게 어서 밥혀라."

시어머니가 먼저 점심준비를 시켰다. 삼순은 걷었던 저고리소매를 풀어 내리면서 부엌으로 들어갔다. 원순은 시어머니의 말류에도 베 맨 뒷손을 봐주었다.

"사둔네도 질쌈 허시지요?"

"아니요. 우리게는 명이 잘 안되고 또 다른 농사가 바빠서 명얼 못 갈았어요 그래서 이글년에는 명 질쌈을 못했어요."

"그래라우. 그러면 옷이랑은 어떻게 혀 입어요?"

"그렇게, 매년 못혀지요. 명 고적에 가서 곶감이며 고사리 같은 산 너물을 가지고 얻어다 쬐끔식 혀요."

"엄니, 밥이 다 되었는디요. 어서와 잡수고 허시지요."

삼순이 밥상을 차려놓고 시어머니를 불렀다.

"알았다. 나는 조금 있다가 묵을랑게 사둔이랑 니가 몬자 묵고 나랑 바꾸자. 사둔 어서 가시지요. 시장허시겠네요."

불잉걸이 이글거려 베매기를 멈출 수 없으니 시어머니는 계속 베 오라기에 풀칠하여 그것이 마르면 도투마리에 감으면서 멈추지 않았다.

"그럼, 지덜 몬자 묵으께요."

원순은 삼순이 밥상을 차려놓은 마루로 올라갔다.

"밥을 빨리 혔네. 햅쌀이라 지름기가 자르르 흐르는구만. 논이 좋은 가부네."

원순은 시장한 참이라 이야기 할 새도 없이 큰 수저로 한입씩 떠 넣고 꿀꺽꿀꺽 삼켰다.

"성, 집안에 먼 일 있넌 것언 아니제? 그냥 댕기로 왔제?"

삼순은 갑자기 찾아온 언니에게 무슨 일이 있는 것 아닌가, 하는 궁금증에 언니를 쳐다보며 다시 물었다.

"아니어, 먼 일은 먼 일. 춘호 혼담이 들어왔넌디, 여그서 얼매 안되는 저 아랫동네 갓바우에 참헌 처자가 있다고 혀서 좀 알아볼라고 왔어. 최씨랴. 여그서 어찧게 그 집안 아는 사람 있능가 모르겄네."

"그런 일이 있었구만. 나는 쬐금 놀랬어. 그런 일이면 내가 한번 알아 보께."

삼순은 안도의 한숨을 쉬면서 말했다.

"그럼 동생이 잘 좀 알아바 주어. 처자아부지가 소전에 거간 헌디야. 전에는 그런 것도 혼사에 말썽이 되얐넌디, 요새는 그런 것까지 개릴 수야 없제. 처자성미나 알아보먼 되겄어. 얌전허고 찬찬혀야 좋은디, 그런가 모르겄어."

"그려. 성, 걱정 마. 내가 알아보께 어서 밥이나 묵어."

삼순은 친정어머니를 본 것처럼 반가웠다. 원순은 삼순이 알아보기로 해서 그 길로 돌아와도 되지만, 모처럼 동생집에 왔으니 하룻밤 쉬어가기로 했다. 그래서 오후에는 베 매는데 뒷손을 봐주었다.

자매는 그동안 살아온 이야기로 밤을 새우다시피 했다. 원순은 이튿날 일찍 나서 집으로 돌아왔다. 동구 밖까지 전송 나온 삼순과 헤어지면서 오랫동안 잡은 손을 놓지 못했다.

"동생이 자상하게 알아봐서 우리 집으로 와. 기다리께."

"그려. 염려 마. 내가 헐 수 있는 데까지 알아보고 성 집으로 가께. 그러먼 잘 가."

삼순은 서너 발자국 따라오다 멈추기를 반복하며 어서 가라는 손짓을 했다.

"어여 들어가. 그러고 시엄니 공경 잘혀."

원순도 뒤를 돌아보면서 들어가라는 손사래를 치고는 잰걸음으로 삼순의 시야를 벗어났다.

날씨는 하루가 다르게 겨울 깊숙이 빨려 들어가고 있었다. 높은 산 정상에는 눈이 내려 흰 두건을 쓰고 있었다. 산상을 스쳐온 바람 끝이 바늘로 찌르는 것처럼 매웠다. 원순이 삼순네 집을 다녀온 뒤 십여 일이 지나서 삼순이 찾아왔다. 하늘은 우중충하여 골난 사람 마냥 찌푸리고 서릿발을 스쳐오며 매서워진 바람 끝이 오지랖을 파고들어 한기를 불어넣었다.

삼순의 이야기로는 춘호 혼처가 좋은 자리가 아니라고 했다. 처자가 떡애기 때 어머니가 돌림병으로 돌아가셨다고 했다. 얼마 안되어 아버지가 재혼을 했는데 손버릇이 나쁘고 됨됨이가 너무 거칠 뿐만 아니라 성질까지 급해서 다른 사람과 타협이 되지 않아 보내버렸다고 했다.
두 번째 재혼을 했지만 뜻이 맞지 않아 얼마 살지 못하고 헤어지는 바람에 집안이 편할 날이 없고 우환이 끊이질 않았다고 했다. 그러다 처자 큰오빠가 결혼을 하고 아버지는 홀아비로 살아왔다고 했다.

그런 집안에서 가정교육이 제대로 될 리 없었다. 또한 국민학교조차 제대로 다니지 못하고 겨우 한글을 해독할 정도였다고 했다. 선머슴처럼 설래 벌래하여 집안일도 해보지 않았다고 했다.
한마디로 여자로서 갖춰야할 기본이 안되었다고 했다. 더욱이 짧은 기간이지만 계모슬하에 있을 때 눈치만 살피며 피해의식에 젖어 성격이 거칠어졌다고 했다. 이런 내용을 알고는 혼사를 성사시킬 수 없다고 했다. 원순은 춘호를 불러놓고 이런 형편을 이야기하며 없었던 일로 하자고 했다. 그러나 춘호는 상당히 기대했던 터라 쉽게 수긍하는 것 같지 않았다.

직장살이 한다며 도시로 빠져나간 아가씨가 많아지면서 농촌으로 시집오려는 사람이 거의 없어 결혼이 쉽지 않은 실정이었다. 더구나 교통이 불편한 산중총각은 확실한 직업이 없는 한 장가들기가 여간 어려운 일이 아니었다. 따라서 결혼적령기에 접어든 춘호로서는 생각을 달리하고 있었다. 성품이 다소 좋지 않다고 하드라도 부족한 점은 살면서 고쳐 나가면 될 것이라고 생각하고 있었다. 농촌이던 산중이던 가리지 않는다는 사람이 어디 그리 흔한가? 춘호로서는 만나보지도 않고 그 처자를 곧 바로 단념하고 싶지는 않았다

"제가 맞선이라도 한번 보면 어쩔가요?"

"이모는 맞선을 보나마나 헐것이라고 혔넌디, 멋허로 본다냐. 맞선을 보면 그 쪽에서 달리 생각 헐 것이여. 그렇게 내 생각은 여그서 잊었으면 헌다."

원순은 내키지 않은 혼처로 생각하고 그것으로 끝내고 싶은 심정이었다.

"그래도 한번 얼굴을 보고, 말이라도 혀보고 싶어요. 요새 어떤 처녀가 이런 산중꼴짝으로 시집올라고 헌다요? 그려도 촌이네, 산중이네, 허지 않넌당게 살살 달래가면서 잘 가르치먼 괜찮을 것 같혀요. 이런데 저런데 다 개리고 나먼 맘에 든 사람이 이런 꼴짝으로 온다고 허겄어요? 엄니도 인자 나이 많혀서 밥 혀묵기도 힘들어보인게 지가 우선 불편혀요."

지금까지 살아오면서 어머니말씀 거스르지 않고 잘 따라주며 곱게 자란 춘호로서는 혼자 고생하면서 살아온 어머니가 너무도 안쓰러웠다. 춘호형제는 성년이 되어 바깥일은 알아서 할 수 있다. 그러나 안살림은 어머니가 혼자 하고 있다. 50세가 넘은 어머니가 찬물에 손을 넣어야 하고, 살림을 혼자 책임지며 고생하는 것이 마음에 걸렸다. 지난해 혼담에서 불미스런 일이 있어 곧 바로 결혼하기가 마뜩찮아 미루어왔다. 그러나 중매가 들어오지 않아 속으로는 애를 태우고 있었다.

그러던 차에 중매가 들어와 크게 기대하고 있었는데, 좋지 않다고 하니 마음이 언짢고 기대가 무너진 것 같았다.

  "아무리 그려도 혼사는 또 허고 또 헌것 아닌게 잘 알아봐서 허는 거여. 사람하나 잘못 들어오먼 큰일인게 요런 일언 잘 생각혀서 혀야 허는 것이다."

  원순은 이미 마음이 없어 어떻게든 춘호를 설득시켜 없던 일로 하고자 했다.

  "엄니, 그래도 나, 맞선한번 볼라요. 중매아줌니한테 연락허고 날 잡으라고 헐랑게 그리알아요."

  "되도 못헐 사람 멋허로 맞선을 본다냐? 서로 관계가 짚어지먼 띠기가 어려워징게 우리 여그서 접어두자."

  "이러다 이 겨울 넘어가먼 어찧게 허고요?"

  춘호는 기대가 커 잔뜩 들떠있던 참이라 선이라도 한번 보고 싶었다.

  "나, 아직 먼 일이라도 헐만헝게 나 땜시 니 결혼 암대나 헐 수는 없다. 없던 일로 허고 싶은디, 니가 정, 그렇싼게 내사 모르겄다. 니 일, 니가 알아서 혀라."

  원순은 못 마땅했지만 춘호를 설득하기는 어려울 것 같아 물러서고 말았다. 자식이기는 부모없다는 말이 꼭 맞는다고 생각했다.

  "엄니, 고마와요. 지보다 엄니생각혀서 그런게. 그리고 선본다고 꼭 결혼허라는 법언 없잖혀요. 모처럼 들어온 중맨게 어쩐가 알아보고 싶어요. 너무 걱정 마셔요."

  "기왕에 니가 고렇게 생각헌게, 중매아줌니한테 한번 야그 혀보마. 허지만 너무 믿지 마라."

  "예. 선이나 보고 잘 알아서 허께요."

  한겨울에 들어섰지만 큰 추위는 없었다.

동짓달 열엿새 남원 장날이었다. 열한 시에 남원 터미널 길 건너 제일 은행 옆 다방에서 맞선을 보기로 했다. 춘호는 장가가는 기분으로 읍내 로 나가 목욕하고 단정이 이발을 하여 새 양복으로 차려입으니 어디 내 놔도 욕심낼만한 신랑감이었다.

이른 아침부터 마음이 설렛다. 십리를 걸어 버스를 타고 순창으로 나 와 남원 행 버스로 갈아탔다. 오전 열한시 반에 만나기로 해서 삼십분 일찍 약속다방에 들어가 보니 아직 처자 쪽에서 나오지 않았다.
춘호는 안쪽 아늑한 곳에 자리를 잡고 기다렸다. 희미한 연노랑 전등 불빛이 분위기를 한껏 띄워주는 느낌이었다. 마담이 주고 간 보리차를 연방 마셔가며 초조한 마음으로 출입문 쪽에 시선을 고정시켜놓고 있 었다. 춥지는 않았으나 날씨가 찌뿌드드해서 그런지 설레고 긴장감이 풀리지 않아 한기가 드는 것 같았다.

열한시 반이 다 되어 중매아주머니가 30세가 좀 넘어보이는 처자올 케와 함께 들어왔다. 검정 주름치마에 하얀 브라우수를 입은 처자가 뒤 따라 들어왔다.
"일찍 왔네. 멋 타고 왔소?"
중매아주머니가 춘호 있는 자리로 다가오면서 반갑게 인사를 했다.
"뻐스로 왔어요. 아줌니는?"
"엊저녁에 왔지라우. 갓바우로 가서 자고, 시방 함께 오는중이구만이 라우."
중매아주머니와 인사를 나누는 동안 올케와 처자는 정숙한 표정으로 뒤에 엉거주춤하고 서있었다.
"앉그셔요."
춘호는 서있다 먼저 앉으며 낭랑한 목소리로 자리를 권했다.
처자는 머리를 숙인 채 자리에 앉는데 올케는 조금도 스스럼없이 춘호 얼굴을 샅샅이 뜯어보려는 듯 뚫어지게 쳐다봤다.

"저그가 올케 되고, 여그가 이번에 말헌 처자여."

중매아주머니가 두 여인을 소개했다.

"반갑습니다. 저는 조춘호라고 헙니다."

춘호는 자기소개를 하고 무엇인가 뒷말을 이어가고 싶었는데 말이 얼른 생각나지 않았다.

"차, 시키게요."

춘호는 카운터에 손짓으로 차주문을 받으라고 했다. 마담이 긴 한복 치마를 발등이 보이지 않게 끌며 사뿐사뿐 걸어와 차주문을 받았다.

"저는, 커피 헐랑게요."

춘호는 명랑하게 보이려고 일부러 말소리를 또렷하게 했다.

"저희는 오렌지쥬스 주셔요."

"아줌니는 머, 드실라요?"

"난 몰라. 아무것이라도 묵제."

"커피 드실레요? 앙그러면 율무차로 허시던지."

춘호가 차 이름을 대주었다.

"율무차가 멋이간디요?"

"커피는 처음 마신 사람은 좀 써요. 율무차가 좋겠네요."

마담이 율무차를 권했다.

"그러면 율무차로 주어요. 멋인종도 모릉께, 아무것이나 묵제, 머."

중매아주머니는 율무차로 주문했다.

장날인데도 다방엔 별로 사람이 없었다. 춘호 일행 말고 카운터 가까이 있는 탁자에 40대 쯤으로 보이는 남자가 혼자 눈을 지그시 감고 음악을 감상하는지, 조용히 앉아있었다. 마담은 한복치마를 왼손으로 걷어잡고 테이블사이로 엉덩이를 흔들거리며 신발을 끌며 계산대로 가서 주방에 대고 차 주문내용을 알려주었다. 아늑히 가라앉은 다방 안에 이미자의 '섬마을 선생님' 유행가가락이 나지막이 흘러나와 대화가 끊어진 사이사이를 반주처럼 메워주었다.

차를 다 마시면서도 별 말이 없었다. 춘호는 무슨 말이라도 대화를 이어가야겠다고 생각하는데 분위기에 맞는 말이 떠오르지 않아 가슴이 초조하기까지 했다.

"우리는 나갈게 둘이 야그 혀요."

중매아주머니가 올케를 눈짓으로 일어서라며 먼저 나갔다.

"더, 말씀 허셔도 되는디."

춘호는 의례적인 말로 더 앉아있으라고 했다.

"……"

처자는 아무 말 없이 다소곳이 고개를 반쯤 숙이고 있었다.

"좋은 야그덜 혀요."

올케도 눈치를 채고 나가면서 처자의 어깨를 가볍게 눌러주었다. 다방이 다시 음악소리로 채워지고 시간이 흐르고 있었다. 연노랑 전등불빛에 물든 처자의 얼굴은 은은한 자두꽃빛이었다.

"저는, 조춘호 입니다."

한참 만에 말을 꺼낸 춘호는 자기소개를 다시 하면서 대화의 끈을 찾고 있었다.

"저는 설혜숙이에요."

목소리를 꾸며 낮은음으로 처자도 자기소개를 했다.

"이름이 예쁘네요."

춘호는 가볍게 이름을 칭찬했다.

"나넌 국민학교 졸업하고 집에서 농사만 지었어요."

춘호는 숨김없이 학력부터 이야기해주며 처자의 학력을 간접적으로 물었다.

"지는 국민학교도 제대로 못 댕겼어요 삼학년 댕기다말았어요."

이미 중매아주머니가 인적사항을 알려주었기 때문에 새로울 것이 없는 이야기였다. 다만 솔직하게 말해주는 것이 춘호의 마음을 끌리게 했다.

"근디, 우리 사는디는 아조 깊은 산골이고, 더구나 12대 종손 집으로 일이 많아요."

춘호는 집안사정을 말하여 처자의 확실한 뜻을 알고자 했다.

"그러먼 어쩐대요? 사람 사는디는 다 그렇지요."

혜숙은 이미 알고 있는 터라 주저 없이 긍정적으로 이야기했다.

"요새, 처자덜언 도시로만 갈라고 헌는디 혜숙씨는 그런 생각 없넌가요?"

춘호는 브드럽고 낮은 어감이지만 마음이 흔들림 없이 확고한지를 확인하고 싶었다.

"아니여요. 지는 배움도 없는디, 도시가먼 멋 헌대요. 농촌이먼 어쩌고 산중이먼 어쩐간디요. 지는 그런 것 상관 안 혀요. 사람이 중허지요."

춘호는 숨김없이 이야기하는 혜숙이 마음에 들었다. 지난번 삼순 이모가 전했던 사실들은 설령 많이 부족하드라도 지금의 혜숙에게서 느끼는 감정은 충분히 고쳐가며 살 수 있겠다고 생각되었다.

결혼적령기에 여자들이 농촌을 기피하는 현실에서 그만도 못한 깊은 산중이라면 어디 가서 말도 못 꺼낼 판국인데, 다른 그 무엇이 조금 부족한들 대수인가, 다 덮고 갈 수 있다고 생각 되었다. 학교를 못 다닌 것도 부끄러워할 터이지만 숨기지 않고 솔직히 말하는 용기가 춘호의 마음을 사로잡았다.

'이것이여! 누가 가품이 어떻고, 여자로서 갖출 것을 못 갖추었다고? 그것이 무슨 문제인가, 살면서 고쳐질 수 있는 사람이면 되지.'

춘호는 백이 백말을 해도 자신은 두말할 것 없이 배우자로서 부족함이 없다고 생각했다. 못 배운 것은 차차 배우면 될 것이다. 사람이 솔직하고 꾸밈이 없으면 그것으로 충분하다. 오직 서로 믿음이 있으면 살아갈 수 있을 것이다.

　그들은 다음 장날 다시 만나기로 약속했다. 오래 사귄 사람처럼 어색하지 않은 분위기였다. 중매아주머니와 올케와 만나 점심을 함께하고 헤어졌다. 춘호는 버스에서 내려 십리 길을 걸어오면서 기분이 좋아 노래를 흐드러지게 불렀다. 어머니는 품앗이를 갔다가 어둑발이 들기 시작할 즈음 집에 왔다. 저녁을 먹고 세 식구가 한자리에 앉아 맞선 본 이야기로 초저녁 어둠이 짙어지는 것도 잊고 있었다.

"잘, 보고 왔냐? 니 눈에는 어떻디야?"
　원순이 궁금하여 먼저 말문을 열었다.
"엄니, 저 결정했어요."
　춘호는 낮에 마음먹었던 것을 결연한 의지로 짧게 말했다.
"결정 혔다니? 어찔게? 결혼 허기로?"
　원순은 황당한 표정을 지으며 놀래는 어투였다.
"예에-."
　춘호는 더욱 명확한 태도를 취하면서 한마디로 대답했다.
"야야, 어찌 고렇게 쉽게 정헌다냐? 껍닥만 보고 그러는 것 아니다. 씸벅 한번 보고 멋을 안다냐? 당치 그런 소리 허지마라. 니, 이모 허는 소리 못 들었냐? 우리 더 알아보고 정해도 늦지 않응게 지망지망 정혈 일이 아니다."
"그런 소리 나 들리지 않혀요. 오널 봉게 얼굴은 그렇게 이쁘던 않허드만. 약간 남성질러 여자다운 맛이 없드라고요. 그래도 지가 마음을 굳힌 것은 솔직한 성격이어요. 사람덜언 자기 약점은 숨기고 꾸며서라도 좋은 점만 나타내려고 허는디, 아조 솔직헌 것이 맘에 들었어요. 또 농촌이고 산중이고 다 사람 사는데람선 재산 같은 것도 별로 문제될 것 없다고 허드라고요. 오직 사람하나만 본디야. 아직 모르기는 혀도 그 쪽에서도 마음 묵은 것 같혀요. 다음 장날 또 한번 만나자고 약속 혔어요."

춘호는 이미 혜숙에게 마음이 빠져 좋게만 이야기를 했다.

"야야. 결혼은 평상, 같이 살아야헐 사람을 정허는 것인디, 한번보고 정허는 사람은 별로 없다. 다음에 더 보고 정혀도 늦지 않응게 잘 생각 혀보자."

"성. 언제 여자럴 만나본일 있어? 여태 살면서 여자한번 만나보지도 않고 있다가, 꾸미고나온 사람보고 한눈에 반혔구만.

춘보가 비아냥거리듯 말했다.

"니가, 멀 알아. 너도 보면 알꺼여. 다음에는 너랑 같이 가서보자."

"그려. 나도 같이 가게."

춘보는 생각지도 않았는데 형이 함께 가자고 하니 한껏 좋아했다. 연중 밤이 제일 긴 동짓달보름을 넘긴 어둠은 달이 솟아오르면서 대낮 같이 밝아 앞산 나무그림자까지 보였다. 밤이 깊어갈 수록 간간히 불어오는 바람에 낙엽 흩날리는 소리가 밤공기를 차갑게 흔들고 지나갔다. 춘호는 들뜬 마음으로 춘보랑 함께 보고 어머니를 설득하려고 생각했다. 선을 보면서 느꼈던 혜숙에 대한 강한 인상으로 잠이 좀처럼 오지않았다.

약속했던 남원장날, 춘호는 춘보을 데리고 약속한 다방에서 혜숙을 만났다. 혜숙은 화장도 짙게 하지 않은 농촌처녀의 순수함이 묻어난 평범한 얼굴로 나왔다. 춘보도 형이 한눈에 결정했다는 심정을 짐작할 수 있었다. 한번 만나보고 속마음까지 다 알 수는 없지만 외형으로 우선 수수한 것이 호감을 갖게 했다. 혜숙은 시동생 될 사람이 함께 와서 그런지 지난번 보다 더 정숙하고 걸음걸이 하나도 조신있게 걸었다.

세 사람은 함께 점심을 먹고 헤어졌다. 헤어지면서 다음 만날 날을 약속할 법 하는데 그냥 헤어졌다.

"니, 봉게 어쩌디? 안 괜찮댜?"
"성이 마음먹은 것 알만 혀. 엄니헌테 성 편이 되어 야그혀주께."
춘보는 춘호 생각에 완전히 동조했다. 집에 와 두 형제는 어머니설득에 나섰다.

"엄니, 괜찮혀. 얼굴이 아조 이뿌지는 않혀도 그렇다고 아조 밉상도 않니어. 그런디, 말씨고 몸가짐을 보면 성이 마음 정혔다는 것 알만혀요."
춘보가 먼저 어머니에게 첫인상을 이야기했다.

"그려? 너도 고렇게 혓당게 마음이 쬐끔 놓인다. 허지만 밖에서 한 번보고 잘 모를 수 있어. 헐 수만 있다면 알아볼 대로 알아보고허는 것이여. 결혼이야말로 신중허고 또 신중허게 혀야 허는 것이다. 너그덜이 좋당게, 나도 좋은디 이모 말이 걸린다."
원순은 애들 말만 믿고 덥석 결정하기에는 마음이 쉽게 허락하지 않았다.

"저도 쉽게 결정허는 것 아니어요. 말허는 것이 하도 고마워서 그만헌 사람이 어디 있을까 싶은 생각이 들더라고요."
춘호는 차마 딴 생각을 하고 싶지 않았다.

"알았다. 내가 한번 더 알아보마."

원순은 그 순간 번쩍 한 생각이 떠올랐다. 자기가 직접 그 동네에 들어가 물음을 떠보는 것이다. 피난 가서 경험했던 소쿠리장사를 가장해서 가정의 내막이나 그동안 처자가 성장하면서 동네사람들에게 비춰진 것을 속속들이 알아볼 수 있으리라고 생각했다. 춘호에게도 구체적인 내막을 이야기하지 않았다.

원순은 삼순 동생네 집에 다녀온다고 하고 장날을 맞추어 남원으로 갔다. 죽물 전에 들러 구색을 맞추어 가볍게 대그릇을 뗐다.

남원에서 이십 리쯤 되는 갓바위마을까지 걸었다. 동짓달 해는 너무 짧아 금방 뉘엿뉘엿 서산으로 기울고 있었다. 갓바위마을 옆 야트막한 산마루에서 마을을 굽어보았다. 가을에 새로 이은 금빛 지붕들이 저물어가는 석양빛에 물들어 분묘처럼 올망졸망 모여앉아 소근 대고 있는 것 같았다. 해거름의 농촌풍경이 너무도 한적하고 평화로워 어머니품 속처럼 아늑하게 느껴졌다.

지붕에 기대선 굴뚝마다에서 희부옇게 뿜어 나온 연기가 하늘로 회색 머리를 풀고 올라가는 것 같았다.

'저 포근한 마을에 내 며느리 될 처자가 있다고.' 혼자 말을 하면서 웬지 모르게 춘호 말처럼 괜찮은 처자일거라고 생각되었다.

원순은 마을입구 첫 집으로 들어갔다. 저녁을 짓느라 부엌에서 중년 아주머니가 아궁이에 불을 때고 있었다.

아주머니혼자 있어 부엌으로 들어가 말하기가 부드러웠다.

"소쿠리하나 사셔요."

원순은 소쿠리 짐을 토방에 내려놓고 부엌으로 들어갔다. 솔가리를 때 밥을 짓는데 밥 짓는 김에서 풍기는 냄새가 구수하게 코를 자극하여 시장기가 들었다.

"밥내가 참, 맛있게 나네요."

시장해서 그런지 김 오른 밥 냄새가 입맛을 돋우었다.

주인아주머니가 솔가리나무를 때다가 비켜 앉으며 원순을 아궁이 앞에 앉아 불을 쬐라고 했다. 날씨가 좋았지만 해가 저무니 한기가 시려왔다.

"고맙소. 소쿠리하나 안 살라우? 대몽서 만든 것인디 걸대로 맨들어 참 쫄길 것이라우."

"얼마 전에 장에 가서 사왔어요."

주인댁은 저녁을 준비하면서 원순의 말에 귀를 기울이지 않았다.

"해가 저물어서 그런디, 여그서 하룻밤 자먼 않될그라우? 대 석작 하나 드리께 잠좀 재워주었으먼 좋겠네요."

원순은 잠자리를 정하지 못하여 우선 잘만한 집을 먼저 정하려고 했다.
"미안혀서 어쩍그라우. 방이 없서라우. 애 아부지가 집에서만 잔께, 그리고 애들도 머심애들만 있어 같이 자기도 그렇고요. 요, 고샅으로 올라가다 대밭아래 싸리문집이 있어요. 그 집 아짐도 장시를 댕깅게 도부장시가 오먼 잘 재워준다요. 여그서 밥은 잡수고 그 집으로 한번 가보셔요."
작달막한 키에 얼굴이 넓은 편인 주인아주머니가 친절하게 안내해주었다. 원순은 저녁밥을 얻어먹고 다른 집 들어갈 것도 없이 아주머니가 말해준대로 고샅을 따라 올라가니 마을 약간 동편에 그 집이 있었다. 뒤편은 대나무가 둘러있어 울타리가 되어있었다.

해거름대밭에서 참새들이 대나무에 모여 시끄러울 만큼 짹짹거렸다.
사립문을 열고 들어가니 마당이 꾀 넓은데 동편에 겨릅대로 울타리를 치고 배추를 심었던 밭이라 배추를 뽑은 빈 밭에 시래기가 난삽하게 널브러져 있었다. 바람이 대밭을 스칠 때 서걱거리는 댓잎소리에 참새들이 짹짹거리는 소리를 잠시 멈췄다. 개집에 앉아있던 작은 개가 달려들며 짖어댔다. 개 짖는 소리를 듣고 방문을 열고 나오는 주인아주머니는 50대 후반으로 보였다. 쪽진 머리를 단정하게 빗어 올려 마음도 깔끔할 것 같았다.
"바구니 사시라고 왔어요. 하나 사주셔요."
"소쿠리 있어라우. 살 것 없는게 다른 데로 가보시오."
아주머니의 쌀쌀한 인상에 못 올 곳이라도 온 것처럼 주눅이 들었다. 아주머니는 시큰둥한 말투로 말붙이기가 어려웠다. 그렇다고 바로 물러나올 수도 없었다.

"해가 저서 어디 댕기기도 그렇고 혀서 하룻밤 신세 좀 졌으면 허는디오."

원순은 용기를 내어 사정했다.

"우리집은 나무가 없어 방이 춘게 고상헐 것인디. 저그 가운데 부잣집으로 가보쇼."

주인아주머니는 별로 내키지 않아하며 다른 집으로 가라고 했다. 난감한 생각이 들었다. 잘 재워준다고 해서 왔는데, 창피해서 두말하기 싫었다. 그대로 나와 버릴까 하다가 어둠이 드는데 다른 집을 찾아가기가 어설펐다.

"아줌니. 어렵지만 하룻밤 자고 갑시다. 인자 늦어 어디 댕기기도 그렇네요."

원순은 통사정을 했다.

"나무가 없어 방이 춘게 그려요. 추워도 참고 잘라면 자시오. 많은 사람덜 재워 보냈소만 방이 추워 미안허드라고요. 그려서 그런게 알아서 허셔요."

아주머니는 마지못한 표정으로 허락을 해주었다.

"고맙구만이라우. 장시 댕깁선 잠자리가 질로 어려워요."

"그려요. 나도 장시 댕기지만 잠자리가 어려워, 그걸 생각허고 우리집에 온 장시덜얼 많이 재워보냈소. 그런종 알고 불편혀도 그냥 잡시다."

"멋이 불편허다요. 재워준 것만혀도 고맙지요."

첫인상으로는 쌀쌀한 성격 같았는데 이야기를 하다 보니 생각보다 자상하고 속마음이 포근했다.

원순은 고맙다고 인사를 하면서 바구니 짐을 마루한쪽에 내려놓고 방으로 들어갔다. 방안은 어두컴컴하여 사람을 분간하기도 어려운데 불을 켜지 않고 있었다. 조금 앉아 있으니까 완전히 어둡지는 않았다.

아주머니는 아랫목으로 앉으면서 물었다.

"어디서 왔어요?"

"저그, 먼데 살아요."

"먼데 어디?"

"순창이라우. 시한이라 별로 헐 일도 없고 혀서 한 푼이라도 몬저볼까 허고 나왔는디 모다 장에서 사왔다고 안 사는구만이라우. 얼매 남지도 않혔고 집나온 지도 여러 날 되야쓴게 니얼은 돌아가야 헐랑게벼요."

"얼매 안 남았구만. 동네 댕겨보면 살 사람 있을 것이오."

"바깥양반이랑은 안지신가요?"

"없어요. 혼자 산지 삼십년이 다 되어가요. 아들 둘 딜고 그것덜 처다봄선 살아가고 있어요."

원순은 금방 가까워진 것 같은 기분에 그동안 살아온 이야기를 털어놓기 시작했다.

"그려요. 고상 많이 혔소. 나맹기 살았구만이라우."

아주머니는 깊은 한숨을 길게 내쉬었다. 아주머니도 원순처럼 전쟁 때 남편을 잃고 딸하나 데리고 살아온 사람이었다. 딸은 출가시키고 홀로 살고 있는데 농사도 많지 않아 비단옷감을 이 마을 저 동네로 돌아다니며 파는 도부장사로 살아가고 있었다. 그래서 도부장사의 사정을 잘 아는 터라 이집에서 자고 가는 사람이 많았다.

"아줌매 저녁은 어쨌어요? 나는 식은 밥 한 술 있어 그것으로 때웠넌디, 어쩔가?

"아줌니. 괜찮혀요. 지 걱정은 마시기라우. 저 아랫집에서 한 술 얻어묵었어요."

"그러면 그럴까. 이따가 설풋허면 무시라도 묵읍시다."

주인아주머니는 잘 되었다는 심정으로 윗목 벽에 걸려있는 등잔을 내려 방 가운데 놓고 호롱에 불을 키고는 뒷문 쪽에 밀쳐놓은 삼 그릇을 당겨 삼기 시작했다.

"장사 허신담선 어찌게 삼 농사는 혔어요?"

원순이 삼 삼는 것을 거들어주려고 삼실 가닥을 빼서 두 실을 무릎에 비비 이으면서 물었다.

"아니여. 우리는 밭이 없는게 삼도 못 갈아요. 삼헐 때 일혀주고 한춤 두춤 얻어다 두고 여태 못혔지라우. 여름에 혀야 헌디 못혀고 인자 좀 헐랑게 심난허요. 내 옷이라도 혀입을 라고 헌디 언제 헐가 모르것네."

아주머니는 오랜만에 같은 처지의 사람을 만나 마음이 통했는지 젊어서 살아온 이야기를 허심탄회하게 나누면서 동지 밤 깊은 줄도 모르고 삼을 삼았다. 원순은 은연중에 며느릿감 설혜숙에 대해서 말을 해봤다.

"아까, 소장시 헌다는 집에 들어갔는디, 다 큰 처자가 참 쌀쌀허드라고요. 무색혀서 혼났는디, 평상시에도 그런가요?

원순은 짐작으로 넘겨 집고 혜숙에 대하여 이야기를 꺼냈다.

"그 집, 댕겨왔어라우?"

"예."

입을 다물고 한참을 있던 아주머니가 물었다.

"머, 본 것 없었능기요?

"아니오. 왜요?"

원순은 귀가 쫑긋해졌다.

"별일은 아닌디 갸가 떡애기 때 어매가 죽었어요. 아부지는 새 장게를 두 번이나 갔지만 오는 사람덜이 안 좋아 내보내고 홀애비로 살았어라우. 갸넌 어메 없이 큰다고 오냐,오냐, 허다 본게 좀 버릇이 없이 컸지라우. 어른 아도 몰라보고 저만 알고 고집만 부린다고 헙디다. 이런 사람은 차꼬 만나보지는 않혀서 잘 모르지만……."

아주머니는 대충 짐작할 만큼 이야기를 해주었다.

"그 집을 들어간게 다 큰 처녀가 쏙 나섬선 '안 살랑게 가시요.' 험선 내 쫓아 참 민망허등만이라우."

"근디, 요새는 많이 좋아졌다고 헙디다. 어려서는 울보, 떼보, 그렸어라우. 글고 다른 아들허고 어울려 놀덜 못했어라우. 인자 시집갈 나이가 된게 철이 좀 드는가? 어쩐가? 원."

"얼굴이 밉상은 아니두만 여자는 성질이 순혀야 허는디. 시방 같으면 못 쓰지만 인자 나이 들어감선 좋아질 테지라우."

원순은 관심 없는 듯 남의 일로 생각한 것처럼 무덤덤하게 이야기했다.

"아매 요새 혼담도 있다고 허던디 아직 어쨌는가 모르겠네."

아주머니도 별 관심이 없는 듯 남 말로 하고 지나갔다. 원순은 이 생각 저 생각에 쉽게 잠을 잘 수가 없었다.

혜숙에 대한 평이 좋지 않은 것은 틀림없었다. 그러나 춘호, 춘보가 좋다고 하니 작파作破하기가 쉽지 않을 것 같아 딴 걱정이 생겼다. 이튿 날 원순은 이집 저집을 돌면서 소쿠리를 팔다가 점심때쯤 혜숙이 집으로 들어갔다. 그 때 마침 점심을 차리고 있었다.

원순은 수건을 머리에 쓴 채 대바구니 짐을 머리에 이고 들어가 토방에 짐을 내려났다. 누구하나 처다 보는 사람도 없어 말을 꺼내기가 어색하여 머뭇거리다가 부엌 쪽을 기웃하며 겨우 말을 꺼냈다.

"대그릇하나 샀쇼. 싸게 드릴랑게 구경이나 혀보셔요."

"안 살랑게, 그냥 가시요."

밥상을 차리던 처자가 나오면서 쌀쌀한 말시로 냉정하게 말했다.

한눈에 봐도 혜숙임이 틀림없었다. 예상한 그대로였다. 아무리 장사라지만 처음 본 사람을 그렇게 쌀쌀하게 대하다니, 생각 같아서는 '안 사먼 그만이제. 왜 그리 쌀쌀혀요'하고 한마디 해주고 싶었다. 그동안 들어온 대로 성격이 온순하지는 않는 것은 사실인성 싶었다.

원순은 멋쩍어서 우무거니 서있었다.

"애기씨. 먼 말얼 고렇게 혀요. 글지마요. 소쿠리는 못 사도 말을 고렇게 쌀쌀맞게 허는 것 아니어. 아줌니 요리 오셔요. 때가 되응게 반찬은 없어도 한술 뜨고 가셔요."

젊은 아주머니가 처자를 나무라며 점심을 드시라고 했다. 올케 같았다. 그 말에 '저런 사람이면 얼마나 좋을고' 하는 생각이 들어 처자와 대비되었다.

"안사도 괜찮혀라우."

원순은 내려놓았던 짐을 머리에 이려고 했다.

"먼, 소리냐? 때가 되얏는디, 내 집에 온 사람을 그냥 가게 허먼 못쓴 것이다."

방문을 열면서 며느리에게 나무라는 사람은 혜숙 아버지였다.

"아줌니. 점심한술 뜨고 가셔요. 찬은 없지만 우리 묵는 대로 그냥 채렸어요."

젊은 아낙이 머리에 이려는 바구니 짐을 억지로 내려놓으며 원순을 부엌으로 데리고 들어갔다. 혜숙은 쌀쌀하게 말해놓고 무참했는지 방으로 들어가 버렸다.

원순은 얼굴을 드러내지 않으려고 수건을 깊이 쓴 채 점심을 먹는데 얼굴이 익혀질까 불안해서 전전긍긍했다. 만약 결혼이 성사되면 얼굴을 알아보지나 않을까하는 노파심에서 내심 걱정되었다. 불안한 심정으로 밥을 먹자니 밥술이 어떻게 넘어가는 줄도 모르게 쫓기는 사람처럼 먹었다. 급한 마음에 고맙다는 인사말조차 제대로 못하고 도망치 듯 빠져나왔다. 이십 리가 다되는 길을 옆 한번 쳐다 볼 새 없이 오느라 숨이 가빴다.

남원까지 어떻게 왔는지 모르게 걸어 나왔다. 머릿속은 헝클어진 실타래 같아 어디서부터 실마리를 찾아내야 할 것인지 정신이 멍했다.

그동안 들어온 대로 어른들은 가품이 있고 남의 어려운 처지를 보듬어주며 대접할 줄 아는 사람들이었다.

그런데 막상 며느리 될 혜숙은 떫은 땡감 같았다. 생파리같아 정을 붙일 수 없어보였다. 저런 돌출적인 성격의 사람을 데려다 길들인다고 해서 순해질까, 떫은 땡감을 잘 우리면 달콤한 감이 되지만 잘못 우리면 땡감보다 더 떫어진다. 꼭 그 짝이 될 것이라는 생각이 들었다.

집에 올 때까지 차속에서나 길을 걸을 때나 온통 그 혜숙의 생각이 떠나지 않았다. 혜숙의 고삐 풀린 망아지 같은 행동거지가 마음을 옭아매고 있어 가슴이 솜으로 틀어 막힌 듯 갑갑했다.

해가 지고 땅거미가 스멀스멀 기어오면서 발걸음을 터덕거리게 했다. 비탈진 오솔길엔 잔자갈이 나뒹굴어 한발 뗄 때마다 워걱거려 발이 미끄러지고 비트적거렸다. 재를 두 개나 넘어야 하고 휘돌아 흐르는 냇물을 세 번이나 건너서야 시무골에 이르게 된다.

길이 너무 좁아 한사람 걷는데도 조심조심해야 한다. 난간을 잘못 디디면 곧바로 한길 낭떠러지아래로 떨어져 뒹굴게 되는 험한 길이다. 이런 길을 혼자 걸어가고 있다. 어둠이 깊어지면서 무서움에 몸이 오싹하면서 긴장되었다. 긴 한숨을 토하면서 마음을 다잡아본다.

이런 곳으로 시집온 자신이 새삼 한심스러웠다. 그 때는 부모님이 정한 혼사를 거역할 수가 없었다. 생각해보면 원순 자신도 이런 험한 산중인줄 알았다면 아무리 부모님이 정했다 하더라도 시집오지 않았을 것이다. 이렇게 교통이 불편한 곳으로 어느 누가 시집을 오려고 하겠는가, 그런데 혜숙은 농촌은 물론 깊은 산골이라도 가리지 않는다는 것이 가상스러웠다. 그런 혜숙이 마음변하기전에 서둘러 혼사를 치러야할 것이라는 생각이 들기도 했다.

하지만 원순 자신은 물론 순해빠진 춘호가 야생마 같은 혜숙과 함께 무난히 살아갈 수 있을까? 원순이 쉽게 마음을 열지 못하는 이유이기도 했다. 자식을 제대로 가르치지 못했기 때문에 좋은 혼처를 바라는 것은 아니다. 최소한 마음이 포근하고 인정이 있어 남을 배려할 줄 아는 사람을 원하는 것이다.

그런 사람이 종손부로서 갖추어야할 기본인품이다. 어느 누가 자식의 짝을 선택하는데 이만한 조건도 가리지 않겠는가? 그런데 혜숙은 너무도 기본이 갖추어지지 않은 것 같았다. 사람하나 잘못 들어오면 집안이 분란에 휩싸이기 마련이다. 이런 저런 점을 따져볼 때 혜숙은 춘호 색시 감으로 받아드리기엔 너무도 멀리 있는 것 같았다.

그러나 시대가 변하고 사람들의 생각도 변했는데, 어머니가 반대한다고 자식이 순순히 따라줄까? 또한 이런 자리 놓쳐버리고 나서, 산중이라고 꺼려하는 사람만 나서면 어쩔 것인가? 춘호의 결혼이 쉽게 성사되지 못하여 나중에 후회하지나 않을까하는 생각에 마음이 뒤숭숭하여 갈피를 잡을 수가 없다.

어둠으로 막혀있는 비탈길을 걸으면서 안개 속 같은 생각에 빠져있다가 몇 번을 넘어질 듯 비틀거렸지만 용케 넘어지지 않고 집에 도착할 수 있었다. 춘호, 춘보가 저녁밥을 지어놓고 호롱불아래서 어머니를 기다리고 있었다. 저녁을 먹고 나서 세 식구가 한자리에 앉아 처자집에 다녀온 이야기를 진지하게 나누었다.

"어제 밤 그 동네서 잠선 동네사람덜 야그도 들어보고, 오늘 점심 무렵에 그 집에 들어가 소쿠리를 사라고 허는디, 전에 니 이모가 말헌 그대로더라. 내 맘에는 안 든디 어쩌면 좋겠냐?"

원순은 보고 들은 사실과 느낌을 있는 그대로 춘호, 춘보에게 말해주었다.

"엄니, 거그 댕겨왔어요? 그러고 고렇게 안 되겠어요."

춘호는 어머니가 자기에게 말도 하지 않고 처자에 대하여 몰래 물음을 떠보려고 다녀온 것을 불쾌하게 생각했다.

"엄니, 잠깐 만나봤지만 그만허먼 괜찮을 것 같던디."

춘보가 끼어들며 말했다.

"사람을 얼굴만 보고서 그 됨됨이를 다 알 수없는 것이다. 그런디, 마을사람들 말은 좋다고 허는 사람이 하나도 없더라. 글고 내가 바도 너무 매몰차게 보이더라. 나 같은 장시한테 한 말 한 말 허는 것이 너무도 본새가 없고, 사람얼 무시허는 것 같혀. 우리가 큰집 종간디 요론 사람이 어찔게 일가덜얼 땁뜻허게 맞고 대접을 허겄냐? 참 마음이 안 좋았다."

"지가 요론 말 허먼 장가 못가 안달이나 난 것 맹기로 우숩게 생각헐런지 모르지만, 지는 엄니 밥혀 묵넌 것도 맘에 걸리고, 그려서 서두르는 것이어요. 요새 처자덜 요론 토깽이 발맞춘 데로 시집을 올라고 헌다요? 다른 것은 몰라도 요론 산중 안따지는 것만 바도 꼭 심사가 나쁜 것은 아닌 것 같혀요."

춘호의 말투로 봐서 혜숙과 결혼해야겠다는 의지가 강했다.

"니가, 고렇게 생각허먼 헐 수 있냐. 누가 머라혀도 본인덜이 좋다고 허먼 헐 말이 없제. 허지만 에미넌 결혼을 반대헐라고 허는 것이 아니라 평이 너무 안 좋아서 그렇게, 니, 알아서 혀라. 난, 맘이 안 드는디……, 모르겠다."

"설령, 처자에 대한 평이 안 좋아도 본맘만 괜찮으먼 고쳐질 수도 있잖겠어요? 지가 쬐게 맴이 있응게 엄니는 지 맘 이해혀 주었으먼 혀요."

"알았다. 그러지만 니가 종손인디, 우리맘대로 정헐 수는 없다. 집안 어른신들한테 내가 댕겨온 야그를 허고 어른들이 좋다고 혀야 헌다. 우선 고렇게 알고 담에 야그 더 허자."

원순은 춘호의 마음을 꺾을 수 없다고 생각은 하지만, 집안 어른들과 상의를 해서 가급적이면 하지 않는 것으로 최종결정을 내리려고 마음먹었다.

이튼 날 저녁에 집안어르신들을 집으로 모셔 처자집에 다녀온 이야기를 상세히 하면서 일가들의 의견을 들었다.

"아니, 동네사람덜 평이 고렇게 안 좋던가? 그러먼 어찧게 혀야 허는가! 일가덜 야그럴 들어보지만 나 같어먼 못허겄네."

지난번에는 처자아버지가 소 거간꾼이라는 직업에 대해서 가장 개방적으로 상관하지 않겠다던 남원당숙이 이번에는 처자의 성품이 좋지 않다고 하니 반대의사를 분명히 했다.

"워넌이 그렇기는 허구만. 다른 조건이 좀 안 좋다고 허드라도 당사자가 좋아야 혀. 첫째는 우리집안으로 오는 사람이 중헌 것 아니어? 말을 듣고 본께 좀 껄쩍찌근 허네."

제일 어른이신 산촌대부께서도 부정적으로 말씀을 했다.

"물린 올 사람이 좋아야 허지요. 그런디, 다들 처자가 좋지 않다고 헝게 저도 같은 생각이지만, 당사자 춘호가 좋다고 헌담선이라우? 지 생각으로는 좀 아쉰 점이 있어도 당사자가 좋다고 허면 같이 살 사람인게 춘호 생각을 존중하는 것이 좋을 것 같혀요."

재종시동생 봉식은 춘호의 의견을 들어주자고 했다. 30대 젊은이로서 면사무소에 근무하고 있어 누구보다 사리판단이 확실하다. 진취적인 생각을 가지고 있어 관행 같은 것을 과감하게 개선하려고 하는 성격이다.

"지도, 동감이구만라우."

재종시동생 동수도 봉식의 의견에 동조했다.

"한살이라도 젊은 사람은 다른 생각을 허는구만. 그렇게 생각헐 수 있제. 앙그려? 옛날허고넌 시상이 많이 달라졌응게, 젊은 사람덜 생각대로 춘호 의견을 들어보기로 허제."

제일 완고할 것 같은 산촌대부께서 마음을 바꿔 젊은 일가들 의견에 따라 춘호 의견을 들어보자고 했다.

"사람하나 맞아들이는 것이 요롷게 어렵당게. 나이 묵은 사람덜이 머라고 혀도 요새 젊은 사람덜언 엉뚱헌 생각을 갖고 있응게, 대치 산촌대부님 말씀대로 허제."

그동안 집안일에 제일 현명하게 판단하고 옳게 이끌어주셨던 남원당숙도 자기 뜻을 굽히며 알아서하라는 투였다.

"지는 안 혔으먼 좋겠어요. 없던 일로 허자고 혔넌디, 춘호가 고집을 피우네요. 그려서 어르신들 말씀을 들어볼라고 혔어요. 그렇게덜 말씀 허신게 지도 더는 헐 말이 없네요. 춘호 허잔대로 알아서 허라고 헐라요. 어른신덜께서 지들헌테 맺긴게 고렇게 헐랍니다."

원순도 더는 반대할 생각이나 의지가 없어졌다.

"그려. 알아서 허소. 자네가 비문이 알아서 헐 것인가. 잘혀 보소."

남원당숙의 최종말씀이었다. 이 혼사는 춘호 뜻대로 문중어른들도 승낙을 한 편이었다.

춘호는 남원장날 역전함양식당에서 점심시간에 만나자고 혜숙에게 전갈을 보냈다. 이미 맞선을 본 터라 구면이지만 결혼하기로 결정하고 만난자리여서 의복에 신경을 많이 썼다. 양복에 진달래 빛 넥타이를 매고 나서니 딴사람처럼 말쑥하고 믿음직한 청년이었다.

새 구두며 이발을 하는 등 몸치장을 하고보니 농촌에서 농사에 찌든 농사꾼은 아니었다. 175cm 키에 갸름한 얼굴, 서글서글한 목소리는 누가 봐도 전도가 양양하게 보여 호감이 갔다.

춘호는 일찍 서둘렀으나 차편이 여의치 않아 약속시간에 30분 쯤 늦었다. 혜숙은 약속시간에 나왔으나 춘호가 제 시간에 오지 않아 식당에서 기다리다 혼자 앉아있기가 멋없어서 입구 길에서 서성이고 있었다.

춘호는 길에서 서성이는 혜숙을 보고 숨을 몰아쉬며 빠른 걸음으로 쫓아갔다.

"죄송혀요. 차 때문에 좀 늦었어요. 오래 기다렸어요?"
춘호는 미안해하면서 혜숙을 데리고 식당으로 들어갔다.
"괜찮혀요. 먼데서 오면 늦을 수 있지요. 지도 조금전에 왔어요."
혜숙은 미소를 띠며 춘호의 미안해하는 마음을 헤아려주었다. 조심스런 걸음으로 춘호 뒤를 따라 식당으로 들어갔다. 장날이라 홀이 소란하고 번잡해서 방을 부탁하니 주인이 작은 방으로 안내해주었다.
세 번째 보는 구면이기는 하지만 단둘이 한방에 앉아있자니 어색한 분위기에 휩싸여있었다. 이런 분위기를 허물기위해서는 밥이라도 빨리 들어왔으면 하는데 장날이라 손님이 많아 두어 번 재촉을 해서야 밥상이 들어왔다. 밥을 먹으면서도 별 말이 없었다.

말이 없으니 자연적으로 달그락거린 수저소리만 들리며 밥을 열심히 먹었다. 춘호는 많이 허기졌는지 혜숙보다 먼저 밥을 먹고 혜숙을 바라보고 있으니 혜숙은 어려워서 그런지 먹다가 수저를 놓고 말았다.
"왜, 밥을 냉기셔요? 때가 지났응게 많이 묵어야제."
"많이 묵었어요."
혜숙은 어색한 표정을 지으며 상을 들어내려고 했다.
"놔두셔요. 있다 와서 내갈꺼요. 우리 나가서 장구경이나 허까요?"
춘호는 어렵게 말을 꺼냈다. 말 한마디 못한 것이 아쉬우면서도 얼른 할 말이 생각나지 않아 머뭇거리다가 겨우 말했다.
"그려요."
혜숙은 짧게 대답했다.

그들은 광한루 쪽으로 걸어갔다. 혜숙은 큰언니포목점 앞을 지나면서도 모른 체하고 지나갔다. 아직 확실한 정혼도 하지 않았는데 바쁜 점포에 들어가 춘호를 소개하는 것도 번잡스러울 것 같아 그냥 지나쳤다. 곧게 뻗은 도로양편으로 정연이 줄지어 서있는 프라다너스 가로수가 잎을 다 떨구고 나신으로 서있어 쓸쓸해 보이면서도 부동자세로 그들을 사열해 주는 것 같아 마음은 상기되었다. 장에 나온 사람들로 거리는 분비고 노점상들의 외침소리가 삶의 절규로 골목까지 시끌벅적 했다. 사람들 틈을 비켜가며 혜숙은 춘호 뒤에서 서너 걸음 처져 따라가고 있었다. 혼잡한 시장 길을 비켜서 광한루로 들어갔다. 평소에는 출입구에 대문이 잠겨있었는데 장날이라서 그런지 개방되어있었다.

광한루경내로 들어서니 경내는 쓸쓸하게 낙엽만 뒹굴고 있었다. 겨울 바람이 쌀쌀하게 불어와 데이트하기엔 너무 늦은 철이었다.

그래도 오작교를 건너는 사람들이 던져주는 먹이를 먹으려 나오는 잉어 떼에 약동하는 생명감을 느낄 수 있었다.

혜숙은 잉어 떼를 보고 비명에 가까운 소리를 지르며 좋아했다. 검정 주름치마, 흰 브라우수 위에 걸쳐 입은 팥죽빛 쉐터주머니에 손을 넣고 까르르 웃는 소리가 그녀의 순진함과 앳된 소녀의 모습이 그대로 묻어났다. 오작교를 건너 느티나무 밑으로 경내를 돌며 대화의 소재를 찾고 있었다. 춘호나 혜숙은 할 말이 없는 사람처럼 묵묵부답 한참을 걷고 있었다.

춘호는 언뜻 확인해볼 것이 생각났다. 그러나 이런 분위기에서는 상대방의 기분을 띄워주는 달콤한 말을 해야 하는데 무엇을 따지고 확인하는 딱딱한 대화는 격에 맞지 않을 것 같아 막상 말하려다 말았다. 다시 한참동안 정적이 흘렀다. 춘호는 서너 발자국 앞서 걸어가다가 돌아서서 혜숙을 정면으로 마주하고 용기를 내서 말을 꺼냈다. 다시 한 번 확실하게 혜숙의 의중을 듣고 싶었다.

"혜숙씨."

"네."

"한가지 물어보고 싶은 말이 있는디, 괜찮겄어요?"

헤숙은 적이 놀란 표정으로 우쭐하며 멈추어 서면서,

"무신, 말인디오?"

하고 물었다.

"다른 것이 아니고, 지난번에도 말혔지만 요새 여자덜이 도시바람이 불어서 농촌으로 시집을 안 간다고 덜 허는디, 혜숙씨는 그런 것 상관 안 헌다고 혀서 그런디요. 참말로 괜찮혀요?"

춘호는 그냥 어물 버물 넘어갔다가 나중에 무슨 딴 소리가 나올까봐, 다시 한번 확실한 답변을 확인하고 싶었다.

"여러번에 말 혔잖혀요. 저럴 못 믿넌가요? 몇 번을 묻고 대답해야 믿고 속이 시원허겄어요? 참말로 답답허네요. 다시 한번 확실허고 변함 없이 말허께요. 우리덜 사는 디 치고 촌 아닌 디가 어디 있어요? 촌 사람이 촌에 사는 것이 멋이 문제인가요? 도시 가면 누가 그냥 묵여준 대요? 지는 고렇게 생각혀요."

헤숙은 자신 있게 자기 생각을 숨김없이 말했다.

"농촌은 일만 허잖혀요? 특히 여자덜언 밥허고 빨래허고 일철이면 논일 밭일 허느라고 한시도 쉴 새 없이 고렇게 살아야 허닌께 농촌을 싫어허제. 안 그려요? 헤숙씨는 참아낼 수 있겄어요?"

춘호는 같은 말을 여러 번 다짐하듯 물어보는 것이 미안했다. 그러나 확실하게 해둘 필요가 있다고 생각해서 재차 물어본 것이다.

"글씨요. 살아바야 허지만 촌에 살면서 일 안 허고 어쩧게 산데요. 지는 고렇게 생각혀요. 그렇게 그런 것 갖고는 걱정 말아요."

헤숙은 오히려 춘호를 설득하는 어투였다.

"대개 여자덜언 특히 젊은 사람은 일을 싫어허고 이쁘게 몸치장이나 험선 편히 살라고 허잖혀요?"

"그렇기는 허지만 모다 고렇게만 살라고 허는 것은 아닝게요."

"헤숙씨는 맘씨가 참 좋은 사람이네요. 우리 같이 못 배운 사람덜언 일 안 허고 살 수 없잖혀요? 도시나가서 산다고 혀서 꼭 좋은 것만은 아닌 것 같혀요. 헐일 없이 빙게빙게 돌아다님선 묵을 것, 입을 것은 물론 땔 것도 없이 근천 떨면서 사는 사람이 얼매나 많언 종 알아요? 나넌 촌에서 일은 좀 고되다고 허지만 배불리 묵고 등 따숩게 사는 것이 더 좋고 행복허다고 생각혀요."

춘호는 농촌을 싫어하지 않는 헤숙이 고맙기까지 했다. 이제는 더 이상 의심할 여지가 없었다. 믿어도 될 만큼 확실하게 대답하는 헤숙에게 가까이 다가가고 싶었다.

"헤숙씨, 고마워요. 우리 잘 혀봅시다."

춘호는 헤숙의 손을 살며시 잡았다. 헤숙도 싫지 않은 듯 뿌리치지 않고 춘호의 따스한 체온을 받아들이고 있었다.

겨울이라서 그런지 해가 금방 지는 것 같았다. 광한루경내를 두어 시간 걷는 동안 해는 서쪽으로 기울어져 그림자가 길게 드리워지고 있었다. 광한루를 나와 천거리시장 쪽으로 걷다가 포장마차가 눈에 띄어 들어갔다. 화덕 위 양은 솥에서는 하얀 김을 내뿜으며 어묵이 맛있게 끓고 있었다. 어묵 꽂이 하나씩을 먹으면서 눈빛이 마주쳐 무엇인가를 다짐하고 화답하는 듯 낯빛이 환하게 피어올랐다. 말은 안 해도 이심전심으로 서로 통하는 분위기에서 결혼을 약속하는 자리가 되었다.

"결혼 날자는 언제가 좋을까요?"

춘호는 결혼을 하자는 형식적인 말을 하기 보다는 곧바로 결혼 날을 이야기했다.

244   잃어버린 세월 (上권)

"우리, 결혼결정 헌것인가요?"

"헤숙씨는 아직 정허지 않혔어요? 나넌 진작 마음 묵고 오널언 날 받는 것, 말헐라고 혔어요. 혹시 너무 성급혀서 결례되었는가요? 어차피 결혼얼 헐라면 우리끼리 미리 정해본 것도 괜찮얼 것 같아서 허는 말이오."

"아니요. 그런 것은 아니지만 집에 가서 상의허고 그려야 헐 것 같혀서요."

"그러면, 집에 가서 상의허고 또 만나야 허겄네요? 나는 마음 정혔응게 헤숙씨는 집에 가서 어런덜허고 상의혀서 정허먼 연락주셔요."

춘호는 정감이 있으면서도 정중하게 말했다.

"저희도 결정헌것이나 진배없어요. 허지만 최종적으로 어런덜이 혀야 혀서요. 오해는 말아요. 말씀대로 집에 가서 이런 사실 야그 허고 연락 허께요."

"알았어요. 헤숙씨넌 가차운게 곧 갈 수 있지만 나는 멀어서 서둘러야 허겄네요. 오널언 여그서 끝냅시다. 그러먼 조심히 가요."

"예. 안녕히 가셔요."

그들은 헤어져 각기 집으로 돌아갔다.

춘호가 버스에서 내렸을 때는 땅거미가 스멀스멀 길 위를 기어다니며 발길에 걷어 채였다. 십리가 넘는 밤길이지만 발걸음은 가벼웠다. 콧노래를 부르며 등에 땀이 촉촉이 배이도록 빠른 걸음으로 걸었으나 집에 도착했을 때는 길이 완전히 어둠에 묻혀 앞을 분간하기 어려웠다.

원순은 저녁밥상을 윗목에 차려 상보로 덮어두고 춘호를 기다리고 있었다. 춘호는 다리가 아프고, 여러 시간 차타고 오가느라 지쳐 피곤했다. 시장기가 심해 밥을 허겁지겁 먹으면서도 헤숙과 나눈 여러 이야기를 어머니와 춘보에게 소상히 설명해주었다.

"그려서, 너는 어쩌고 왔냐?"

원순은 자랑하는 춘호의 의중을 알아차리고 확인해 보았다.

"엄니? 어디 완벽헌 사람이 있겄어요? 오늘 만나서 여러야그를 혀본께 듣는 것보다 괜찮헌 것 같혀요. 여러 번 물어봐도 도시넌 생각허지도 않고 또 농촌은 다 같다고 혐선 산중들녁 개리지 않는다고 같은 대답을 혔어요. 그 말이 맘에 들더라고요. 요새 여자덜 대부분 겉멋만 들어서 요론 산중은 입도 뻥긋 못허게 헌데요. 그런디, 이런 저런 것 개리지 않고 암디서나 맘 맞으먼 열심히 살란다고 허는디, 그런 사람이 어디 있어요? 그려서 지는 확실허게 정혔어요. 엄니도 쪼께 맘이 안 들어도 여러 가지를 생각혀 마음 열어주세요."

춘호의 의지는 확실하고도 요지부동이었다.

"글씨 말이다. 니가 맴이 있는디 내가 머라고 허겄냐? 엄니 없이 큼선 어려서부터 산돌이맹기 동네방네 쏘다니고 말썽만 부림선 컸당게 맴이 없다고 혔제. 미너리라고 얻어놓고 아무 일도 못험선 성질만 괄괄허먼 사람살기 참말로 팍팍헌 것이다."

원순은 한숨을 길게 내쉬었다.

"엄니, 지도 알아요. 그런디 막 부디쳐서 말혀봉게 귀넌 뚫어진 것 같혀요. 지가 요렇게 서두는 것은 엄니 땜시 그려요. 그렇게 지가 타이르고 잘못 있으면 갈쳐줌선 살아가께요. 엄니도 지 잘되기를 생각허는 것 아닌가요?"

"엄니. 괜찮혀. 얼굴은 쬐게 그렇지만 촌에 삼선 얼굴 이뿌면 멋헌디아. 맘이 첫째여. 씸뻑 한번 봤어도 어쩐지 성수 되면 좋겄다 싶은 생각이 들었어요."

춘보도 맘에 든다며 어머니를 설득했다.

"너그덜이 고렇게 좋다고 헝게, 나도 너그덜 따라가마. 그러먼 이런 사실을 집안어른덜한테 알려서 결정얼 허자. 니얼 저녁이나 일가 어런덜 모시고 야그 헐란다.

원순도 더 이상 반대할 수 없어 자식들 생각을 따르기로 했다. 원순은 이튿날 저녁 대소간 일가들을 모셔 저녁을 대접하며 춘호가 마지막으로 맛선 보고 온 것에 대하여 말씀을 올렸다.

"찬은 없어도 진지 많이 잡수셔요. 어제 춘호가 그 처자를 만나보고 확실허게 맴이 있다고 혀요. 지는 맘에 쪼께 안 찬디 저그덜이 좋당게 그냥 헐라고 혀요. 어르신덜 생각은 어떻시는지요?"

원순은 그동안 있었던 일을 어르신들께 말씀드리고 마지막 조언을 청했다.

"잘, 혔네. 들어봉게 촌이고 산중이고 안 가린담선? 요새 젊은 여자덜 너도 나도 도시로만 갈라고 헌다디 산중 같은 것 안 따진다면 생각이 깊은 것이여. 비문히 생각 혔겄는가만 잘 혔다고 생각허네. 그대로 허소."

남원 당숙은 그 정도면 반대하지 않겠다는 말씀이었다.

"금매 질부가 댕겨와서 쬐게 껄쩍찌근허게 생각되어 마음이 언짢았넌디, 춘호가 맴이 있다고 헌당게 잘 됐네. 요새 애덜 어디 어른 말 듣넌다던가. 저그덜이 좋다고 혀야 형게 따라가야제."

덕동 작은어머니는 조금 마음에 차지 않는 다는 기분이지만 어쩔수 없이 혼사를 해도 괜찮겠다는 말씀이었다. 참석한 어른들은 대체로 춘호 뜻을 따르는 것이 좋다고 했다.

"니, 생얼생시가 언제냐? 사성을 보낼라면 생시럴 알아야 헌다."

남원 당숙이 사성과 혼서지를 써줄 요량이었다.

"나이넌 수물 여섯이고 생일언 삼월열엿새 새복에 닭이 세 번 울고 조금 있다 낳어요."

누구보다 그것은 원순이 정확하게 아는 터라 소상하게 말해 주었다.

"알았네. 갑신년 삼월 열엿새 아침이니께 인시寅時구만. 내가 사성四

톹허고 혼서지婚書紙럴 써줄랑게 쓸만헌 것으로 저고리한감 떠서 사성
과 함께 보내세."

"당숙님이 써 주실랑기오?"

"내가 안 허먼 누가 허겄능가. 아무염려 말고 준비나 잘 허게."

원순은 손 없는 날을 택해서 섣달 초아흐렛날 노란 양단으로 저고리
한감을 떠서 사성과 함께 혜숙의 집으로 보냈다. 원순은 사성을 보내놓
고 곧바로 결혼준비를 해나갔다. 신부에게 보낼 함 예물로 폐물과 옷감
이며 화장품, 그리고 잔칫날 쓰일 음식재료들을 구비하여 미리 준비에
들어갔다. 사성을 보낸 후 5일 만에 처자집에서 혼인날을 잡아 보내왔
다. 혼인날은 섣달 스무사흘로 잡혀있었다. 열흘도 채 남지 않아 바삐 서
둘어야 했다. 결혼식은 신부 집에서 전통혼례로 거행하기로 했다.

신부예물 함은 형편상 결혼 당일 보내기로 했다. 혼인날이 정해져 혼
수품을 준비하고 잔치준비를 하는데 하루가 너무 짧아 마음만 바쁘고
일한 태가 나지 않았다. 정신없이 혼례를 서둘다 보니 혼례 날이 코앞
으로 다가왔다. 남원 갓바우까지 갈려면 버스를 여러 번 갈아타야 한다.
그래서 시간도 많이 걸려 작은 짐차(1/4톤)를 빌려 타고 장가 길에 올
랐다. 수행하는 사람으로는 상객으로 산촌대부, 금상대부, 남원당숙이
함께하고 중방(함 잡이)은 마을에서 집집이 허드렛일을 잘 봐주는 암재
양반이 맡았다.

우인으로 춘호 친구 다섯 명도 동행했다. 이른 새벽에 일어나 조상에
게 고유제告由祭를 올리고 출발했다. 차의 성능이 떨어져 까딱 잘못하면
멈추어 설 염려가 있어 운전원이 조심조심 가는데 길이 비포장이어서
갓바우까지 3시간이 넘게 걸려 오전 10시 반이 넘었다.

동네 입구에서는 신랑 대반(신랑보조 안내자)이 서성거리며 기다리고
있었다. 신랑일행이 도착하자 대반이 신부네 집 이웃에 정해둔 신랑 대

기 방으로 안내해 모셨다. 신부 집 마당에서는 혼례식준비에 많은 사람들이 바삐 서둘렀다.

마당에 병풍을 치고 초례상醮禮床을 차렸다. 살아있는 수탁을 초례상에 직접 올리고 생 무로 암수 원앙을 만들어 수 원앙 입에는 대추를, 암 원앙 입에는 깐은 밤을 물려 초례상 양쪽에 세워두었다.

초례상 양옆에 대나무와 소나무를 화명에 꽂아 오색실을 걸쳐놓았다. 신랑은 사모관대로 예복을 차려입고 무개無蓋 가마를 타고 초례청醮禮廳으로 들어섰다. 신랑이 입장하면서 안고 왔던 기러기를 신부 어머니에게 전하는 전안례奠鴈禮를 먼저 행하고 초례상 앞에 긴장된 모습으로 섰다. 그 때부터 집례執禮가 홀기笏記에 따라 예식을 진행했다.

"신랑 북향재배! 신랑은 북향해서 두 번 절하시오."

집례자의 지시에 따라 신랑은 북쪽을 향해 두 번 절하고 일어섰다. 집례는 다시,

"신랑 동향 입. 신부 출. 신랑은 동쪽으로 돌아서고, 신부는 초례청으로 나오시오."

집례자는 신랑신부의 거동을 살피면서 진행을 했다. 신랑은 신부가 나오는 것을 외면하기 위하여 초례상정면을 보지 않기 위하여 동쪽으로 돌아서 있다. 이때 신부가 두 시종의 부축을 받으며 조심스럽게 걸어 나와 초례상병풍 뒤에 섰다.

집례의 진행에 따라 신부는 두 번 절하고 신랑은 한번 답배하여 합환주合歡酒를 마시고 그렇게 삼배로 교배례交拜禮를 끝내고 우인들의 축사가 이어졌다. 그다음 신랑신부 사진과 가족사진, 우인들과 함께 사진촬영을 끝으로 혼례식이 끝났다. 혼례가 끝나고 신랑은 3일간 신부 집에 머물면서 여러 행사를 치렀다.

첫날부터 신랑이 견디기 힘든 동상례東床禮를 치렀다. 신부 측 일가들의 젊은 청년들이 신랑을 다루는 행사다. 노래 부르기, 어려운 문장 해석이나 뜻 풀기 등 신랑의 지혜와 지식을 시험해보는 놀이인데 노래를 조금만 잘못하거나 문제를 풀지 못하면 신랑신부의 발을 함께 묶어 대들보에 매달고 방망이로 발바닥을 때리는 과격한 장난이 행해지기도 했다.

또한 술상을 차려놓고 신랑혼자 여러 사람과 대작을 해야 하는 고역의 과정도 치렀다. 동상례에 참석한 사람들은 상하 촌수를 가리지 않았다. 처 손아래 사람이 심한 장난을 해도 서로 모르는 사이라 허물하지 않기 위함이었다. 재종처남 되는 사람이 초등학교선생인데 신랑에게 어려운 한문 파자破字로 시험을 했다.

적籍를 써놓고, 어느 총각이 이 한문자를 처녀에게 전했는데 처녀는 어떻게 해야 하는가 해석을 하라는 것이었다. 춘호는 무슨 글자인지 알 수조차 없었다. 더구나 그 뜻을 풀라고 하는 것은 춘호로서는 무거운 짐을 지고 천길 절벽을 오르라는 것에 다름 아니었다.

학력이 많지도 않거니와 한자에 대해서는 청맹과니나 다름없었다. 글자도 모르는 터에 파자해서 뜻을 안다는 것은 춘호에게 무리였다. 우물쭈물할 수밖에 없었다. 창피하여 얼굴이 화끈거리고 가슴이 두근거렸다.

그러나 모르기는 해도 쉽게 모른다고 말하기엔 자존심이 크게 상하는 일이어서 버티기로 시간을 끌었다. 하지만 아무리 생각해도 알 수가 없는 일이다. 이때 밖에서 장인어른이 듣고 있다가, 호적적자로 스무날 대밭 아래로 오라, 하면서 지나갔다. 한자는 호적적자이고 파자로 '풀면 죽래이십일竹來二十日'이었다. 밖에서 들리는 소리에 춘호는 어려운 국면을 모면하고 일행은 투정을 하면서도 한바탕 웃음으로 넘어갔다. 그러나 그것으로 끝나지 않았다.

다시 함 띠로 신랑신부를 묶어 다루기 시작했다.

자를 못 맞추었으니 돼지를 잡으라는 것이다. 방망이로 두들기면서 허급을 받아내려 했으나 춘호도 호락호락 들어줄 사람이 아니었다. 맞으면서도 기어코 흥정해서 씨암탉 두 마리로 결정을 봤다. 술상을 차려 노래와 춤으로 첫날 동상예의 대미를 장식했다. 사람들은 돌아가고 춘호와 혜숙 단 둘만을 위한 신방이 차려졌다. 방 윗목에는 조촐한 술상이 차려져있었다. 호롱불을 켜 요강 속에 넣어두었는데 호롱에 석유가 조금 밖에 없었다.

첫날밤, 신방의 불을 끈 사람이 단명하다는 속설에 신랑신부가 불을 끄지 않고 석유가 닳아져 저절로 꺼지도록 미리 준비를 해둔 것이다.
혜숙은 원삼족두리를 차려입은 채 뒷문 쪽에 앉아있었다. 춘호와 혜숙은 맞선을 봐놔서 초면은 아니지만 그래도 얼굴을 쳐다보는 것이 어색하고 부끄러웠다. 춘호는 윗목에 차려놓은 술상을 방 가운데로 가져다 놓고 혜숙을 끌어안았다. 혜숙은 못 이기는 척하며 안겼다.

"웬, 여자가 요렇게 무겁디야."
춘호는 혼잣말로 군담을 했다.
"아이, 간지러요."
혜숙은 움찔하며 놀란 몸짓이었다.
"우리, 한잔 씩 헙시다."
춘호가 술잔에 술을 따라 혜숙에게 권했다.
"저, 술 못혀요."
혜숙은 술잔을 받으려하지 않았다.
"정, 술잔 안 받으면 옷에다 부술거요. 그려도 되아요? '
춘호는 짓궂게 억지로 술잔을 권했다. 혜숙은 하는 수없이 술잔을 받아들었다.

"이, 술잔에 사랑얼 담아 영원히 함께 행복얼 위하여 그리고 건강을 빌며 건배!"

두 사람은 조용히 술잔을 부딪쳤다. 혜숙은 건배를 하고 술은 입술만 대고 잔을 내려놓으려고 했다. 춘호는 단숨에 술을 쭉 마시고 혜숙에게도 술잔을 놓지 말고 마시도록 입에 대고 붓다시피 했다. 혜숙도 하는 수없이 술잔을 비웠다.

그리고 안주로 춘호는 밤을, 혜숙은 대추를 먹었다. 그동안 앞문 뒷문에서는 사람들이 숨을 죽이고 방안에서 일어나는 일을 문구멍으로 들여다보는 인기척이 들렸다. 첫날밤에는 특히 새댁들이나 처녀들이 신방에서 일어나는 일을 보려고 문구멍을 뚫고 신랑신부가 하는 짓을 엿보는 풍습이 있었다.

춘호와 혜숙은 술을 석잔 씩 주고받으며 달콤한 밀어를 나누었다. 호롱불에 석유가 다 닳아졌는지 꺼지려고 가물가물하면서 희미해졌다.

춘호는 술상을 윗목에 밀쳐놓고 잠자리를 청했다. 혜숙은 원삼족두리가 버거웠으나 그대로 입은 채 참고 있었다. 그때 춘호가 혜숙의 뒤로 돌아가 족두리를 풀어 내리고 원삼옷고름을 풀어서 벗겨주었다. 춘호 하는 대로 몸을 맡긴 채 팔뚝을 이리저리 틀어 옷을 벗기는 데 협력해 주었다. 앞뒤 문에서는 서로 더 많이 엿보려고 거친 숨소리가 들렸다. 이불속에 들어갈 때까지 엿보려는지 작은 소리로 숙덕거리기까지 했다. 춘호는 밖에 신경이 쓰여 그냥 있을 수가 없었다. 벌떡 일어나 기침을 하며 방문을 열고 나가려고 했다.

그러자 엿보던 사람들이 혼비백산魂飛魄散 놀라서 도망을 쳤다. 마당에 나와 보니 술기운으로 화끈거리던 얼굴에 차가운 밤공기가 쏴하고 스쳐 술이 조금 깨는 것 같았다. 별들이 유난히도 초롱초롱 깜박이며 춘호의 첫날밤을 축하해주고 있었다. 긴 호흡을 하고 팔을 흔들며 간단한 체조를 했다. 동상예를 치르면서 방망이로 두들겨 맞고 팔꿈치로 허벅지를 심하게 짓눌린 자리가 뻐근하고 결려서 거름걸이가 쩔뚝거렸다.

 팔다리를 흔들고 기지개를 켜 몸을 풀고 방으로 들어갔다. 헤숙은 원앙금침을 깔아놓고 옆에 다소곳이 앉아있었다. 춘호는 헤숙 옆으로 가서 저고리고름을 풀려고 했다. 헤숙은 움찔하며 옷고름을 붙잡고 놔주지 않았다.

"가만히 있어요. 첫날 밤에 옷고름을 풀어주어야 허는 것여. 옷고름을 신랑이 풀어주지 않으면 평상 속마음에 응어리가 생겨 풀리지 않는다는 말이 있어요. 그렇게 가만히 있어요."

 하면서 저고리를 벗겨주었다. 헤숙도 그 말을 들어서 그런지 못 이긴 척하면서 몸을 맡기고 저고리를 벗었다. 춘호는 하는 김에 치마까지 벗기고 잠옷으로 갈아 입혀 이불속에 눕혔다. 자신도 바지를 벗은 뒤 잠옷으로 갈아입고 헤숙 옆으로 들어가 헤숙에게 팔베개를 해주었다.

 헤숙은 춘호가 하는 대로 순수하게 따라주었다. 호롱불은 석유가 다 타서 꺼져버렸다. 불 꺼진 방안은 칠흑 같은 어둠으로 채워지면서 둘만의 비밀공간으로 아늑해졌다. 눈으로는 아무것도 볼수 없어 손으로 몸을 더듬어 서로의 존재를 확인했다. 밤이 깊어지면서 아주 작은 미세먼지까지 날아다니는 소리가 들릴 만큼 고요했다.

 그 고요 속에 파묻혀 두 남녀의 가는 숨소리가 연기처럼 밖으로 새나갔다. 문밖에서 엿듣던 사람들도 다들 돌아가 둘만의 공간과 시간이 그들을 감싸고 있었다. 춘호는 팔베개를 끌어당겨 헤숙의 얼굴에 입맞춤하며 사랑의 밀어를 나누었다. 춘호의 따뜻한 입김에서 풍기는 술 냄새가 싫지 않고 오히려 달콤하게 느껴졌다. 그들은 달콤한 꿈속으로 날개를 펴 날아들어 갔다. 춘호와 헤숙은 깊은 잠에 빠져들어 날 새는 줄도 모르고 늦잠을 잤다. 밖에서 웅성거리는 소리에 잠을 깼을 때는 해가 높이 솟아있었다. 춘호와 혜숙은 놀라 어쩔 줄 모르면서 옷을 주섬주섬 입고 혜숙이 먼저 밖으로 나가려 했다. 춘호의 얼굴을 직접 쳐다보기가 민망했다. 지난밤을 생각하면 너무 어색하고 부끄러웠다.

춘호로서는 통과의례를 치르고 나니 오히려 서먹서먹했던 분위기가 사라지고 한결 친근감이 느껴지며 말씨도 오래 함께한 사이처럼 다정다감했다. 혜숙은 부엌으로 나가 데운 물을 세수 대야에 준비하여 마당가에 놓고 방으로 다시 들어왔다.
"세숫물 떠놨어요."
"볼세. 준비 혔어?"
춘호는 자기도 모르게 존댓말에서 반말로 변해버렸다. 그렇게 반말로 해놓고 조금 어색했는지 다시 말투를 고쳐 말했다.
"칫솔도 준비 되얏어요?"
"예, 마룽 가상에 수건이랑 챙겨놨어요."

한마디 한마디 말을 주고받으면서 둘 사이 서먹함이 점점 친근함으로 바뀌고 있었다. 조반을 먹고 나니 젊은 사람, 나이 드신 할머니들이 모여들기 시작했다. 어젯 밤 동상례 턱으로 내놓았던 씨암탉 두 마리를 사다 백숙과 뼈죽을 끓여 낮엔 물론, 밤이 늦도록 술 마시며 노래하고 춤추며 즐겼다.

3일 째 되던 날 아침엔 일찍부터 신행길을 서둘렀다. 신랑신부를 다루는 드센 장난으로 다리가 결려 걸음을 잘 걷지 못하고 쩔뚝거리며 신행길에 올랐다. 신부신행은 전에는 가마를 타고 갔지만 세상이 많이 변하여 가마운영이 어려울 뿐만 아니라 원거리여서 가마를 타기엔 너무 힘든 일이었다. 그래서 작은 짐차를 타고 갔다.

동행하는 사람은 아버지, 오빠, 그리고 두 형부와 혼수품을 운반하는 사람까지 모두 9사람이 함께했다. 아침 8시경에 출발해 순창 시무골에 도착하는데 거의 4시간이 걸렸다. 비포장자갈길에다가 고불고불한 산중길이고 더구나 낡은 차라서 속력을 낼 수가 없었다. 그나마 시무골까지는 차가 들어가지 못하여 도중에 하차하여 십리 남짓 거리는 걸어가며 재를 두 개나 넘어야 했다. 신부일행은 초행이라서 더욱 힘들어 하면서 산중의 불편함을 실감했다.

　"아니, 어디 살데가 없어 요런데서 사람이 산다요? 참말로 험허대이."
　제일 무거운 옷 고리짝을 지고 가는 사람의 불평 섞인 말이었다.
　"올라갔다, 내려갔다 웃와죽겠네."
　입막음 이바지 떡을 진 사람이 옷 고리짝을 진 사람을 장난끼 섞인 말투로 놀렸다. 이런 산중 길을 처음 걸어본 사람은 고개를 넘는 것이 너무도 힘들었다. 걸어가는 거리야 십리 남짓하니 그리 멀다고는 할 수 없어도 짐을 지고 가는 사람은 먼 길이었다.

　1시간 이상을 헐떡이면서 걸어 지쳐있었다. 신부가 타고 집에 들어오도록 마을입구에 이인교二人轎를 대기해 두었다. 짐꾼들은 짐을 지고 온 지게를 작대기로 받쳐두고 길가에 푹 퍼져 누워버렸다. 혜숙은 신부 대반의 도움을 받아 원삼족두리 등 예복으로 갈아입고 가마를 탔다.
　두 사람이 떠메는 이인교엔 호랑이 그림이 새겨진 넓은 융단으로 가마 위를 덮어씌워 위엄이 있어보였다.
　춘호는 빠른 걸음으로 먼저 집으로 들어갔다. 혜숙이 탄 가마를 앞세우고 수행원과 짐꾼들이 일렬로 늘어서 마을고샅으로 들어섰다. 신행길 앞에서 길을 가로질러 건너면 좋지 않다는 속설에 길가에는 사람들이 하나도 없었다. 다만 젊은 여인들이 쭈뼛쭈뼛 담 너머로 고개를 내밀고 내다보고 있었다. 춘호네 대문 앞에는 신부 맞을 준비를 마치고 가마를 기다렸다.

징과 명 씨 그리고 바가지를 엎어놓았다. 혜숙이 탄 가마가 대문으로 들어설 때 징을 치고 명 씨를 가마위에 뿌리며 가마에 따라온 잡귀를 쫓는 풍습에 따라 가마꾼 중 앞사람이 바가지를 '왔 싹'하는 소리가 나도록 밟아 깨고 안방 쪽으로 들어갔다. 가마는 안방마루에 앞채를 걸쳐 놓고 신부가 나오도록 하는데, 가마문은 신랑이 열어주는 풍습에 따라 춘호가 열어주었다. 많은 일가들과 마을사람들이 신부가 가마 밖으로 나오는 것을 구경하려고 마루에 가득 서서 까치발을 하고 있었다.
신부는 안방아랫목에 깔아놓은 보료에 대반의 조력을 받으며 앉았다.
방까지 가득 서있던 아낙들이,
"신부가 밉상이다더니 얼굴이 쬐금 거무잡잡혀서 그렇지 이쁘구만. 저만허먼 이뿌제."
입속말로 신부를 평했다.
"아니어, 날이 춘게 그렇제 이쁜 얼굴이여."
별의별 말들이 군담이나 혼잣말로 쑥덕거렸다.

혜숙은 여러 사람들이 자기에 대해서 소곤거리는데 그 소리가 무슨 소리인지 들리지 않았다. 잔뜩 긴장이 되어 숨소리도 크게 쉴 수가 없었다. 거추장스런 원삼을 다소곳이 걷고 앉아 고개를 숙이고 있었다. 신부에 대한 쑥덕거리는 소리로 방안이 어수선 했으나 혜숙은 그런 말에 신경 쓸 겨를이 없었다. 너무 긴장하고 있는 탓에 족두리에 장식으로 달아놓은 얇고 작은 꽃이며 나비가 심하게 흔들리고 있었다. 그 족두리 떨리는 것도 흉이었다. 신부가 얌전하지 못하여 족두리가 많이 떨린다고 손가락질을 하면서 소곤소곤 거렸다.

족두리장식은 실 같이 가는 용수철철사로 예민하게 흔들리도록 나비며 꽃등을 꽂아놓아서 제자리에 가만히 두어도 흔들렸다. 그런데 말 좋아하는 사람들이 신부 흉보느라고 족두리가 많이 떨린다고 하고 있었다. 그렇게 방안가득 앉아있거나, 더러는 서있는 사람들이 시선을 혜숙에게 집중하고 있었다. 그러니 혜숙으로서는 얼굴이 달아올라 고개도 제대로 들지 못했다. 소란스러운 가운데 점심상이 들어왔다. 시집온 날 받아보는 밥상은 일생에 처음 받는 제일큰 상이다. 대반이 신부의 원삼 소매를 걷어주며 수저를 잡아주었다.

혜숙은 신행준비 하느라고 아침밥도 먹는 둥 마는 둥하여 많이 시장했으나 보는 눈이 너무 많아 주눅이 들어 한술 뜨고는 수저를 놓아버렸다. 혜숙은 2-3일 전부터 절식을 했다. 시집온 날부터 변소를 들랑거리는 것도 흉잡힐 일이었으니 가급적 음식을 적게 먹었다.
대반이 더 먹으라고 권했으나 한번 놓은 수저를 다시 들 수 없었다. 방에 불을 많이 때놔서 방바닥은 불잉걸 같이 뜨겁고, 많은 사람들이 방안가득 앉아있으니 추운겨울이라지만 덥고 공기가 텁텁해서 숨이 막혔다. 그래도 혜숙은 자세를 비틀어 앉을 수 없어 부동자세로 있어야 했다. 정말로 참기 어려운 고역이었다. 숨조차 크게 쉬지 못하고 쑥덕거리는 소리만 들으며 앉아있는 것은 고문이었다.

하지만 참아내야 하는 것이 시집온 첫날 신부의 처신이고 통과의례였다. 답답해서 밖에 나가 바람이라도 쐬어야 살 것 같았는데 하늘이 도운 듯 대반을 부르는 소리가 들렸다.
밖에 자리를 깔아 준비가 끝났으니 신부를 데리고 나와 집안 어른들에게 폐백인사를 올리라고 했다. 밖으로 나오라는 말에 혜숙은 귀가 번쩍 띄었다. 대반의 부축을 받으며 조심조심 밖으로 나갔다. 마당에는 멍석위에 보료를 깔고 대소간 어른들이 앉아있었다. 중앙에는 시어머니가 앉아있고 양 옆으로 촌수 높은 어른들이 차례로 앉아 있었다.

먼저 술상을 시어머니 앞에 놓고 술을 올린 뒤 큰 절을 올렸다. 이것이 평생을 시어머니로 모시고 같이 살아야할 기약이며 공식적인 생면 生面의 첫 인사였다.

그 다음은 집안어른들을 항렬별로 술을 권하고 절을 올렸다. 할아버지벌, 숙항, 형제, 조카까지 술을 권하고 절을 올리고 맞절을 하는 것으로 시집온 첫날의 공식행사를 끝냈다. 폐백이 끝나고 나니 해가 뉘엿뉘엿 지고 있었다. 방으로 들어와 원삼족두리를 벗으니 한결 몸이 가볍고 홀가분했다. 폐백을 올릴 때는 마당에서 행하는 터라 찬공기에 숨통이 트여 답답증이 가시는 듯 했는데 폐백이 끝나고 다시 방에 들어가 신부자세로 앉아있자니 너무도 답답했다. 또한 극히 제한적으로 대반과의 대화 이외는 어느 누구와 말 한마디 나눌 수 없어 그 많은 사람들 속에 있어도 절해고도에 혼자 있는 것 같았다. 뿐만 아니라 자세도 흐트러지지 않아야 함으로 참기 어려운 고통의 시간이었다.

그러나 시간이 흐를수록 긴장은 풀리고 혜숙에 대한 방안사람들의 시선집중도 풀리면서 조금은 자세도 풀 수 있었다. 밤늦도록 여인들이 돌아갈 줄을 모르고 방에 가득 앉아 술상을 차려놓고 노닥거리고 있었다. 시어머니는 새 며느리가 너무 피로하는 것을 눈치 챘는지 대반 옆으로 다가와 부탁했다.

"질부. 저, 새 애기 얼매나 힘들 겄어? 사람덜 다 갈 때꺼정 여그 있을 수 없응게 몬자 보내야겄어. 자네가 거들어 새 방으로 데려다 주소."

시어머니 말씀이 구세주 말씀이었다.

"참, 그려야 허겄네요. 여그 앉거 있어도 말 한마디 헐 수 없어 고생 허겄구만이라우. 지가 알아서 허께요."

대반은 혜숙을 부추겨 일어세워 안내를 했다. 윗방이 혜숙의 신방이었다. 해방을 맞은 기분으로 대반을 따라 신방으로 갔다. 신방은 새로 도배를 해놔서 풀냄새가 아직 덜 가셔 상큼한 분위기가 물신 묻어났다. 엷은 분홍빛바탕에 단풍무늬가 희미하면서도 아련하고 포근하게 감싸 주는 것 같았다. 어슴푸레한 호롱불빛은 방안을 은은하면서도 안정된 분위기를 불어내고 있었다. 방 윗목에는 옷장이 자리하고 있어 신방임을 한층 더 실감나게 해주었다.

아랫목에는 원앙금침을 깔아놓아 춘호가 이불속에 발을 넣고 앉아 기다리고 있었다. 눈이 번쩍 뜨이는 반가움에 그의 품속으로 파고들고 싶었다. 대반이 따라오지 않았으면 그대로 춘호에게 안겼을 것이다.
"성수씨. 오널 고생 많았어요."
춘호는 신부 대반인 봉수형님 댁에게 수고인사를 드리면서 신부를 맞이했다.
"아니여라우. 서방님 고롷게 한복을 입응께 참 의젓허고 보기 좋네요. 좋은 꿈 꾸셔요."
재종 형수씨는 신부를 신랑에게 인계하고 신방을 나왔다. 춘호와 혜숙은 새 원앙금침 속에서 단꿈을 꾸면서 시집온 첫날밤을 새웠다.

시무골 마을은 큰 산 밑이라 겨울이면 눈이 많이 내리는 편인데 그해 겨울은 유난히 눈이 많이 내렸다. 눈이 내리는 날에는 출타는 물론이고 고샅에 다니기도 어려웠다. 마을에는 공동우물에서 물을 길어다 먹는데 새 며느리들이 가장 어려움을 겪어야 했다. 100m도 넘는 경사지 길을 물동이를 이고 오르내리는 것은 오랫동안 이 마을에 살던 사람도 어려운데 혜숙으로서는 물 한 동이를 길어오려면 진땀을 빼야했다.

친정에서는 올케가 집안일을 다 알아서 해 냄으로 혜숙은 부엌일은 남 일이라고 생각하면서 살아왔는데 직접 해야 하니 참으로 어설프고 생광스럽기만 했다. 부엌일도 해보지 않고 살아온 혜숙으로서는 눈길을 헤치고 물을 길어다 밥을 지어야 하고 빨래며 집안 여러 일들을 혼자 해내야하는 막중한 책임에 아직 미숙한 혜숙으로서는 감당하기가 너무 버거웠다.

일이 많이 밀릴 때나 너무 바쁘면 시어머니가 거들어주기도 한다지만 어디까지나 혜숙 혼자 해야 했다. 이것은 시집살이하는 여인으로서 피할 수 없는 일이다. 며느리라는 신분이 감내해야 하는 멍에고 짐이었다.

그러나 춘호의 따뜻한 사랑과 보살핌은 혜숙이 기댈 수 있는 버팀목이 되어주었다. 이성을 기리던 청춘남녀의 만남은 긴긴 겨울밤도 짧기만 했다. 온 천지를 눈으로 뒤덮어 꽁꽁 얼려버리는 혹한도 그들의 뜨겁게 타오르는 사랑의 불꽃을 잠재우지는 못했다.

오히려 어려울수록 사랑은 더욱 뜨거워졌다. 새로운 환경에 적응하는 데 많은 어려움을 겪는 혜숙은 춘호의 꿀 같은 사랑으로 그 겨울을 넘기면서 튼실한 열매를 맺게 되었다. 임신이 된 것이다. 결혼한 여인들이 넘어야 하는 높은 준령이면서 한편으로는 축복의 열매다. 여자로서 갖추어야 할 소양이나 기본적인 상식까지도 차분하게 길들여지지 않은 채 야생마처럼 자유분방하게 살아온 혜숙으로서는 그 누구보다도 시집살이의 어려움을 혼자의 힘으로 참아내기가 어려웠다.

〈하권에 계속〉

박종식 장편소설

잃어버린 세월 (上 권)

발 행 일   1쇄 발행 2020년 5월30일

지은이   박종식
펴낸이   김한창
펴낸곳   도서출판 바밀리온
주   소   전주시 덕진구 가리내 6길 10-5 클래식 302호
전   화   (063)253-2405
팩   스   (063)255-2405
이메일   kumdam2001@hanmail.net
인   쇄   새한문화사
주   소   (10881)경기도 파주시 광인사길 211-2
전   화   031-955-7121 FAX.031-955-7124

등   록 제2017-000023
I S B N 979-11-90750-03-5

정   가 : 15,000원

이 도서의 국립중앙도서관 출판예정도서목록(CIP)은 서지정보유통지원시스템 홈페이지(http://seoji.nl.go.kr)와 국가자료종합목록 구축시스템(http://kolis-net.nl.go.kr)에서 이용하실 수 있습니다.